HEYNE BÜCHER

SCIENCE FICTION

Herausgegeben
von Wolfgang Jeschke

Von Wolfgang Jeschke erschienen in der Reihe
HEYNE SCIENCE FICTION & FANTASY:

Der Zeiter · 06/3328;
auch (erweiterte Ausgabe 1978) · 06/3328
Der letzte Tag der Schöpfung · 06/4200
Midas · 06/5001
Schlechte Nachrichten aus dem Vatikan · 06/5025

Als Herausgeber u. a. der Anthologienreihe
INTERNATIONALE SCIENCE FICTION STORIES:

Planetoidenfänger · 06/3364
Die große Uhr · 06/3541
Im Grenzland der Sonne · 06/3592
Spinnenmusik · 06/3646
Der Tod des Dr. Island · 06/3674
Eine Lokomotive für den Zaren · 06/3725
Feinde des Systems · 06/3805
25 Jahre Heyne Science Fiction & Fantasy 1960—1985
SF Jubiläumsband: Das Lesebuch · 06/4000
Aufbruch in die Galaxis · 06/4001
Die Gebeine des Bertrand Russell · 06/4057
Das Gewand der Nessa · 06/4097
Das digitale Dachau · 06/4161
Venice 2 · 06/4199
Entropie · 06/4255
Langsame Apokalypse · 06/4325
Schöne nackte Welt · 06/4380
L wie Liquidator · 06/4410
Second Hand Planet · 06/4470
Wassermanns Roboter · 06/4513
Papa Godzilla · 06/4560
An der Grenze · 06/4610
Mondaugen · 06/4660
Johann Sebastian Bach Memorial Barbecue · 06/4697
Die wahre Lehre, nach Mickymaus · 06/4747
Das Blei der Zeit · 06/4803
Der Fensterjesus · 06/4880
Die Menagerie von Babel · 06/4920
Die Zeitbraut · 06/4990 (in Vorb.)
Lenins Zahn und Stalins Tränen · 06/5005 (in Vorb.)
Gogols Frau (in Vorb.)

Wolfgang Jeschke

MIDAS

ODER

DIE AUFERSTEHUNG DES FLEISCHES

Roman

WILHELM HEYNE VERLAG
MÜNCHEN

HEYNE SCIENCE FICTION & FANTASY
Band 06/5001

2. Auflage

(Eine illustrierte Luxusausgabe mit Originalgrafiken von Jörg Remé
erschien 1989 in limitierter und vom Autor und Künstler signierten Auflage
im Selbstverlag in Kommission bei Fantasy Productions, Düsseldorf;
eine Paperbackausgabe des Romans erschien ebenfalls 1989
bei Fantasy Productions, Düsseldorf)
Printed in Germany 1993
Umschlagbild: Jim Burns, London
Umschlaggestaltung: Atelier Ingrid Schütz, München
Technische Betreuung: Manfred Spinola
Satz: Schaber Satz- und Datentechnik, Wels
Druck und Bindung: Elsnerdruck, Berlin

ISBN 3-453-06228-0

INHALT

In einer Welt, die sehr bald die Folgen der demographischen Explosion zu spüren bekommen wird, muß ich feststellen, daß die Unantastbarkeit des menschlichen Lebens längst nicht mehr das strahlende Anliegen sein kann, das es noch für Albert Schweitzer war.

ANTHONY BURGESS

Es war einmal ein cholerischer Schneider, der jagte seine drei Söhne aus dem Haus, weil er ihren Versicherungen weniger Glauben schenkte als den Lügen einer tückischen sprechenden Ziege. Die Burschen — ein bißchen naiv, aber tüchtig — zogen in die Welt hinaus und machten ihr Glück. Der erste wurde Tischler und erhielt zum Abschied von seinem Lehrmeister ein Zaubertischlein, das sich von selbst mit den köstlichsten Speisen deckte. Der zweite wurde Müller und erhielt als Abschiedsgeschenk einen Esel, der seine Notdurft in blanken Goldstücken verrichtete. Der dritte wurde Drechsler und erhielt vom Meister als Geschenk einen Sack, in dem sich ein Zauberknüppel verbarg, der auf Befehl herausschnellte und auf den eindrosch, auf den man ihn hetzte. Nachdem der erste und der zweite Sohn von einem diebischen Wirt geprellt worden waren und sich bei der Heimkehr vor der Verwandtschaft mit ihren Zauberkunststücken blamiert hatten, weil ihnen der Wirt ein normales Tischlein und einen normalen Esel untergeschoben hatte, trieb der dritte mit seinem ›Knüppel aus dem Sack‹ das echte Zaubertischchen und den echten Zauberesel ein und brachte sie mit nach Hause.

»Ist das alles, Alice?«

»Das ist alles.«

I. Die Leben und Leiden der Nancy Tanner

»Sie kennen sicher Nancy Tanner«, sagte der Taxifahrer. Wir hielten in einer ruhigen Nebenstraße vor der hinteren Zufahrt eines Restaurants in der Wolfendahl Street.

»Die Filmschauspielerin?«

»Ja.«

»Ich habe sie ein paarmal im Video gesehen«, sagte ich. »Weshalb fragen Sie?«

Er zögerte.

»Nun reden Sie schon!«

Er zog eine zerdrückte Packung Benson & Hedges aus der Hemdentasche, zündete mit zitternden Fingern eine Zigarette an und blies den Rauch gegen die Windschutzscheibe. »Ich habe Angst.«

»Weshalb?«

»Ich kann Ihnen doch vertrauen, Mr. Kirk.«

Ich zuckte die Achseln. »Wir kennen uns inzwischen gut genug.«

»Ich habe gesehen, wie man sie umgebracht hat.«

»Nancy Tanner? — Ach, kommen Sie! Das sind doch Schauermärchen! Alle Medien hätten davon berichtet. *Was* haben Sie gesehen?«

»Es war letzte Woche, in der Nacht vom 18. auf den 19. Ich wartete mit dem Taxi unten in der Korteboam Street am Hintereingang des Offiziersclubs, wo sie mit den Huren abziehn. Um zu imponieren, geben sie da meistens gute Trinkgelder. Ich wartete also an diesem dreckigen Hinterhof, wo die Ratten zwischen den vollgestopften Abfalltonnen rumrennen. Plötzlich wird die Tür aufgestoßen, laute Musik ist zu hören. Zwei Gestalten taumeln heraus, ringen miteinander, ein Mann in Uniform und eine große blonde Frau. Viel ist nicht zu sehen bei der tristen Neonbeleuchtung, aber er ist drauf und dran, es mit ihr zu machen in all diesem Dreck, hat die Hose offen und grapscht an ihrem Kleid herum, das dabei in Fetzen geht. Er muß schon ziemlich besoffen sein, zerrt sie immer wieder an sich und versucht ungeschickt unter ihren Rock zu kommen. Das klappt aber nicht, weil die Frau ziemlich kräftig ist. Er schlägt wütend auf sie ein, sie aber reißt sich los und rennt schreiend davon, während er zwischen den Mülltonnen landet, daß die Ratten davonstieben. Er ist erstaunlich schnell wieder auf den Beinen und — ich traue meinen Augen nicht — zieht eine Pistole.

›Helfen Sie mir!‹ schreit die Frau auf englisch und kommt auf mein Taxi zugelaufen. ›Bringen Sie mich weg von hier! Diese Tiere!‹ Ich starte den Motor und öffne die Tür. Sie sieht ziemlich übel zugerichtet aus. Die Haare zerzaust, das Make-up ist verschmiert, das Kleid an der Brust aufgerissen. Da kracht der erste Schuß. Ich sehe, wie die Frau nach vorn geworfen wird und ins Stolpern gerät. Sie krümmt die ausgestreckten Hände zusammen und legt die Arme schützend um die nackten Brüste. An ihrer Schulter und an ihrem Unterarm ist plötzlich Blut. Ich lege den Gang ein, da kracht ein zweiter Schuß, und eine Sekunde später ein dritter. Die Wucht der Einschläge schleudert die Frau die letzten zwei, drei Schritte auf den Wagen zu, und durch den Aufprall schließt sich die Tür. Ihr Gesicht knallt gegen das Seitenfenster. Die Augen sind bereits starr, der Mund ist weit geöffnet — ein Anblick, den ich mein Leben lang nicht vergessen werde. Ich trete den Gashebel voll durch, das Gesicht verschwindet mit einem Ruck nach hinten und hinterläßt einen Schmierer auf der Scheibe. Ein vierter und fünfter Schuß durchlöchern das Heckfenster und lassen es erblinden. Ich fahre, was der Wagen hergibt, um aus der Stadt herauszukommen, und blicke bang in den Spiegel, ob mir kein Fahrzeug der Militärpolizei folgt.«

»Und die Frau, die da erschossen wurde, war Nancy Tanner?«

»Ich schwör's Ihnen, Mr. Kirk: Es war ihr Gesicht, ihre Figur, ihre Stimme!«

»Sie sagten selbst, daß bei der schlechten Beleuchtung wenig zu sehen war.«

»Am Anfang, ja, aber am Schluß war ihr Gesicht kaum einen Meter von mir entfernt. Doch das Aberwitzigste ist: Ich habe sie heut wieder gesehen.«

»Dieselbe Frau?«

»Nancy Tanner. Ich fahre die Janadhipathi Mawatha hinauf und wieder herunter auf der Suche nach Fahrgästen, und da, plötzlich, am hellichten Vormittag, sah ich sie wieder. Sie ging am Arm eines Generals, war schön wie eh und je, gesund und munter, hatte einen Sonnenschirm in der Hand und wirkte gutgelaunt, fast ein wenig beschwipst. Ich war so verblüfft, daß ich auf die Bremse trat und mir hinten fast einer reinfuhr. Bei dem Hupkonzert, das der anstimmte, fiel der Blick des Generals auf mich, und es lief mir kalt den Buckel runter. Ich war froh, daß ich nicht den Wagen fuhr wie in jener Nacht, und machte mich ganz klein hinter meiner Sonnenbrille. In dem Moment sah auch sie herüber, und es bestand kein Zweifel: Ich hatte Nancy Tanner vor mir.«

»Was macht Sie so sicher?«

»Weil ich sie geliebt habe. Sie kennen doch ihren Film ›Die Teepflückerinnen‹, der hier auf Sri Lanka spielt, während der Tamilenkriege.«

Ich erinnerte mich an den Monumentalschinken, ein hehres Epos über Nächstenliebe, Völkerverständigung und Leidenschaft. Hatte vier oder fünf Oscars bekommen. Sie spielte eine amerikanische Journalistin, die einen jungen verwundeten tamilischen Terroristen durch die feindlichen Linien nach Jaffna und auf ein Schiff bringt.

»Wir haben sie alle geliebt, sie angebetet, vor zwei Jahren, während der Dreharbeiten. Die meisten jungen Männer hätten sich für sie in Stücke reißen lassen. Und ein paarmal ist es mir sogar gelungen, sie in meinem Taxi ins Hotel zu fahren. Und fragen Sie nicht, wie oft ich mir den Film auf Video angesehen habe! Ich bin mir absolut sicher.«

»Aber wie stellen Sie sich das vor?«

»Ich weiß es nicht. Es ist, als ob sie den Militärs in die Hände gefallen wäre und als hätten die eine Möglichkeit, sie immer wieder zum Leben zu erwecken und sie immer wieder zu Tode zu quälen.«

»Wie kommen Sie auf so eine absurde Idee?«

»Die Militärs hassen sie. Die Armee wirkte bei den Dreharbeiten mit, aber dem Kriegsministerium hatte ein verändertes Treatment vorgelegen. Als der Film anlief, gab es viel böses Blut, denn aus dem Terroristen war ein tapferer Freiheitskämpfer geworden, und die Schurken waren singhalesische Offiziere. Der Film durfte bis heute in Sri Lanka nicht gezeigt werden. Wenn sie es ...« — er zögerte und warf mir einen raschen Blick zu — »wenn sie es tun könnten, sie würden es tun, nur um sich an ihr zu rächen.«

»Was tun?«

»Sie töten. Sie immer wieder töten.«

»Das ist doch Unsinn!«

»Ich bin ein gläubiger Buddhist, Mr. Kirk. Ich glaube an die Wiedergeburt. Aber das hier ... das ist etwas Bösartiges, etwas Scheußliches. Und es geschieht hier in der Stadt.«

Hatte nicht Andrew auch etwas von Wiedergeburt erwähnt? Nein, er hatte gesagt: *Glaubst du an eine Auferstehung des Fleisches?* Was mochte er damit gemeint haben?

»Sie glauben mir nicht.«

Ich schüttelte den Kopf. »Nein.«

Dabei hätte ich's damals wissen können. Es gab ein paar merkwürdige Meldungen in den Medien, aber die waren so absurd und so lächerlich, daß niemand ihnen Glauben schenkte — bis auf die natürlich, die Bescheid wußten. Die Fakten lagen zutage wie in einem geologischen Bruch; man hätte Informationen nur zusammensuchen und richtig aneinanderfügen müssen. Freilich lauerten ein paar Haie im Infopool, die nach jedem schnappten, der an Daten heranwollte, die Auskunft gaben über eine Person, die den seltenen, aber unscheinbaren Namen Cecil Roughtrade trug. Ein Spitzenmann wie Andrew Baldenham hätte sie leicht übertölpeln können, nur waren er und ich zu lange nicht auf der Erde gewesen, und im Raum schrumpfen aktuelle Nachrichten aus Rom oder London auf das Maß der astronomischen Perspektive.

Also übertölpelten sie ihn.

II. Das Blitzen der Brandung

Die Sonne war zwischen den Baumstämmen hochgekrochen, nistete in den gefiederten Wipfeln und blitzte um die prallen Hoden der Kokospalmen.

Ich trat auf den Balkon, spürte den Beton unter den Fußsohlen und kratzte mir die Brust. Ich entdeckte sechs oder sieben neue Moskitostiche. Nach sechs Monaten im Raumanzug oder in wohltemperierter, keimfreier Atmosphäre in den Mannschaftsräumen war der unmittelbare Kontakt mit der Natur zwar ein elementares Erlebnis, aber nach fünf Monaten Nanguneri hatte ich die Blutsauger gründlich satt. Der sehnsüchtige Blick auf den blauen Planeten war eine Sache, seinen tausendfältigen Plagegeistern ausgeliefert zu sein, eine andere.

Das Schrillen der Zikaden war ohrenbetäubend, und vom Strand herauf war der eintönige Singsang der Fischer zu hören. Sie hatten, wie jeden Morgen bei Sonnenaufgang, mit dem Boot das große Netz in weitem Bogen durch die Bucht ausgelegt. Es dauerte viele Stunden, bis sie es hereingezerrt und die schweren Seile aus Kokosfasern aufgeschossen hatten zu schwarzbraunen Hügeln, die den weißen Sand der Bucht vom einen Ende zum anderen in regelmäßigen Abständen bedeckten.

»Pimpernay — everyday. Pimpernay — everyday« — ein halbes hundert Männer in stumpfsinniger ruckender Bewegung. Bald würden sie mit viel Geschrei über den kärglichen Fang aneinandergeraten: eine Handvoll größere Fische, ein paar Schalentiere und das übliche Kroppzeug. Seit tausend Jahren hatte sich nichts an den Fangmethoden dieser Menschen geändert. Die Erträge waren in den letzten fünfzig Jahren erschreckend zurückgegangen — Verschmutzung des Wassers, Zerstörung der Brutplätze in den Korallenbänken, und draußen die moderne Fangflotte der Japaner, die gegen Devisen die Buchten rücksichtslos bis auf den Grund ausräumte. Nicht zurückgegangen war der Kinderreichtum dieser Leute.

»Pimpernay — everyday. Pimpernay — everyday.« Der Bogen des Netzes verengte sich fast unmerklich.

Ich sah auf die Uhr. Es war erst halb neun. Drüben auf dem Gelände des Militärstützpunkts, dem Park des ehemaligen Luxushotels Ashok Beach Resort, exerzierten einige Soldaten. Sie robbten durch das vertrocknete Gras, der verwilderte Rasen eines früheren Golfplatzes, hielten Sturmgewehre in den Fäusten und arbeiteten sich auf den Ellbogen vorwärts. Trotz der morgendlichen Kühle waren ihre sandfarbenen Uniformen schon vom Schweiß gedunkelt. Über der Brandung und dem Singsang der Fischer war ab und zu ein heller Schrei zu hören, mit dem der Offizier seine Befehle gab. Ich ging den umlaufenden Balkon entlang und suchte die Fassade der Sea Queen nach Einschüssen des nächtlichen Feuergefechts ab, konnte aber keine entdecken. Die Türen der höhlenartigen Zimmer standen offen. Da und dort lag eine halbnackte Gestalt auf dem Bett: Hotelangestellte, die sich in leere Zimmer zurückgezogen hatten, um nicht schon am frühen Morgen mit einer Arbeit belästigt zu werden.

Motorengeräusch näherte sich; ein Kampfhubschrauber zog dicht über die Wipfel der Palmen hinweg und landete auf dem ehemaligen Parkplatz des Kovalam Ashok Beach Resort. Das *Whopp-whopp-whopp* der Rotoren ebbte ab und erstarb. Der Singsang der Fischer erfüllte wieder die reglose Luft. Ich wischte mir den Schweiß von der Brust und kehrte in mein Zimmer zurück, legte mich hin, genoß den Luftstrom des Deckenventilators und starrte in das schattenhafte Wirbeln der Rotorblätter. Die Maschine ruckte mit unerbittlicher Hartnäckigkeit an dem Deckenbalken, an dem sie befestigt war. Dann und wann mischte sich ein Hauch von Holzstaub in die bewegte Luft. Irgendwann würde es diesem Ding nach gründlicher Vorarbeit der Termiten gelingen, sich loszureißen und auf einen arglosen Gast zu stürzen, um ihn zu zerfleischen.

Ich verschränkte die Arme hinterm Kopf. Seit Tagen saßen wir in Kovalam fest, diesem ehemaligen Luxusbadeort im tiefen Süden Indiens. Alles hatte sich verzögert — wie immer in diesen Ländern. Die Antennenstation von Nanguneri, aus dem Orbit mit Energie versorgt, hätte im September ans Netz gehen sollen, aber irgendwelche politischen Scharfmacher hatten die Bauern aufgehetzt und ihnen eingeredet, alles im Umkreis von hundert Meilen würde durch Mikrowellen aus dem Weltall gegrillt, wenn die Empfangsantenne erst einmal in Betrieb genommen würde. Es half nichts, daß wir erklärten, der Empfang sei lasergesteuert, und schon bei einem Abschwenken des gebündelten Mikrowellenstrahls von wenigen Zentimetern werde die Verbindung zwischen Orbitalstation und Empfangsantenne automatisch unterbrochen, sie sahen schaudernd schon die dampfenden Steaks von den Rippen der heiligen Kühe rutschen, sich selbst und ihre Kinder ausgelöscht und ihre Felder verbrannt und vergiftet. Dabei brauchten sie die Energie so nötig wie den Regen, weil nur noch die Großgrundbesitzer sich Dieselöl für die Pumpen leisten konnten, während der Reis auf den Feldern der Dorfkommunen verdorrte. Aber das paßte den Großgrundbesitzern und den politischen Scharfmachern genau ins Konzept. Sie hetzten die Bauern auf, worauf die unsere Materialtransporte überfielen und die Unterkünfte der Arbeiter anzündeten, worauf das Militär anrückte, es ein paar Tote gab ... — das alte Lied.

Ich hatte mich entschlossen, zusammen mit Andrew Urlaub in Sri Lanka zu machen, bevor uns die NASA wieder brauchte. Er kenne sich auf der Insel aus, sagte er, sei als Student ein paarmal dort gewesen, als es noch Tourismus gab. Nach Portland zog es mich nicht zurück: In Oregon ist es um diese Zeit nebelig und naßkalt. Wahrscheinlich wohnte Rut in unserem Apartment, und ich wollte ihr nicht begegnen. Wir hatten uns im Streit getrennt, und je länger ich darüber nachdachte, desto mieser kam ich mir vor in der Rolle, die ich dabei gespielt hatte.

Ich richtete mich auf und blickte umher. Lichtreflexe zogen über die Decke wie durchscheinendes lebendiges Gewebe in starker Vergrößerung. Irgend etwas hatte mich in der Nacht geweckt. War es ein Ruf gewesen? Ein Schrei? Ich war auf den Balkon hinausgetreten. Zwischen den Stämmen der Bäume blitzte weiß die Brandung auf. Es war Flut, der Strand glitzerte von zurückflutendem Wasser. Die Schattenhände der Palmen waren ins Funkeln der Sterne getaucht, die Nacht mondlos. Plötzlich sah ich etwa 300 Meter vom Ufer entfernt Mündungsfeuer aufblitzen, hörte das Rattern eines Maschinengewehrs, und im selben Moment fetzten auch schon die Geschosse durch die Büsche und Bäume vor dem Hotel. Ich ließ mich hinter die halbhohe Betonbrüstung des Balkons fallen. Ein Querschläger prallte irgendwo ab und kreischte hinauf in den Nachthimmel. Im Hotel gingen Lichter an.

»Licht aus!« brüllte ich, während ich erschrocken ins Zimmer zurückkroch, aber offenbar verstand man mich nicht. Ich schlug die Tür hinter mir zu, obwohl ich wußte, daß das Holz einem Stahlkerngeschoß nicht mehr Widerstand bot als der Stoff meines Pyjamas. Aus dem Schutz der Mauer spähte ich durchs offene Fenster. Das Feuer war jetzt weiter nach Westen gerichtet. Wie eine Kette Glühwürmchen zogen die Geschosse zum Gipfel der Klippe hinauf, auf dem das ehemalige Ashok Beach-Luxushotel stand. Dort war man inzwischen auch aufgewacht und erwiderte das Feuer. Ströme von orangefarbenen Glühwürmchen ergossen sich ins Meer. Das Dröhnen eines starken Motors erhob sich und entfernte sich rasch in Richtung offene See. Viel zu spät wurde eine Leuchtrakete abgeschossen. Die Bucht lag sekundenlang von kränklich-blassem Licht übergossen. Vögel flatterten auf, und ein paar verschreckte Affen kreischten, dann sank die Nacht noch dunkler herab. Der Spuk war vorüber.

Ich zog das Leintuch zwischen den Beinen hoch und breitete es über Bauch und Brust, als böte es Schutz, und versuchte meinen rasenden Herzschlag zu beruhigen. Dieser Zwischenfall war typisch für diese unerklärten, aber permanenten Kleinkriege zwischen den Staaten der Dritten Welt. Sie verzettelten sich in sinnlosen Aktionen mit verschwenderischem Munitionsverbrauch, nächtlichen Überfällen und gelegentlicher Piraterie. Mit einem gezielten Handstreich hätten die Singhals, wie die Rassisten von Sri Lanka sich nannten, die Antennenstation von Nanguneri in wenigen Minuten zerstören und sechzehn Monate Arbeit deutscher, französischer und japanischer Firmen zunichte machen können. Aber das würden sie natürlich nie tun, weil das womöglich einen begrenzten Atomschlag der Inder ausgelöst hätte. Außerdem wußte man nie, ob man nicht doch eines Tages von der Anlage profitieren würde, die billige Energie aus dem Orbit empfangen konnte. Also blieb es bei kleinen Sticheleien.

Ich hatte lange gebraucht, um wieder einzuschlafen, und die Angst kroch in meine Träume wie ein dunkler kalter Wurm.

»Hör zu, Peter!« sagte Andrew und deutete mit seiner Krücke auf die offene Tür zum Balkon. »Wir müssen hier raus!«

Im Hintergrund des Zimmers hatten drei dunkelhäutige Soldaten in Kampfanzügen Stellung bezogen. Sie hielten ihre Maschinenpistolen, den Lauf nach oben, an die Brust gedrückt. Ich setzte mich mühsam im Bett auf und biß die Zähne zusammen, weil ich starke Schmerzen in der Leistengegend hatte. Die Krankenschwester, die Andrew stützte — eine Inderin Mitte Dreißig oder um die Vierzig —, blinzelte mir auffordernd zu. Sie entblößte ihr lückenhaftes Gebiß und ließ ihre Zungenspitze flink an ihrer Oberlippe hin und her schnellen. Draußen im Gang war das Klirren von Waffen zu hören und das Rennen von Soldaten, die an Türen und Fenstern in Stellung gingen.

»Ich habe alles noch mal durch den Computer laufen lassen«, sagte Andrew. Ich sah, daß seine Pyjamahose blutdurchtränkt war. Er deutete mit der Krücke zur Tür. »Es gibt keine andere Lösung, Peter«, sagte er, während die Schwester ihn an sich gepreßt hielt und mir auffordernd zunickte. »Du mußt jetzt sehr tapfer sein.« Er wischte das Blut, das ihm nun auch aus Mund und Nase drang, mit dem Ärmel achtlos weg. »Du mußt dir nur immer wieder sagen, daß sie dir eigentlich nichts anhaben können.«

»Okay«, sagte ich und setzte mich in Bewegung. Es ging qualvoll langsam, als watete ich durch tiefen Sand. Endlich erreichte ich die Tür und riß sie auf. Die Soldaten hoben ihre Maschinenpistolen und eröffneten das Feuer.

Ich erwachte keuchend und in Schweiß gebadet. Der Rotor des Ventilators über mir stand still. Stromausfall — alle paar Stunden.

Der Traum beunruhigte mich. Es war nicht das erstemal, daß mich diese Szene heimsuchte; es war immer wieder diese entsetzliche, verzweifelte Situation.

Auch die Frau in der Schwesterntracht kannte ich. Sie putzte unsere Zimmer und half in der Küche, war Witwe.

»Man sollte sie verbrennen«, sagte Mr. Lain, der Manager des Sea Queen und spitzte die wulstigen Lippen, um sich seine Zigarette anzuzünden. »Man hat es früher so gemacht, Mr. Kirk«, versicherte er, während er mir den Rauch ins Gesicht blies, »und man tut es heute wieder.« Er blinzelte mir zu und beugte sich über den Tresen. »Die ist hinter jedem Ausländer her«, sagte er in vertraulichem Ton. »Nutzen Sie es aus, bevor es zu spät ist, Mr. Kirk. Mr. Baldenham ist da nicht so schüchtern.« Er ballte die rechte Hand zur Faust und schlug mit der flachen Linken gegen den rechten Oberarm.

Ich sagte nichts, weil ich es durchaus für möglich hielt, daß Andrew mit ihr geschlafen hatte.

Ich putzte mir gerade die Zähne, als das Licht im Bad anging und sich der Ventilator mit einem Quietschen wieder in Bewegung setzte. Ich nutzte die Gelegenheit, um mich zu rasieren, bevor das Netz wieder zusammenbrach. In dem fast blinden Spiegel hatte ich Mühe, mein Gesicht zu identifizieren, während über dem Spiegelrand die langen Fühler einer Kakerlake erschienen, die besorgt die Lage überprüfte. Angewidert zerrte ich den Stecker aus der wackeligen Steckdose.

Ich wollte eben zum Frühstück gehen, als Andrew an der Tür erschien.

»Das Wasser läuft schon wieder nicht«, erklärte er grämlich und kratzte seine braungebrannte Stirnglatze, von der sich die Haut in Schuppen löste.

»Die stellen um neun das Wasser ab. Das weißt du doch.«

»Es ist aber noch nicht neun.«

»Sag das Mr. Lain und nicht mir!«

»Mein Gott, hast du eine Laune! Du wirst mir doch nicht neidisch sein.«

»Bin ich nicht.«

»Weißt du, wie alt sie ist?«

»Zwischen dreißig und sechzig. Dem Gebiß nach eher sechzig.«

»Irrtum. Sie ist vierundzwanzig und eine Künstlerin.«

»Gratuliere!— Hast du nichts von der Schießerei heute nacht gehört?«

»Doch, aber ich war zu beschäftigt.« Er hob die Augenbrauen und grinste selbstgefällig.

»Spaß beiseite, Andrew. Das war schon der zweite Feuerüberfall in dieser Woche. Wir sollten uns Zimmer im Erdgeschoß geben lassen. Sie liegen geschützter.«

»Dies hier«, sagte er mit weit ausholender Geste, die das Zimmer mit den verdreckten und beschmierten, ehemals mit hellgrüner Ölfarbe gestrichenen Wänden einschloß, »sind die Suiten der Sea Queen, mein Lieber. Für die besseren Gäste gedacht, mit Seeblick und der frischen Brise vom Meer.«

Ich dachte an den Geruch von Knoblauch und nicht mehr ganz frischem Fisch, der bis nach Mitternacht von der Küche heraufzog. »In den Löchern dort unten haben ein halbes Jahrhundert lang Hippies geheckt.« Er rümpfte die Nase. »Und glaub mir, Peter, keiner der Manager dieses altehrwürdigen Hotels ist je auf die Idee gekommen, neue Matratzen anzuschaffen.« Er zog das Laken von meinem Bett. »Aber, wie ich sehe, sind die hier auch nicht viel besser.«

Ich blickte angeekelt auf die Unterlage, die zum Vorschein kam.

»Jede Matratze hat ihre Geschichte«, sagte er, als doziere er bei einer Sektion. »Hotelmatratzen haben eine besonders bewegte. Sie gleichen Landkarten. Sieh sie dir an! Bettnässer und Glücksucher haben die Küstenlinien entworfen, Grafittomanen die Landmarken beschriftet. Vor allem im Zentrum des Kontinents.« Er deutete auf einen Samenfleck in der Mitte, der mit rotem Filzstift umrandet und zu einem Herzen stilisiert war. HERE I FUCKED HER stand darüber. Ein Spaßvogel hatte HER durchgestrichen und HIM daneben geschrieben. Monumente längst vergessener Triumphe. Hippieglück.

Ich riß die Matratze aus ihrem Holzrahmen und drehte sie um. Die andere Hemisphäre derselben Welt. Kontinente aus Alpträumen und Leidenschaft.

»Saustall. Ich werde mit Mr. Lain reden.«

Andrew grinste. »Viel Glück!«

Der Chor der Fischer war verstummt. Sie hatten ihr Netz eingeholt.

»Ich gehe zum Strand«, sagte ich.

Sie hatten einen Toten im Netz. Einen Jungen, höchstens sechzehn. Khaki-Shorts, ein kurzärmeliges Uniformhemd, das aufgeknöpft war und eine magere hellhäutige Jungenbrust enthüllte, auf der sterbende kleine silbrig glänzende Fische flatterten wie Pappelblätter im Wind. Das Haar und der Mund des Toten waren voller Sand, und über dem Herzen hatte er ein Loch in der Brust, aus dem zwischen ausgewässertem Fleisch ein dünner Faden rostfarbener Flüssigkeit rann.

Ein Jeep kam über den Sand herangebraust, kam schleudernd zum Stehen, Soldaten in Kampfanzügen sprangen heraus, drängten die Fischer mit Gewehrkolben beiseite, holten den Leichnam aus dem Netz, machten sich nicht die Mühe, ihn herauszulösen, sondern zerschnitten es, schleiften ihn vor die Füße des Offiziers. Wie Schuppen eines zerbrechlichen Panzers fielen die sterbenden Fische von der Brust des Jungen und bildeten eine dünne silberne Spur auf dem nassen Sand. Der Offizier begann die Fischer auszufragen. Sie faselten aufgeregt. Haß war in den dunklen Augen angesichts des toten Feindes, aber auch eine Spur Angst. Einer trat nach dem Toten und spuckte ihn an aus zahnlosem Mund. Der Offizier schob ihn mit seinem Stöckchen zurück — sanft, aber nachdrücklich.

»Wer sind Sie?« fragte er mich auf englisch.

Ich sagte ihm meinen Namen.

»Gehen Sie in Ihr Hotel!« sagte er. »Das ist eine militärische Angelegenheit.«

Ich betrachtete den Fang. Kaum zwei Dutzend Fische, die mehr als handlang waren. Sie zappelten sich kläglich zu Tode. Die Aufmerksamkeit der Männer galt dem Jungen, dessen sandbedecktes Gesicht bereits zu Erdreich zerfallen schien, dessen Wunde versiegt war, unter der ein letzter verendeter Fisch klebte wie ein silbernes Blatt.

Die Aufmerksamkeit des Offiziers galt mir. Die verspiegelte Sonnenbrille war undurchdringlich, das Stöckchen zuckte ungeduldig gegen den Stiefelschaft. Ich machte kehrt und schlenderte gehorsam zum Hotel zurück.

»Ein dreckiger Pirat«, sagte der Manager der Sea Queen achselzuckend und fuhr fort, seine betelbraunen Zähne zu reinigen.

»Er trug Uniform.«

»Ein uniformierter dreckiger Pirat, Mr. Kirk. Es sind Gangster. Singhal. Die Pranke des Löwen nennen sie sich. Zum Lachen! Die tamilischen Tiger werden diesen räudigen Löwen zerfleischen und im Meer ersäufen.«

Auf dem Kalender an der Rückwand ein Ganesha, der mit seinem mächtigen Hinterteil eine Ratte zerquetschte. Er musterte mich mit tückischen roten Augen, fast erblindet vor Fliegendreck. Zwei Zeitrechnungen: 18. Dezember 2016. Auf der rechten Hälfte war man bereits im 52. Jahrhundert angelangt. Ein Paralleluniversum? 5116 stand zwischen bunten Girlanden neben dem dicken linken Hinterbein des Elefantengottes.

»Wann wird das Luftschiff da sein?« fragte ich.

»In zwei, drei Tagen. Wer weiß? Vielleicht schon morgen.«

»Das haben Sie vor zwei, drei Tagen auch schon gesagt, Mr. Lain.«

Er hob die Schultern. »Wir haben Südwestwind. Selten um diese Jahreszeit. Das Schiff kommt nur langsam voran. Bombay ist weit, Mr. Kirk. Aber es wird kommen.«

»Kann ich eine neue Matratze haben?«

Er blickte mich verständnislos an. Der Ganesha grinste boshaft. »Hören Sie, Mr. Kirk. Ich weiß, daß Sie sehr viel für mein Land getan haben, und ich würde Ihnen Ihren Wunsch gern erfüllen, aber heutzutage sind solche Dinge wirklich nicht leicht ...«

»Was kostet eine neue?«

Mr. Lain senkte den Blick unter seidenweichen Wimpern auf den Taschenrechner, der zwischen vergilbten Anmeldeformularen und miserabel gedruckten Zeitschriften auf dem Tresen der Rezeption lag, und begann zu tippen. »Zweihundert Dollar, Mr. Kirk.«

Ich gab ihm zwei Hundertdollar-Stücke.

»Ich werde den Boy mit dem Mittagsbus in die Stadt schikken, Mr. Kirk. Heute abend haben Sie Ihre Matratze.«

»Ich danke Ihnen, Mr. Lain.«

»Braucht Mr. Baldenham auch eine neue Matratze?«

»Nein. Mr. Baldenham braucht keine neue Matratze.«

Mr. Lain begann zu grinsen, öffnete den Mund und stieß ein schrilles Kreischen aus, das gar nicht zu seiner sonst so sanften Art paßte. »Ich verstehe«, prustete er.

Der Boy war um Mitternacht immer noch nicht zurück. Ich zog in eins der Zimmer im Erdgeschoß um, die hinter einer brusthohen Balustrade lagen, einem durchgehenden Balkon, der das ganze Gebäude entlanglief. Dichtes Buschwerk verwehrte den Ausblick auf die Bucht, bot aber zusätzlichen Schutz. Ich mochte das Risiko nicht eingehen, von einer verirrten Kugel irgendeines Piraten oder Patrioten getroffen zu werden. Schaudernd breitete ich zwei Laken über die Hemisphäre meiner Liegestatt und streckte mich über Länder und Meere, Höhepunkte und Tiefen aus und schlief sofort ein.

Irgendwann in der Nacht landeten zwei Kampfhubschrauber auf dem Stützpunkt, um kurz darauf wieder zu starten. Im Morgengrauen kehrten sie heim. Sie hatten alle ihre Raketen abgefeuert.

Weder an diesem noch am nächsten Tag tauchte das Luftschiff auf. Auch der Boy ließ sich nicht mehr blicken. »Ich sagte Ihnen ja, daß es nicht leicht ist, Mr. Kirk«, sagte der Manager; aber ich hatte den Halunken im Verdacht, daß er das Geld eingesteckt und den Boy heimgeschickt hatte, damit er bis zu unserer Abreise verschwunden blieb.

Am Tag darauf — es hatte die ganze Nacht gestürmt und geregnet —, wir saßen gerade auf der Terrasse beim Frühstück, erhob sich plötzlich Lärm. Kinder patschten durch die großen Wasserpfützen auf der Straße und riefen aufgeregt: »Der Elefant! Der Elefant!« Der ganze Ort schien auf den Beinen zu sein. Alle rannten zur westlichen Bucht, jenseits des militärischen Sperrbezirks.

Mr. Lain kam auf die Terrasse geeilt, breitete beide Hände aus und rief lachend: »Habe ich nicht gesagt, daß es heute kommt?«

Wir sprangen auf und schlossen uns den Leuten an. Von den Palmen tröpfelte das Wasser; die Luft roch frisch nach Gras und blühenden Franchipani; in den Pfützen spiegelte sich der graue regenschwere Himmel, und aus diesem grauen regenschweren Himmel sank ... Ja, da war es! Es sank herab aus den Wolkenbäuchen — riesig, naß und glitzernd.

Unter seinem mächtigen schützenden Bauch die lange schlanke Gondel aus Aluminium und Plastik, vier Stockwerke hoch, eine Mischung von Fahrgastschiff, Frachtcontainer und Pulmancar. Drüber, vorn, die rundum verglaste Kanzel der Brücke; dahinter, auf dem Dach der Gondel, zwischen Kisten, Körben und Ballen, saßen dichtgedrängt Passagiere im Schutz des Ballonkörpers. Am gerippten, stumpfmäuligen Bug war die Flagge Singapurs aufgemalt, ein weißer Halbmond und fünf weiße Sterne im roten Feld auf weiß-rotem Grund, dahinter stand:

SULTAN AHMET
EFRAIM HASIM SDN. BHD.
AIR & SEA TRANSPORTS

Mit schnarrenden Propellern manövrierte das Luftschiff die Nase zum Gitterturm, auf dessen Plattform ein Mann mit Wimpeln Zeichen gab; eine Ankerleine wurde abgeschossen und festgemacht; halbnackte Gestalten kletterten an der Reling der Gondel entlang; Leinen wurden herabgeworfen und ergriffen; Pfiffe und Kommandos ertönten, dann wurden die Trossen abgefiert und über Rollen gezogen. Mit dem gleichen Singsang, mit dem sie ihr Netz eingeholt hatten, zogen die herbeigeeilten Fischer den Ballon vom Himmel herunter, bis die Gondel knirschend im Sand aufsetzte und festgezurrt wurde. Dann schien das Ding förmlich zu explodieren, so viele Fahrgäste drängten heraus, augenblicklich umringt von Frauen und Kindern mit Körben voll Obst und Erdnüssen. Binnen Minuten glich der Strand einem Heerlager.

Das bullige, mit Helium gefüllte Luftschiff, über und über mit dunkel glitzernden Solarzellen bedeckt, sah nun, da man an Bug und Heck die vier Motorgondeln herabgelassen hatte, wie einer dieser mit Spiegeln besetzten Elefanten aus, die man früher in allen Größen den Touristen aus den USA, Europa und Japan verkauft hatte. Doch in seinem dunkel schimmernden Geschirr unter dem dunklen regenschwangeren Himmel sah er wie ein trauriger Elefant aus.

Ich wartete, bis der Zahlmeister der *Sultan Ahmet* den Fischern, die beim Niederholen geholfen hatten, ihren Lohn ausbezahlt hatte, dann fragte ich ihn, was eine Passage nach Colombo kostete. Er schnürte seinen bestickten Lederbeutel am Gürtel zu, dem er die Rupien entnommen hatte, musterte mich mit abschätzendem Blick und strich sich über den stattlichen grauen Knebelbart. Er war ein Sikh, bestimmt einsfünfundachtzig groß, das ungeschnittene Haar unterm Turban aufgesteckt.

»Dreitausend Dollar.«

»Die Kabine?«

»Das Bett.«

»Und auf dem Dach?«

»Zweitausend Rupies. Für Weiße verboten.«

Ich wußte, daß man von Weißen überall das Mehrfache verlangte, aber das war happig. Nicht daß es uns etwas ausgemacht hätte, wir bekamen die Reisekosten von der NASA ersetzt, aber das riß ein tiefes Loch in unsere Barschaft, und die Zeiten von American Express waren ebenso unwiderruflich vorbei wie die des Massentourismus — man zahlte bar, in silbernen Hundertdollarstücken der Staatsbank von Singapur —, und wir hatten noch zwei Monate Urlaub vor uns.

›Ohne Geld sind Sie hier ein Paria‹, sagte uns der amerikanische Botschafter in New Delhi, ›nur‹ — er lachte — ›rührt man die nicht an.‹ Und die Aversion gegen die USA, die während der Hungerkatastrophen vor der Jahrhundertwende die Länder der Dritten Welt sich selbst überlassen und 500 Milliarden Dollar in die Raumrüstung gesteckt hatten, saß tief. Der Technologieschub hatte auch EFOS* gebracht, aber für 400 Millionen Menschen kam die billige Energie aus dem All zu spät.

Ich buchte zwei Passagen auf der *Sultan Ahmet* und zählte sechzig Silberlinge in die große braune Hand des Zahlmeisters. Er riß zwei farbenprächtige Tickets von einem Block und reichte sie mir mit der strengen Geste eines Ablaßhändlers.

»Wir starten um 3 p.m.«

Ich schlenderte zu Andrew hinüber, der bei einer der abgefierten Motorengondeln stand und zusah, wie die Bordmechaniker die Antriebsmuskeln einbauten. Tagsüber flog das Luftschiff mit elektrischer Kraft aus den Sonnenzellen, nachts mußte es auf Muskelkraft zurückgreifen.

Mit einem Flaschenzug hoben sie den Muskel, groß wie eine Rinderhälfte und bestimmt zehn Zentner schwer, aus dem temperierten, mit Nährlösung gefüllten Aluminiumcontainer, um ihn mit warmem Wasser abzuwaschen und in die Arbeitswanne abzusenken, wo er mit den knorpeligen Auswüchsen seiner stumpfen Seite an einem mächtigen Stahlrahmen festgeflanscht wurde, während man das spitze, mit Sehnenbän-

* Energy From Outer Space

dern versehene Ende mit der Kurbelwelle verband. Drei dieser Muskeln trieben jeweils einen Propeller an. Ein tellergroßes rundes blaues Zeichen war in die weißliche Haut tätowiert: HITACHI BIOTECH. Lebendiges Muskelgewebe aus rückgezüchteten Mammuts, wie es in den japanischen Biolabors in Millionen Tonnen heranwuchs, billiger und leistungsfähiger als AMERICAN BISON und bis zu einem Jahr lebensfähig, danach zum Verzehr freigegeben — wenn man die geeigneten Zähne dazu hatte.

Die Mechaniker klemmten die Blutzufuhr des Regenerationscontainers ab und verbanden die Arterien mit dem Versorgungssystem der Gondel. Als alle drei Muskeln befestigt und angeschlossen waren, wurden am rudimentären Nervenstrang die Impulsgeber-Elektroden eingestöpselt. Ein Mikroprozessor steuerte durch exakte Zündfolge den Takt, während ein Sensor im Blutkreislauf den Gehalt an synthetischem Adrenalin und den Blutdruck jeder Bio-Einheit überwachte. Es folgte ein Probelauf: die Muskeln ruckten in ihren Rahmen und setzten die Kurbelwelle in Bewegung. Eine Plastikarterie riß sich los, besprühte die Männer mit Blut. Sie behoben die Panne und wischten sich lachend die Gesichter mit einem Zipfel ihres Turbans, dann ging die Stampede der mächtigen Urwelttiere weiter, über imaginäre Tundren, elektronisch induzierte Fluchtreflexe, chemisch gesteuerte Angst, gesteigertes Durchhaltevermögen. Bis zu 30 Stunden kann ein gut gepflegter, gut genährter, gut trainierter und mit Adrenalin vollgepumpter Hitachi-Mammut sein letztes geben.

Einer der Monteure sagte etwas zu mir, aber ich verstand ihn nicht. Er grinste.

»Was will er?« fragte ich Andrew.

»Er fragt, ob du eine Bluttransfusion brauchst, weil du so blaß bist.«

»Danke!« rief ich über die immer geschmeidiger arbeitenden Muskeln hinweg.

Als wir in die Sea Queen zurückkehrten, standen schon zwei Dutzend neue Gäste an der Rezeption. Es roch nach Schweiß und Knoblauch.

»Mr. Kirk!« rief der Manager über den Lärm hinweg. »Ihre Matratze ist da.«

Und tatsächlich, da lehnte sie an der Wand: häßlich rot, grün und blau geblümt, jungfräulich in stramme Plastikfolie gehüllt. Einige der neuen Gäste musterten mich etwas befremdet.

»Warum hat der Junge drei Tage dazu gebraucht?«

»Er hat seine Familie in der Stadt besucht!« rief er entschuldigend. »Wann hat er schon Gelegenheit, in die Stadt zu kommen? Das müssen Sie verstehen, Mr. Kirk.«

Einige der Leute musterten mich, als hätte ich etwas dagegen, daß der Junge seine Familie besuchte, und ich trat achselzuckend den Rückzug an, ging aufs Zimmer und packte meine Reisetasche.

Andrew kam in mein Zimmer, setzte sich aufs Bett und seufzte: »Wie soll ich ihr beibringen, daß ich heute nachmittag abhaue?«

»Du bist doch sonst um keine Ausrede verlegen!«

»Ich komme mir ziemlich mies vor.«

»Dann laß dich doch nicht immer wieder mit den Weibern hier ein. Vielleicht nimmst du sie mit. In Colombo kann sie nachträglich ihre Witwenverbrennung haben. Die machen dort mit Tamilen kurzen Prozeß.«

»Du bist ungerecht.«

»Ach, was?«

»Herrgott!« schrie Andrew. »Ich bin fünfzehn Jahre älter als du, Pete, aber manchmal kommst du mir vor wie ein zänkischer alter Mann, der nichts mehr vom Leben erwartet. Ich weiß, daß du Schwierigkeiten mit deiner Frau hattest und daß deine Ehe in die Brüche gegangen ist, auch wenn du nie ein Wort darüber verloren hast. Ich hab doch Augen im Kopf.

Du brauchst nicht monatelang deine verletzte Eitelkeit zu hätscheln. Wenn so etwas passiert, ist selten einer daran schuld.«

»Davon verstehst du nichts.«

»O doch, davon verstehe ich eine ganze Menge, Pete.«

Ich ergriff meine Reisetasche und ging hinunter, um meine Rechnung zu bezahlen.

Natürlich hatte ich schon längst Verdacht geschöpft, ihr gelegentlich sogar nachspioniert, aber ohne konkretes Ergebnis. Ich traf also ein paar Vorbereitungen, als ich für vier Monate in den Orbit ging, weil ich annahm, daß Rut während meiner Abwesenheit keine Skrupel haben würde, eventuelle Liebhaber in unser Schlafzimmer mitzubringen. Das ist meine Frau, sagte ich mir immer wieder, während ich den Fernsehschirm anstierte und zusah, wie leidenschaftlich, wie zärtlich, mit welcher Hingabe sie einen anderen Mann lieben konnte. Einmal rutschten sie aus dem Bett, trieben es wahrscheinlich auf dem Boden weiter, aber der Belastungsschalter hatte das Band angehalten, bis das Gewicht zweier Körper es wieder in Bewegung setzte. Eine Störung riffelte das Bild quer in sägezahnähnlichem Muster und verschob die kopulierenden Körper seitlich gegeneinander; ihre Bewegungen, plötzlich durch ein gezacktes silbern flirrendes Band getrennt, zappelten auf absurde Weise ins Leere. Das ist meine Frau, sagte ich mir immer wieder in einer ekligen Mischung aus weinerlicher Selbstgerechtigkeit und verletzter Eitelkeit. Mir schmerzten die Hände, so hielt ich die Armlehnen des Sessels umklammert. Es war kalt im Zimmer, weil ich vergessen hatte, das Fenster wieder zu schließen.

»Warum ist es so kalt hier?« rief sie von der Tür her, schüttelte mit der typischen Bewegung ihr Haar aus dem Gesicht und zog den Trenchcoat aus. »Ich hab ein paar gute Sachen eingekauft, wir kochen uns heut was Feines, denn ich kann mir vorstellen, daß du nach all der Zeit etwas Anständiges zum Essen brauchst.«

Ich konnte das Band nicht abstellen. Ein gebräunter Rükken, zuckende Lenden, schlanke Finger, die einen Hinterkopf umklammern, geschlossene Augen in einem zarten, verzückten Gesicht, wirre blonde Ringellocken, Lippen, die gierig ein Ohr suchen, einen Mund …

Ich hörte sie keuchen, ein Stöhnen, ein beinahe lächerlich quäkender, qualvoller Schrei, der aus tiefster Kehle kam, dann begann sie mit den Fäusten auf mich einzuschlagen, auf den Kopf, auf die Schultern. Das löste mich aus meiner Erstarrung. Ich sprang auf, hielt ihre Handgelenke fest; sie schlug und zerrte wie eine Rasende, stieß die Schuhspitzen gegen meine Schienbeine. »Was bist du doch für ein Schwein!« schrie sie. »Wie kann man nur so ein Schwein sein?«

»Das wollte ich dich fragen.«

»Du selbstgerechtes Monster. Du perverses Schwein!«

Während sie sich loszureißen versuchte, lag ihr Kopf einen Moment lang an meiner Brust, kaum einen Augenblick lang; ich spürte mit den Lippen ihr Haar, es war vom Regen feucht, und ich roch seinen Duft, nach dem ich mich in den Monaten im Orbit gesehnt hatte, weil ich mich nie genau an ihn erinnern konnte, nur wußte, daß ich ihn mochte. In diesem Moment, in diesem halben Augenblick war ich bereit, alles zu vergessen und das Band zu löschen wie mein Gedächtnis, doch dann war dieser Moment vorbei, und wir hatten ihn nicht festhalten können, uns nicht festhalten können.

Ich fuhr noch am selben Abend in die Hütte an der See, zu der wir Clubmitglieder den Schlüssel hatten. Es war niemand da. Ich machte Feuer. Es regnete die ganze Nacht; ich hörte das Trommeln der Tropfen auf dem Dach des Wagens, den ich unter den Tannen vor der Hütte abgestellt hatte. Irgendwann schlief ich ein.

Am nächsten Morgen klarte es auf. Ich lief zwei Stunden, mit langen, raumgreifenden Schritten. Nach der Enge der Orbitalstation ist es mir ein Bedürfnis, Raum zu durchqueren, Distanz zurückzulegen, das Gefühl zu haben, die Erde mit jedem Schritt hinter mir wegzuschieben, in Drehung zu versetzen. Über der Bucht hing dichter Nebel. Ich trabte den Strand entlang, Muscheln knirschten, Scherben der Zeit. Ich keuchte mir die Lungen aus dem Leib. Wie aus dem Nichts rollten die Wellen des Pazifik heran und brachen sich neben meinen Füßen, zogen sich zischend wieder zurück. Ich streckte mich erschöpft auf dem feuchten Sand aus. Seine Kühle tat mir wohl. Der Zorn, der die ganze Nacht wie ein kantiger Stein in meiner Brust gelegen hatte, war verschwunden, der Schmerz, den er verursacht hatte, ließ mit jedem Atemzug nach. Ich öffnete die Augen und erblickte direkt über mir durch ein Loch in den Wolken ein Stück blauen Himmels. Und plötzlich war mir, als läge ich mit dem Rücken gegen eine kalte Fläche gepreßt und blickte hinab in einen Abgrund, in den ich bei der geringsten unvorsichtigen Bewegung stürzen mußte. Dieses Gefühl kennt jeder Astronaut, der Außenarbeiten im Orbit durchgeführt hat. Ich schloß die Augen und wartete, bis ich sicher war, daß ich mit dem Rücken auf der sicheren Erde lag und aufstehen konnte.

»Ich wußte gar nicht, daß du so ein gerissener Voyeur bist«, sagte Danny genüßlich grinsend. Er scharrte flink die Reiskörner und Soßenreste auf dem Löffel zusammen und schleuderte sie mit einer blitzartigen Bewegung in den Mund; dann ließ er sich zurücksinken und griff nach der Serviette. »Der Richter wird dich zwar für keinen Gentleman halten, aber das Band ist Gold wert.« Er hatte sich beim Essen bekleckert und tupfte sich ungeschickt die Krawatte ab. Sein dickes Gesicht hatte bei der Anstrengung, an sich hinunterzublicken, eine rötliche Färbung angenommen. »Mit Geldforderungen kommt sie bei soviel Beweismaterial nicht durch.« Er kicherte vergnügt und tätschelte meinen Arm. Über seinem Bauch hatte sich ein Hemdenknopf geöffnet, und die blasse behaarte Hautstelle zog meinen Blick magisch an. Plötzlich empfand ich physischen Widerwillen davor, ihm das Band auszuhändigen.

»Wer alles wird es ansehen?«

»Selbstverständlich ich, als Anwalt, der Richter, wahrscheinlich der Beisitzer, vielleicht ein Sachverständiger.«

Sachverständiger? Sein Bauch hüpfte, als er lachte.

»Bedenken? Ich sage dir, das Band ist Gold wert. Das spart dir eine Menge Geld.«

»Schade.«

»Was soll das heißen?«

»Ich hab's ins Meer geschmissen.«

Sein Gesicht erschlaffte. »Keine Kopie?«

»Keine Kopie.«

Als ich aufstand, fiel mein Blick zufällig auf die Überschrift einer Zeitung, die jemand auf dem Nebentisch hatte liegenlassen.

ANGEBLICHER DOPPELGÄNGER
DES ENTFÜHRTEN NOBELPREISTRÄGERS
ERMORDET

Der Mann, der behauptete, der vor Monaten entführte Nobelpreisträger Guiseppe Torre zu sein, wurde in einem New Yorker Hotel erschossen aufgefunden. Frau Torre bestreitet Identität.

Mich interessieren Zeitungsmeldungen nicht sonderlich. Das war schon immer mein Fehler.

»Mr. Kirk, Sir! Mr. Kirk!« rief eine krächzende Stimme, als wir durch die Paßkontrolle waren. »Ihre Matratze, Mr. Kirk!«

Es war der Boy von der Sea Queen, und er hatte tatsächlich die Matratze vom Hotel zum Landeplatz heruntergeschleppt.

»Ich schenk sie dir!« rief ich zurück. »Mach eine schöne Welt daraus!«

»Was soll ich daraus machen, Mr. Kirk?«

»Ach, nichts. Schlaf gut auf ihr!«

»Danke, Mr. Kirk. Und gute Reise!«

Eine halbe Stunde später wurden die Leinen losgemacht und eingeholt, und die *Sultan Ahmet* erhob sich in die Lüfte. Unsere Galeerenmammuts legten sich in die Riemen, die Luftschrauben schnarrten und schoben das Schiff nach Südosten.

Andrew bestellte sich beim Kabinenstewart ein Bier, hob das Glas und blickte traurig auf die Küste zurück. »Entschuldige bitte, daß ich dich vorhin angebrüllt habe«, sagte er.

»Laß gut sein. Du hattest ja recht.«

Wir starrten durch das dünne Plastikfenster unserer Kabine, während sich unter uns überm dunstigen Land schon die Nacht sammelte.

Ich schlief schlecht und schreckte wiederholt auf, weil ich dachte, der Satellit sei außer Kontrolle geraten. Das leichte Pendeln der Gondel irritierte mich. Außerdem war die Koje zu kurz, als daß ich die Beine hätte ausstrecken, und zu schmal, als daß ich hätte bequem mit angezogenen Knien liegen können. Ich schob das schmale Fenster ein Stück weit auf und ließ die kühle Nachtluft herein. Es war ungewöhnlich still

— nur das leise Ächzen des Ballongeschirrs, das Singen des Winds in den Drähten und Verstrebungen und das leise Surren der Luftschrauben, geisterhaft bewegt von der imaginären Stampede galvanisierter Muskeln.

Der Morgen graute. Ein Matrose, der im Fenster einer Motorengondel hockte, gegen die Kälte eine Decke um die Schultern geschlungen, winkte mir zu. Ich winkte zurück.

Ich stieg sehr leise aus meiner Koje und stand barfuß auf der dünnen Reisstrohmatte, mit der die Kabine ausgelegt war.

Andrew schlief fest. Ich musterte ihn im Halbdunkel. Sein dichter brauner Schnurrbart hing traurig über die Winkel seines leicht geöffneten Mundes. Trotz der Stirnglatze und des ergrauenden Haarkranzes wirkte er erstaunlich jung, wenn der Schlaf die Falten auf der Stirn und in den Augenwinkeln glättete. Er hatte etwas Jungenhaftes an sich, trotz seiner 54 Jahre, und wenn er vor einem stand, ein kleiner drahtiger Mann mit einem Ansatz zum Bierbauch, der nicht so recht zu seiner Figur passen wollte, in ausgeblichenen Jeans, Sporthemd, abgeschabter Lederjacke und ausgelatschten Schuhen, fiel es schwer zu glauben, daß er zu den hochkarätigsten Computerspezialisten des EFOS-Teams gehörte.

»Computersoftware«, pflegte er zu korrigieren. »Mich interessiert nur die Software, nicht der Drahtverhau. Davon verstehe ich nichts.« Schon als Teenager hatte er das Telenet, wie es damals noch hieß, verunsichert und als Hacker manchen das Fürchten gelehrt. Später hatte er an der UCLA bei Alan Garfinkel studiert und war mit eigenen Arbeiten über Chaosforschung hervorgetreten. Er vertrat den deterministischen Standpunkt und hielt die Position der Randomisten auch nach deren Sieg in der philosophischen Auseinandersetzung für einen Denkfehler.

Andrew war spät zum EFOS-Team gestoßen, um 2010, als

ich schon sechs Jahre dabei war. Was er vorher gemacht hatte, darüber wollte er nicht reden. »Ich habe mich mit Randomisten geprügelt, und sie haben gewonnen. Es war eine geheime Regierungsgeschichte, aus der nichts geworden ist, und sie haben uns dazu vergattert, die Klappe zu halten. Also, hör endlich auf, mich zu löchern! Das mußt du doch verstehen, Herrgott noch mal!«

»Eine Bombe?«

»Es hätte eine werden können, wie sie die Welt noch nicht gesehen hat. Wir hätten den Hunger aus der Welt gebombt.«

»Und wie lange warst du dabei?«

»Zwölf Jahre.«

»Eine verdammt lange Zeit für ein Projekt, das dann in den Sand gesetzt wurde.«

»Wir hatten eben Pech. Die Grundlagenforschung erbrachte Resultate, die gegen uns waren. Aber ich denke, es war die falsche Mathematik, die sie angewendet haben.«

Als Andrew bei *Sunbird 3* auftauchte, wurde ich ihm als Telemetrie-Ingenieur zugeteilt. Er hatte die Programme für die lasergesteuerten Antennenschwenks des Energiesatelliten auszuarbeiten, in welcher Reihenfolge und wie lange dieser von seinem leicht schwankenden stationären Orbit aus die Antennenfelder zwischen Pakistan und Japan, Zimbabwe und Australien versorgte. Ich hatte ihm dafür die Daten zu liefern — mit einer Genauigkeit von plus/minus 100 Millimetern auf 35 800 Kilometern.

Nanguneri in Südindien war die letzte Bodenstation gewesen, die wir zu testen und abzunehmen hatten. *Sunbird 3* hatte inzwischen den Betrieb voll aufgenommen. Nun war es unsere Aufgabe, *Sunbird 4* betriebsbereit zu machen, während zwischen Port-au-Prince und Montevideo, Nouakchott und Swakopmund die Antennenfelder montiert wurden.

Ich zog mich an und stieg hinunter in das Passagierdeck der 2. Klasse. Der Raum war eng bestuhlt wie ein Charterjet des letzten Jahrhunderts. Die meisten Reisenden schliefen, in Decken oder in ihre weiten bunten Gewänder gehüllt. Ein Kind wimmerte. Die Mutter wiegte es und sah mich ausdruckslos an. Die Schiebefenster waren alle geschlossen. Es roch nach Erbrochenem und vollen Windeln.

Ich ging nach vorn und die Treppe hinunter zur Bar. Zwei Männer im weißen Burnus lehnten am Tresen, gossen sich den Kaffee in die abgewetzten Plastikuntertassen und schlürften ihn heraus, unterhielten sich auf arabisch. Einer der beiden, mit Narben im Gesicht, als hätte man es mit einem Hackmesser bearbeitet, nickte mir freundlich zu und entblößte ein Vermögen an goldenen Zahnprothesen. Ich lächelte zurück und bestellte mir beim Barkeeper, der in einem winzigen Plastikeimerchen Tassen abspülte, einen Kaffee.

»No Nescafé«, erklärte er stolz, während er mir eingoß, »Malacca Coffee.«

Er schob mir einen riesigen runden Napf, voll gefüllt mit Zucker, zu.

Ich trank das heiße, dünne Gebräu, zahlte und stieg die drei Stockwerke zum Dach der Passagierkabine hinauf. Jeder Fußbreit Boden war mit Fracht und Gepäck vollgestellt, dazwischen schliefen die vermummten Gestalten von Deckspassagieren unter dem schützenden Bauch des Elefanten.

Wir befanden uns in etwa 600 Metern Höhe. Es hatte aufgeklart. Die Morgenluft war kühl. Matrosen, nur mit Lendentuch und Turban bekleidet, enterten auf, um die Sonnenzellen blankzureiben; ihre schmalen braunen Füße krallten sich in die Trittstege der Strickleitern. Einer der Männer stand auf halber Höhe und erleichterte sich. Eine makellose Parabel, die sich in der Tiefe verlor. Das Meer nach Osten hin lag wie eine geriffelte Metallfläche unter dem Licht, das den Himmel zu füllen begann. Weit voraus ein heller Saum, wie eine zarte

Girlande an den Horizont geheftet: die Brandungslinie der ceylonesischen Küste.

Der Himmel erhellte sich rasch. Dunkle, dickbäuchige Wolkenkaravellen zogen uns entgegen. Ihre Spieren und Planken wurden von den Luftschrauben aufgefräst und stoben davon wie Rauch. Das Spiel von Hell und Dunkel gewann an Farbe, ein zartes Grün wich einem kräftigen Zinnober, die höheren Wolken glühten auf, ihr Feuer griff auf die oberen Ränder der tieferen über, hellte sie zu wärmeren Tönen auf, zu Gelb, schließlich Weiß. Die Sonne war aufgegangen.

Von der Brücke war der langgezogene Ton einer Trillerpfeife zu hören. Die Köpfe von Mitreisenden tauchten aus Mänteln und Decken — braune Gesichter, kahlrasierte Schädel, weiße Bärte, zahnlos gähnende Münder. Signale durch Handzeichen gingen zwischen der Brücke und den vier Motorgondeln hin und her. Der Kapitän ließ den Antrieb auf Sonnenenergie umschalten, um die Biomotoren zu schonen. Die Adrenalinzufuhr wurde gedrosselt, Sedativa in die Blutbahn geleitet, die Nervenimpulse versiegten. Der kräftige Schlag der Muskeln erschlaffte und hörte ganz auf. Die zitternden Flanken wurden von sauerstoffreichem Blut durchflutet, um die Schlackenstoffe auszuwaschen, während das Getriebe ausgekuppelt und die Elektromotoren angeworfen wurden. Die Propeller begannen wieder rascher zu kreisen. Plötzlich mischte sich ein hackendes Geräusch in das stetige Surren. Ein waffenstarrender Kampfhubschrauber schwebte heran und ging in etwa 20 Meter oberhalb unserer Flughöhe in Schußposition. Er trug einen dottergelben hechelnden Löwen auf braunem Grund, der in der rechten Tatze triumphierend ein Ding hielt, das halb wie ein Tranchiermesser, halb wie ein Zepter aussah. Ich sah die dunklen Gesichter der Männer unter den Stahlhelmen, undurchdringliche Gesichter, Männer, die auf Befehl alles töten und in Stücke schießen würden. Es juckte mich, den elektronischen Schlagring auszulösen, um ihre Bordelektronik ein bißchen durcheinanderzubringen, aber das hätte womöglich eine Katastrophe heraufbeschworen.

Der Kapitän hob ein Megaphon an die Lippen und rief hinüber. Der Hubschrauberpilot antwortete über Lautsprecher. Es entspann sich ein Wortwechsel, der wie das Kollern erboster Truthähne klang. Einmal glaubte ich den Namen Baldenham herauszuhören, aber ich war mir nicht sicher. Schließlich drehte der Hubschrauber ab und stob Richtung Südosten davon, während die *Sultan Ahmet* weiter auf die Küste zuhielt.

»Besuch war für dich da.« Andrew blickte von seinem Frühstück auf und musterte mich prüfend. »Ich glaube, die haben nach dir gefragt.«

»Quatsch!« sagte er und stippte mit einem zusammengerollten Fladenbrot in seinen Spiegeleiern herum. »Schon gefrühstückt?« fragte er.

»Nur einen Kaffee.«

»Setz dich!«

Am Nebentisch saßen fünf buddhistische Mönche: wohlgenährte Körper, in weite orangefarbene Gewänder gehüllt, den Fuß behaglich unter den Hintern gezogen; runde, kahle Schädel; freundliche, zufrieden lächelnde Gesichter; eine freundliche, zufriedene und wohlgenährte Religion, die schon vor der Jahrtausendwende weltweit ungeheuren Zulauf, auch in den westlichen Ländern, gehabt hatte.

»Hast du je den Namen Cecil Roughtrade gehört?« fragte Andrew.

»Roughtrade?«

»Er war der Häuptling der Deterministen im Chaosstreit der neunziger Jahre.«

»Das war vor meiner Zeit.«

»Ich war einer seiner Assistenten beim MIDAS-Projekt. Ich

habe wie er fest an die Sache geglaubt. Tue ich übrigens heute noch.«

»MIDAS?«

Er klopfte sich nachdenklich mit dem Zeigefinger auf die Lippen, als wollte er sich selbst Schweigen gebieten, und sagte halblaut: »Molecular Integrating and Digital Assembling System — die Grundlage für Multimanna. Ein Moby, wie wir damals sagten, eine ganz große Sache, und cuspy, mathematisch absolut okay, auch wenn die Bogons, die Knallköpfe von Randomisten, das Gegenteil behaupten.«

»Und wozu sollte es gut sein?«

Er grunzte und schaufelte entschlossen sein Frühstück in den Mund.

»Lies das!« sagte er und schob mir eine zerknitterte *Washington Post* zu, die irgend jemand hatte liegen lassen. Sie war vom 13. Dezember, mehr als eine Woche alt. Andrew deutete mit einem Kopfnicken auf die Schlagzeile.

RØDESTROMS DOPPELGÄNGER TOT

(A.P.) - Nach kurzer schwerer Krankheit starb am vergangenen Freitag im London Hospital der Mann, der von sich behauptete, der bekannte Physiker und Nobelpreisträger Bengt Rødestrom zu sein. Von Rødestrom selbst, der sich um die Jahrtausendwende einen Namen in der ULT(Ultra Low Temperature)-Forschung gemacht hat, durch deren Ergebnisse die Speicherfähigkeit von Kristallen um ein Hundertfaches vergrößert werden konnte und für die er zusammen mit seinem Kollegen Mario Battani 2004 den Nobelpreis für Physik erhielt, war keine Stellungnahme zu erhalten. Seit einem Herzinfarkt, den er während einer Physikertagung vor acht Jahren in Manila erlitt, lebt der Gelehrte zurückgezogen auf der dänischen Insel Samsø. Eine Obduktion der Leiche im London Hospital ergab trotz der frappierenden Ähnlichkeit mit Rødestrom doch einige wesentliche Abweichungen: Es muß sich bei ihm um einen sechs bis acht Jahre jüngeren Mann gehandelt haben, mit einem vollständigen Gebiß und einer Mißbildung des linken Fußgelenks, die nach Ansicht der Ärzte angeboren war. Auch waren am Herzen keine Spuren eines Infarkts festzustellen. Im übrigen wiesen die inneren Organe eine Reihe von Verwachsungen und Fehlfunktionen auf, die wahrscheinlich auch die Todesursache darstellten. Einer der Ärzte, Dr. Shaw, sagte wörtlich: ›Es ist mir ein Rätsel, wie dieser Mann überhaupt so alt werden konnte.‹

Mario Battani, der Freund und Kollege Rødestroms, der das Institut für Tiefsttemperaturphysik in Cerveteri bei Rom leitet und der auf Bitten der Behörden nach London gereist war, sagte: ›Ich habe keine Veranlassung zu der Annahme, daß mein Freund Bengt nicht auf Samsø und bei den Umständen entsprechender Gesundheit sein sollte. Der Tote könnte tatsächlich ein jüngerer Bruder von ihm sein, aber er war ein Verrückter, ein Wichtigmacher.‹ Die Behörden stehen vor einem Rätsel, und Verbindungen zu dem Fall des ›Torre-Doppelgängers‹ vor einem halben Jahr, dessen Identität bis heute nicht geklärt werden konnte, drängen sich geradezu auf.

»Die Identität muß sich doch durch Fingerabdrücke leicht klären lassen«, sagte ich und schob Andrew die Zeitung hinüber.

»Von Torre hat man wahrscheinlich keine. Und er ist bis heute nicht wieder aufgetaucht.«

»Aber im Fall von Rødestrom ...«

Andrew zuckte die Achseln. »Vielleicht hat er sich geweigert.«

»Weshalb sollte er sich weigern?«

»Das weiß ich nicht.« Er wischte die Krümel auf dem Tisch

zusammen und warf sie auf seinen leergegessenen Teller. »Merkwürdig aber ist, daß sowohl Torre wie Rødestrom zu Roughtrades Crew bei MIDAS gehörten — jedenfalls im Anfang.«

»Siehst du da einen Zusammenhang?«

»Buchan, der Chef vom Sicherheitsdienst der NASA, hat mir, bevor wir nach Nanguneri gingen, ein paar so merkwürdige Fragen gestellt, auf die ich mir keinen Reim machen konnte. Aber er sagte nichts Konkretes; wollte mich offenbar nur aushorchen. ›Kenneth‹, sagte ich, ›ich war ein halbes Jahr im Orbit. Ich habe keine Ahnung, wovon du sprichst. Du mußt mir schon sagen, was du wissen willst.‹ Es sei wegen der Torre-Entführung, sagte er. Sie seien da auf einige merkwürdige Dinge gestoßen, die im Zusammenhang mit MIDAS stehen könnten.« Er lehnte sich zurück und blickte mich an. »Peter, glaubst du an eine Auferstehung des Fleisches?«

»Fragst du mich als Christ oder als Techniker?«

»Ich frage *dich*, Peter.« Er musterte mich aufmerksam mit seinen lebendigen, dunklen Augen. Eine Flocke Eiweiß hatte sich in seinem Schnurrbart festgesetzt. Ich hätte sie ihm am liebsten mit dem Finger weggeschnippt, hielt mich jedoch boshafterweise zurück.

»Wenn du Cloning meinst ...«

Andrew winkte geringschätzig ab. »Diese Spielereien kosten viel zu viel Zeit.«

Ein Kellner kam und räumte mit faszinierend langsamen Bewegungen den Tisch ab. Seine fast schwarzen Hände waren unglaublich schmal und zartgliedrig.

»Wenn ich nicht dabeigewesen wäre, als er umkam, man könnte glauben, Roughtrade lebte noch und habe das Projekt weitergeführt.« Er schüttelte den Kopf.

»Nur er hätte es weiterführen können«, setzte er nach einer Pause hinzu. »Und finanzieren würde er es mit Sklavenhandel. Das sähe ihm ähnlich.«

»Mit Sklavenhandel? Wie könnte denn heute irgend jemand mit Sklaven …?«

»Wir sind da«, unterbrach mich Andrew und deutete zum Fenster hinaus. Dicht unter uns zogen Palmwipfel vorbei. Die *Sultan Ahmet* hatte Katunayake bei Negombo, den internationalen Flughafen von Colombo erreicht.

»Mögen Sie Tee?« fragte der Inspektor, während er verschwenderisch Zucker in drei Tassen schaufelte und ihn mit Milch beträufelte.

»Ja, bitte«, sagte ich. Andrew nickte.

Dampfender schwarzer Tee wurde eingegossen und färbte sich zu einem angenehmen Hellbraun. Der Inspektor schob die Tassen über den Schreibtisch, erst dann blickte er uns mit seinen hellen Augen an, die unverhofft blau aus seinem dunkelhäutigen Gesicht blitzten.

»Sie sind Physiker, Mr. Baldenham?«

»Nein, ich bin Mathematiker.«

»Und Sie, Mr. Kirk, sind Sie auch Mathematiker?«

»Ich bin Telemetrie-Ingenieur.«

»Worin besteht denn die Tätigkeit eines Telemetrie-Ingenieurs?«

»Ausrichtung von Laserspiegeln und Antennen für die Verbindung zwischen Satelliten und Bodenstationen sowie Satelliten untereinander.«

»Sehr interessant. Waren Sie beim SDI beschäftigt?«

»Nein, ich habe ausschließlich beim EFOS-Projekt gearbeitet. Ich hatte nie mit militärischen Anlagen zu tun.«

»Sonst wären Sie vermutlich nicht hier, Mr. Kirk.«

»Das nehme ich an, Sir.«

Der Inspektor mußte meine wachsende Verdrossenheit bemerkt haben, denn er schenkte mir ein gewinnendes Lächeln. »Bitte fassen Sie dies nicht als Verhör auf. Ich bin für Ihre Sicherheit in diesem Lande verantwortlich, und wir leben in unsicheren Zeiten. Weiße sind in den Ländern der Dritten Welt nicht gern gesehen; Amerikaner am allerwenigsten. Wir müssen Sie im Auge behalten. Es könnte zu Mißverständnissen kommen. Ich hoffe, Sie verstehen.

Was dieses Gerät betrifft, das man bei Ihnen gefunden hat, Mr. Kirk, um was handelt es sich dabei?«

»Das ist eine EMPU, eine Electro Magnetic Puls Unit, auch Eraser genannt.«

»Nennt man es nicht auch einen elektronischen Schlagring?«

»Manche nennen es so.«

»Und es dient dazu, elektronische Einrichtungen zu zerstören.«

»Nicht zu zerstören, Sir. Man kann in Notfällen durch einen künstlichen elektromagnetischen Impuls gezielt Speicherinhalte löschen, oder etwa ein fehlerhaftes Computerprogramm stoppen. Ein Astronaut führt seinen Eraser immer bei sich. Beim Bau einer Raumstation sind ständig Dutzende von Bauelementen unterwegs, die von computergesteuerten Schleppeinheiten an ihren Platz manövriert werden. Ein Astronaut, der sich im Montagebereich bewegt, muß im Notfall blitzartig eingreifen, ein fehlerhaftes Programm löschen und Gegenschub aktivieren können.«

»Das gilt doch aber wohl nur für den Raum.«

»Ein Astronaut trägt seinen Eraser immer bei sich. Er ist das Zeichen seines Berufs.«

»Man könnte damit aber auch die Bordelektronik eines Flugzeugs, die Datenspeicher einer Bank oder telefonische Einrichtungen stören, oder ... ah ... etwa einen Herzschrittmacher stoppen.«

»Das ist richtig, Sir, sofern es sich nicht um gehärtete Anlagen oder Geräte handelt.«

»Das nenne ich ein gefährliches Spielzeug, Mr. Kirk.«

»Kein Astronaut würde je damit spielen. Und ein Mißbrauch durch Unbefugte ist ausgeschlossen, weil die Sensorplatte am Armband mit einem Code ausgestattet ist, den nur ich kenne und durch den ein Puls erst aufgebaut werden kann.«

»Ja, ich weiß, Mr. Kirk.« Er nahm meinen Paß zur Hand und blätterte unschlüssig darin herum.

»Da Sie aber für dieses Land keine Arbeitsgenehmigung haben, werden Sie dieses fabelhafte Werkzeug wohl auch nicht brauchen.«

»Ich trenne mich ungern von meinen privaten Dingen, die mir etwas bedeuten.«

»So ist das Leben, Mr. Kirk.« Der Inspektor holte eine dunkelbraune Papiertüte mit einem Klettverschluß aus einem Schreibtisch und ließ meinen Schlagring hineinplumpsen, versiegelte sie mit schnellhärtendem Plastik und reichte mir den Kontrollabschnitt, nachdem er ihn vom Rand der Tüte gerissen und abgestempelt hatte. »Bei der Ausreise erhalten Sie Ihr Spielzeug zurück. — Führen Sie auch so einen Schlagring bei sich, Mr. Baldenham?«

»Nein. Ich bin kein Astronaut.«

»Aber Sie waren doch schon wiederholt im Raum.«

»Ich war in meinem Leben noch nie außenbords.«

»Und das Zeichen Ihres Berufs ist der Taschenrechner.«

»Irrtum!« Andrew tippte sich auf die sonnverbrannte Stirnglatze. »Mein Kopf. Und den werde ich Ihnen nicht dalassen.«

Der Inspektor brach in schallendes Gelächter aus, das für seine schmächtige Gestalt erstaunlich tief und hohl klang, als hätte jemand in seiner Brust einen Kompressor in Betrieb gesetzt.

Wir schauten ihn beide etwas verdutzt an, bis er sich wieder gefaßt hatte.

»Wo werden Sie wohnen?«

Ich zuckte die Achseln.

»Ich empfehle Ihnen das Taprobane. Es ist erst kürzlich renoviert worden.«

»Wir möchten sobald wie möglich nach Trincomalee«, sagte Andrew.

»An der Ostküste ist jetzt Regenzeit.«

»Das ist genau das, was ich mir wünsche.«

»Dann wünsche ich Ihnen einen angenehmen Urlaub.« Er reichte uns die Pässe über den Tisch. »Sollten Sie Schwierigkeiten haben, lassen Sie sich mit Inspektor Kirtisinghe verbinden. Man kennt diesen Namen.«

Auf dem Weg nach Colombo kamen wir an zahlreichen zerstörten und ausgebrannten Häusern vorbei. Manche der Ruinen mochten noch aus den Tamilenkriegen stammen, viele waren neueren Datums. Die ehemaligen Touristenhotels entlang des Negombo und Wattala Beach waren durch Stacheldrahtverhaue abgeriegelt und von thailändischen Flüchtlingen überfüllt. Kurz hinter Wattala gerieten wir in einen Menschenauflauf. Unser Fahrer wollte zurücksetzen, aber hinter uns hatte sich bereits ein Stau aus Bussen und Rikschas gebildet, so daß kein Durchkommen mehr war. Ärmlich gekleidete Menschen, die meisten von ihnen barfuß, rannten schreiend über die Straße und schüttelten drohend die Fäuste. Ihr Zorn galt einem hoch beladenen Militärlastwagen. Einige junge Männer hatten ihn erklettert und die Abdeckplane aufgeschlitzt. Sie versuchten, Säcke mit Reis aus der Ladung zu zerren und herunterzuwerfen, wurden aber von Soldaten mit Kolbenhieben daran gehindert.

Unser Taxifahrer, der sich resigniert schnaufend zurückgelehnt und eine Zigarette angezündet hatte, sagte: »Leute viel Hunger. Thai-Leute viel Essen von UNO; unsere Leute nix Essen. Muslims, keine Arbeit, viel arm. Schlechte Regierung von Militär.« Er duckte sich tief übers Steuerrad, als plötzlich Schüsse krachten. In Panik kreischend, stoben die Leute auseinander, während der schwer beladene Lastwagen weiterfuhr. Reiskaskaden flossen von seinen Flanken. Abgezehrte Frauenhände scharrten hastig die Körner auf dem Asphalt zwischen den anfahrenden Autos zusammen. Ein junger

Mann saß mit blutüberströmtem Gesicht benommen am Straßenrand, während ein anderer ihm aufzuhelfen versuchte.

»Schlecht«, sagte unser Fahrer mit Nachdruck.

»Das Zimmer kostet 300 Dollar pro Nacht. Die sind verrückt!«

»Hör zu, Pete!« sagte Andrew, der unter der Dusche stand und sich abseifte. »Du kannst hier ein Zimmer für 300 Dollar haben, oder du kannst eins für einen Dollar haben. Dazwischen gibt es nichts. Und ich möchte nicht auf das Recht verzichten, das hier jeder Elefant in Anspruch nimmt.«

»Welches Recht?«

»Ein Bad pro Tag.«

»Bist du bald fertig?«

»Noch lange nicht.«

Ich saß auf dem Bett und zählte meine Barschaft. Sie war bereits erschreckend zusammengeschmolzen.

»Sieht nicht gut aus«, sagte ich zu Andrew, der endlich aus dem Bad kam und sich ein Handtuch um den Kopf geschlungen hatte.

»Ja, wir müßten tatsächlich so eine Roughtrade-Maschine haben.«

»Was ist eine Roughtrade-Maschine?«

»Kennst du das Märchen vom Rumpelstilzchen? Da hat jemand eine Art Spinnrad, mit dem man Stroh in Gold verwandeln kann. Bei einer Roughtrade-Maschine steckst du einen Singapur-Dollar rein, und — klingelingeling — fängt sie an, Singapur-Dollars auszuspucken. Tischlein deck dich! Eslein streck dich! Knüppel aus dem Sack!«

»Das gibt es aber leider alles nur im Märchen.«

»Ja«, sagte er versonnen und ließ sich auf dem Teppich nieder wie ein Fakir. »Wie im Märchen.«

Am Ausgang überfiel uns eine Horde ausgemergelter Gestalten — Bettler, selbsternannte Reiseführer, Rikschafahrer —, die in uns den Lichtblick des Tages sahen. Ein Polizist zog drohend die Pistole und trieb sie zurück, wies uns barsch eins der wartenden Taxis zu: einen ziemlich alten, schwarzen, klapprigen Peugeot, der lange vor meiner Zeit vom Band gerollt sein mußte. Der Fahrer, ein schmächtiger, sehr junger Mann in Jeans und Sporthemd, sprach hervorragend Englisch.

»Cambridge Institute«, sagte er stolz. »Und drei Jahre Gastarbeiter in Bahrein.«

»Wie alt sind Sie?« fragte ich.

»Achtundzwanzig.« Er sah höchstens wie siebzehn aus. »Möchten Sie eine Inselrundfahrt machen?«

»Mit diesem Wagen?«

»Oh, der ist gut in Schuß. Er gehört zwar der Kooperative, aber ich pflege ihn selbst.«

Ich sah Andrew fragend an. Er nickte.

»Kommen Sie morgen um acht zum Hotel.«

»Okay.«

Das Taprobane liegt hinter dem Senatsgebäude Ecke Church und York Street ganz in der Nähe des Hafens. Vom Harbour Room auf dem Dach des Gebäudes hat man einen herrlichen Ausblick über das Passenger Jetty, das Queen Elizabeth Quai und die übrigen Hafenanlagen. Wir wollten gerade mit dem Aufzug hinauffahren, als das Licht ausging.

»Bitte bleiben Sie im Foyer«, sagte der Portier zu den anwesenden Gästen — gelangweilten Geschäftsleuten, Tee- und Gewürzeinkäufern —, »wir haben Fliegeralarm.«

Boys brachten Tonschüsselchen voll Öl mit brennenden, schwimmenden Dochten darin und verteilten sie auf die Tische. Ein weiches, flackerndes Licht erfüllte die Halle, dann erklang der Gong, der uns zum Dinner rief. Im Speisesaal tafelten Gespenster. Ich lauschte bang, ob irgendwo das Geräusch von Flugzeugen oder das Krachen von Bomben zu hören wäre, aber die Nachtluft trug nur das Hupen der Autos und das Klingeln der Rikschas zu uns herein. Es war fast ein wenig enttäuschend, als plötzlich das elektrische Licht wieder erstrahlte und der Chef der Rezeption erschien, die Hände ausbreitete und sich verbeugte wie ein Zirkusdirektor und verkündete: »Wir haben Entwarnung. Die Verdunkelung ist aufgehoben.«

»Was hast du für das Frühstück bezahlt?«

»Dreißig Dollar.«

»Zusammen?«

»Für jeden.«

»Und für das Gespensterdinner gestern abend?«

»Achtzig Dollar.«

»Zusammen?«

»Für jeden.«

»Jesus! Die sind wirklich verrückt. Wie soll das weitergehen, Andrew?«

»Ab heute werden wir uns selbst verpflegen.«

Unser Fahrer musterte uns im Innenspiegel. »Ich will gern versuchen für Sie, etwas zu kriegen, aber es wird nicht einfach sein.«

»Die Leute werden uns doch wenigstens ein paar Bananen und Kokosnüsse verkaufen.«

»Vielleicht«, sagte er. »Aber sie haben selbst nicht viel. Sie müssen alles der Genossenschaft abliefern. Und sie haben Angst, wegen Wucher bestraft zu werden, wenn sie etwas auf dem Schwarzen Markt verkaufen.«

»Für gutes Geld?« Im selben Moment wußte ich, daß ich das nicht hätte sagen dürfen. Er lachte sarkastisch.

»Diese Leute dürfen gar keine Devisen nehmen. Nur die großen Hotels. Und dort bezahlen Sie das Hundertfache.

Aber wir werden sehen. Bis Trincomalee sind es gute zehn Stunden.«

»Wer hat Ihnen gesagt, daß wir nach Trincomalee wollen?« fragte Andrew mißtrauisch und beugte sich vor.

»Jede Rundreise geht über Anuradhapura, Trincomalee, Sigiriya, Polonnaruwa ...«

»Aber das stimmt doch gar nicht!« unterbrach ihn Andrew. »Nehmen Sie die Straße nach Kandy und bringen Sie uns nach Batticaloa!«

»Okay, okay!« Der Fahrer zuckte die Achseln. »Ich bringe Sie hin, wo immer Sie wollen.«

VI. Die Feuersäule

Am späten Vormittag erreichten wir Kandy. Auf dem künstlichen See vor dem Tempel des Zahns blühten die Seerosen. Die Blütenkelche waren noch geschlossen und ragten wie purpurfarbene Pfeilspitzen aus dem Wasser. Am Ufer lümmelten ein paar Rikschafahrer auf ihren Fahrzeugen, hoben sich gegen die glitzernde Oberfläche ab wie Scherenschnitte. Drei Mönche lagerten auf einer Balustrade unter einem safranfarbenen Sonnenschirm, schläfrig und fett wie kastrierte Kater. Ihre Gesichter waren ausdruckslos. Wir hielten nicht an, sondern fuhren weiter hinauf in die Berge in Richtung Maha Oya. Die Straße wurde zusehends schlechter, und der Peugeot klapperte und ratterte. Staub wehte in den Wagen.

»Wir machen gleich eine Pause«, sagte der Fahrer und spuckte zum Fenster hinaus.

Er hielt vor einer Brücke, deren rostige Bögen ein fast ausgetrocknetes Flußbett überspannten, ging um den Wagen und lud unser Gepäck aus dem Kofferraum.

»Was soll das?« fragte Andrew.

»Bitte warten Sie hier auf mich. Ich werde versuchen, den Tank voll Benzin und etwas zu essen zu bekommen. Ich bin in einer halben Stunde wieder da.«

Wir stiegen aus und nahmen unsere Reisetaschen. Andrew beugte sich über das Brückengeländer. »Das muß der Muhaweli Ganga sein. Dann haben wir etwa die Hälfte.«

Auf einer Insel im Flußbett standen drei riesige Bäume, die wie abgestorben wirkten. An ihren kahlen grauen Ästen hingen ganze Trauben langer ledriger Früchte.

»Was ist das?« fragte ich überrascht.

»Fliegende Hunde. Sie schlafen tagsüber. Nachts jagen sie.«

Etwa hundert Meter von der Brücke entfernt bildete der Fluß eine Kuhle. Frauen kauerten an ihrem Ufer und wuschen. In der absoluten Stille waren das Klatschen der Wäsche auf den Steinen, die Stimmen und das Lachen ungewöhnlich laut.

»Heh!«

Wir fuhren herum. Wie aus dem Boden gewachsen, standen plötzlich ein halbwüchsiges Mädchen und ein kleiner Junge vor uns. Das Mädchen, vielleicht zwölf oder dreizehn Jahre alt, trug ein zerrissenes Kleid aus verwaschenem blauen Baumwollstoff, zwischen dessen Fetzen man eine ihrer kleinen Brüste sehen konnte. Der Junge, vielleicht drei oder vier, hatte einen kahlgeschorenen Schädel und eine triefende Rotznase und trug als einziges Kleidungsstück ein kurzes Hemd, das ihm nicht einmal bis zum Schnippelchen reichte, an dem er aufgeregt herumzupfte. Er blickte arglos, sie feindselig, strich sich das wirre schwarze Haar aus der Stirn und schlug ein schmutziges Lumpenbündel auseinander, das sie in der Hand trug. Ein fliegender Hund kam zum Vorschein. Das kleine graue Fellgesicht zeigte eine erbärmliche Mischung von Schläfrigkeit und Entsetzen; seine überlangen Gliedmaßen mit den nackten, runzligen, dunkelgrauen Flughäuten zuckten hilflos im Griff des Mädchens.

»Heh!« sagte sie herausfordernd. »Ten Dollar. Kill!« Sie drückte mit Daumen und Zeigefinger den winzigen Kehlkopf des Hundes zusammen. »Eat! Ten Dollars! Kill! Eat!« Sie reckte ungeduldig fordernd das Kinn.

»Diese Tiere stehen unter Naturschutz«, versuchte Andrew ihr zu erklären. »Nicht töten! Verboten!«

»Ten Dollars! Kill! Eat!«

Der Mund des kleinen Wesens öffnete sich zu einem unhörbaren Schrei. Die schmalen blaugrauen Lippen entblößten winzige spitzige Zähne.

»Verboten! Verstehst du?« schrie Andrew sie an. Sie spuckte

ihm wütend vor die Füße und machte einen tänzelnden Schritt auf mich zu.

»Ten Dollars!« forderte sie. Ich schüttelte den Kopf. Sie schlug das Tier wütend wieder in den Lumpen ein und stieß ein paar unverständliche Verwünschungen aus.

»Ten Dollars, Mister! Fuck! Make Fuck!« Sie schob ihr Baumwollkleidchen hoch und entblößte ihr nacktes, unbehaartes Geschlecht. Sie machte die Beine breit und begann mit den Hüften zu rucken und zu kreisen.

»Make Fuck, Mister! Ten Dollars!«

»Fuck!« sagte der Junge und lächelte arglos.

Plötzlich hielt sie in ihren Bewegungen inne und urinierte mir vor die Füße. Ich war so überrascht, daß ich nur verdattert die größer werdende gelbliche Pfütze anstarrte, als sie auch schon kreischend davonstob, während der Junge ihr mit Triumphgeschrei folgte.

Andrew lachte schallend, als er mein verdutztes Gesicht sah. »Nun«, sagte er, »das sind die Spätfolgen des Massentourismus, Pete.«

Aus dem Gebüsch jenseits der Straße kamen Steine geflogen. Sie trafen nicht.

»Haut ab«, brüllte Andrew, »oder ich versohle euch den Hintern!«

Aus den Bäumen flog erschrocken eine Schar schwarzer Vögel auf und begann lautlos über uns zu kreisen.

Vom Fluß herauf rief eine Frauenstimme. Vielleicht einen Namen.

Der Fahrer brachte uns eine Portion Reis mit Curry, die in ein Bananenblatt geschlagen und in Zeitungspapier gewickelt war, zwei Papayas, ein paar Limonen, ein Dutzend Bananen und drei Kokosnüsse.

»Ich hab nur eine Portion Reis kriegen können«, sagte er,

während er mit einem großen rostigen Messer die Kokosnüsse aufhackte.

»Essen Sie mit uns!« lud ich ihn ein. »Es reicht für drei.«

»Ich habe schon gegessen«, versicherte er, doch das glaubte ich ihm nicht, sagte aber nichts, sondern machte mich mit Appetit über die Mahlzeit her. Die Kokosmilch war kühl und dämpfte die Schärfe des Curry.

»Was haben Sie für das alles bezahlt?«

»Etwa vierzig Rupies.«

Ich rechnete nach. »Das sind nicht mehr als anderthalb Dollar.«

»Das ist hier ein Tagesverdienst.«

»Dann hat unser Frühstück im Taprobane einen Monatslohn gekostet.«

Er nickte und trank aus seiner Kokosnuß. »Dafür habe ich fürs Tanken 2000 Rupies bezahlt. Achtzig Dollar.»

»Das würde bedeuten, daß hier ein Arbeiter für einen Tank voll Sprit ...«

»... mehr als zwei Monate arbeiten muß. Das ist richtig, Sir.«

Andrew kicherte. »Das war vor dreißig Jahren hier nicht anders.«

»Aber da stimmen doch die Relationen nicht.«

»Das Gefühl haben die Leute hier schon lange, Pete. Wie kann ein Weißer an einem Tag soviel ausgeben, wie ich im ganzen Jahr verdiene?«

»Ich habe Offiziere an einem Abend schon mehr ausgeben sehen, als ein Gummizapfer in seinem ganzen Leben verdient«, sagte unser Fahrer und warf seine leere Kokosnuß achtlos auf die Straße. Sie kollerte dumpf polternd über den Asphalt, und ich dachte unwillkürlich an einen Kopf, der von der Klinge einer Guillotine springt.

Am späten Nachmittag erreichten wir die Tiefebene. Hie und da blitzten Wasserlöcher. Graue Wasserbüffel mit mächtigen schwarzen Hörnern lagen von frischem Schlamm fettig glänzend in der Suhle.

»Als ich das erstemal hier war, war das alles überschwemmt«, sagte Andrew. »Ein Taifun. Das Meer drang dreißig Kilometer landeinwärts vor. Tagelang holten sie mit einem Hubschrauber die Überlebenden von den Palmen. Tausende waren ertrunken. Die Hotels an der Küste waren verschwunden. Alles davongespült. Das hatte es vorher nie gegeben. Erst als sie das Korallenriff vor der Küste durchbrochen hatten, um Kalk zu gewinnen und um mit größeren Booten durchzukommen, konnte das Wasser herein. Das war ein böses Erwachen.«

Wir fuhren an einer ausgedehnten militärischen Anlage vorbei, die durch einen Elektrozaun und Stacheldraht gesichert war. Schwere Lastwagen standen in Reih und Glied. Ihre Planen waren staubbedeckt. Auf einem entfernten Flugfeld startete eine uralte Phantom in Richtung Meer, wendete in steiler Kurve und kreischte über uns hinweg in Richtung Berge.

Rechts von uns glitzerte die Lagune von Battocaloa, links schäumte das Meer auf breite Sandstrände. Im Osten türmten sich Wolken auf.

Wir saßen auf der Speiseterrasse des Batticaloa-Hotels und schienen die einzigen Gäste zu sein. An einem entfernten Tisch saßen zwei Offiziere und tranken Glenfiddish. Unser Chauffeur war in den Ort weitergefahren, um sich dort ein billiges Quartier zu suchen.

Ein mürrischer Kellner brachte uns Bier und stellte es wortlos vor uns hin. Um so beflissener war der Manager, ein rundlicher, sehr freundlicher Mann mit pomadisiertem schwarzen Haar, das er wie eine Kappe an den Kopf gebürstet hatte, und einem scharf rasierten Schnurrbart über der Oberlippe.

»Die anderen Hotels sind um diese Jahreszeit alle geschlossen. Sie haben den ganzen Strand für sich.« Er warf einen prüfenden Blick zum Himmel.

Der Kellner brachte eine Flasche Glenfiddish, zwei Gläser und einen Kübel Eis.

»Das haben wir nicht bestellt«, sagte ich.

»Die beiden Herrn bitten Sie, ihre Gäste zu sein«, sagte der Manager und wies mit einem Kopfnicken auf die beiden Militärs.

»Aber ich möchte von diesen ...« Andrew legte mir die Hand auf den Unterarm und schüttelte unauffällig den Kopf.

Die beiden Offiziere deuteten eine Verbeugung an und hoben die Gläser.

»Du weißt, wie ich dieses geschniegelte Offizierspack hasse«, zischte ich.

»Ja, ich weiß, aber sei still!«

»Weshalb?«

»Weil Militärs die wahre Macht ausüben. Sie gebieten über Leben und Tod. Überall auf der Welt. Daran hat sich nie etwas geändert. Und in diesen Ländern sind sie allmächtig. Glaub mir!«

Seit Monaten hatten wir keinen Whisky mehr gesehen, und so schwand meine Aversion allmählich, zumal die beiden kurz darauf ihre Stöckchen vom Tisch nahmen und die Terrasse verließen.

»Die Bucht war mal berühmt für ihre singenden Fische. Bei Vollmond konnte man sie in der Lagune singen hören«, sagte Andrew. »Durch die Abwässer ist ihnen das Singen vergangen.«

Die See rauschte an den Strand, und weiter draußen hörte man das Donnern der Brandung am Riff. Ein feuchtwarmer Wind wehte vom Meer herein, und wir beobachteten einen Fischer, der, ein paar aus Schilf geflochtene Reusen über der Schulter und sein Röckchen zu einem Lendenschurz gerafft, im knietiefen Wasser durch die Bucht stapfte, immer wieder stehenblieb und zum rasch dunkelnden Himmel hinaufschaute.

Andrew faßte mich am Arm. »Da ist es wieder!« Er deutete hinauf.

Der östliche Horizont war fast dunkel, verhüllt von dichten blauschwarzen Wolkenbänken, vor denen man weiß die schwere Brandung am Riff aufblitzen sah. Darüber, sich hoch über die Wipfel der Palmen erhebend, stand, zunächst zart lachsfarben, dann immer feuriger und schließlich in blutroter Glut leuchtend, ein seltsames Wolkengebilde, das hoch in die obere Atmosphäre hinaufreichen mußte, denn die Sonne war längst hinter den Bergen versunken. Es sah aus wie die Pilzwolke einer Atombombenexplosion. Dann erlosch das Phänomen rasch von unten nach oben und löste sich in Minutenschnelle auf, aber wie ein Nachbild fühlte ich eine Bedrohung, die über der Küste lag.

»Was war das?« fragte ich.

»Ich weiß es nicht. Vielleicht ein lokales meteorologisches Phänomen, der Rüssel eines Wirbelwinds, dem die Kraft zur Entfaltung fehlt. Es trat zum erstenmal vor der Überschwemmungskatastrophe auf und kehrt seither immer wieder. Die Fischer fürchten es und sehen in ihm ein böses Omen.«

»Glaubst du an so was?« fragte ich.

Er sagte eine Zeitlang nichts, und ich dachte schon, er wolle nicht antworten, doch dann sah er mich an und sagte: »Ja, ich glaube an so was.«

Der Fischer war in der Nacht verschwunden.

Der Manager persönlich servierte uns ein köstliches Fischgericht in einer würzig-süßen Erdnußsoße zu Reis mit gehacktem Gemüse.

»Was hat dich eigentlich nach Asien gezogen, Andrew?«

»Ich war auf der Suche nach einer Meditation, die nach dem Prinzip der Wasserspülung funktioniert und die alle Bedrängnis und Sorgen aus der Großhirnrinde wäscht, während die großen Offenbarungen der höheren Mathematik auf der Innenseite deiner Stirn erscheinen.«

»Hast du sie gefunden?«

Er schnaubte verächtlich. »Was ich gefunden habe, waren Wichtigtuer und Schwätzer, die das Karma gepachtet zu haben glaubten und das Abschalten der Denkfunktion schon für die Weihen eines Mysteriums hielten. Nichts als Aussteiger.« Er blickte zum nächtlichen Horizont, wo die Brandung über dem Riff aufblitzte. »Trotzdem war es für mich eine sehr lehrreiche Zeit«, fuhr er fort. »Der Orient ist ein riesiges farbiges Bilderbuch — und ein herrliches Märchenbuch obendrein —, aber die Wirklichkeit dahinter sind Dreck, Elend, Plackerei und Grausamkeit, wie in anderen Sklavenhaltergesellschaften von einst und jetzt, ob sie im Osten oder im Westen liegen.« Er drehte das leere Glas zwischen den Fingern. »Schade, wir hätten daran einiges ändern können.«

»Wie?«

Er zuckte die Achseln und antwortete nicht.

Ich weiß nicht mehr genau, was an jenem Abend noch alles gesprochen wurde. Die Whiskyflasche war irgendwann leer, und es hatte zu regnen begonnen, ein prasselnder, angenehm warmer Regen. Wir konnten unsere Bungalows nicht gleich finden — winzige, schlichte Hütten, die am anderen Ende des Hotelgeländes lagen.

»Warum haben uns die ausgerechnet die letzten beiden gegeben«, fluchte Andrew, während wir durch die Pfützen patschten, »wo doch die anderen alle leerstehen?«

Keine fünf Minuten später schlief ich wie ein Stein.

Ich hörte ein Bersten, und als ich aufblickte, sah ich die Feuersäule aus dem Meer brechen. Donnernd stieg sie höher und höher in den Himmel und begann zu rotieren wie eine glühende Spindel. Ein Brausen erfüllte die Luft und aufgeregtes

Rufen und Schreien. Der Fischer stand im seichten Wasser und deutete nach oben. Irgend jemand hämmerte an die Tür und rief meinen Namen. Der ganze Himmel schien nun von Glut erfüllt, und das Brausen der Feuersäule wuchs und wuchs. Ein Soldat erschien am Fenster, zerschmetterte mit einigen Kolbenhieben das Glas und fetzte das Fliegengitter beiseite.

»Raus, Mister! Schnell! Sie müssen hier raus!«

Ich kam benommen auf die Beine, packte meine Kleider und stopfte sie in meine Reisetasche.

»Schnell, Mister! Kommen Sie!«

»Was ist denn los?«

»Es brennt.«

Ich kletterte aus dem Fenster. Es war bereits Tag. Die Luft war voll Rauch und Feuerschein, Funken stoben davon; über dem Riff ging eben die Sonne auf. Soldaten rannten durcheinander, einer fuchtelte mit einem Handfeuerlöscher herum, der nicht funktionierte.

»Andrew!« brüllte ich, als ich sah, daß es sein Bungalow war, der lichterloh brannte. Das Dach war bereits eingestürzt, und die Leute wichen vor der Hitze zurück, als das trockene Schilf aufloderte. Der funkenerfüllte Rauch wurde vom Wind landeinwärts getrieben. Im Schilfdach meines Bungalows züngelten die ersten Flammen. Endlich funktionierte der Feuerlöscher, weißer Schaum kleckerte an die Bretterwand der Hütte und begann das Dach zu überfluten.

»Wo ist der Mann?« schrie ich.

Einer der Soldaten deutete Richtung Hauptgebäude.

»Ist er verletzt?«

Ich konnte seine Antwort nicht verstehen, weil ein Hubschrauber mit zuckenden Positionslichtern dicht über uns hinwegflog und zur Landung ansetzte. Der Luftdruck seines Rotors drückte den Rauch herunter und raubte mir die Sicht. Ich wandte mich hustend ab. Da stand plötzlich der Manager vor mir. Ich erkannte ihn im ersten Moment nicht, weil er mit nacktem Oberkörper vor mir stand und nur mit einem dieser bunten einheimischen Wickelröcke bekleidet war. Da erst fiel mir auf, daß ich nur eine Unterhose anhatte.

»Es tut mir alles so schrecklich leid, Mr. Kirk«, lamentierte er.

»Wo ist er? Ist ihm etwas passiert?« Ich schlüpfte in meine Jeans.

»Die Füße. Ein Balken ist herabgestürzt. Man hat ihn nach vorn gebracht. Ein Arzt von der Militärbasis ist bei ihm.«

»Warum hat man mich jetzt erst geweckt?«

»Ich habe es versucht, Mr. Kirk. Sie sind nicht aufgewacht, und Sie hatten die Tür von innen verschlossen.«

Ich fischte meine Kleider aus der Reisetasche und schlüpfte hinein, stopfte mein Hemd in die Hose und rannte über den gewundenen Pfad an Bungalowhäuschen und Blumenrabatten vorbei, rutschte aus und landete in einer Mimose, die wie ein zäher, harter Teppich den Boden bedeckte und augenblicklich die Blätter schloß. Fluchend rappelte ich mich auf und rannte weiter. Auf dem Parkplatz vor dem Hotel stand der Hubschrauber mit laufendem Rotor. Als ich anlangte, wurde gerade von zwei Soldaten eine Bahre hineingeschoben. Eine Blutkonserve baumelte von einem Tragarm.

»Andrew!« brüllte ich, um den Lärm der Maschine zu übertönen. Die Gestalt auf der Bahre reagierte nicht. »Andrew!» Er war nicht bei Bewußtsein. Ein Mann in einem weißen Arztkittel erschien am Einstieg. Ich lief auf ihn zu, aber ein Soldat mit einer Maschinenpistole vertrat mir den Weg. »Nehmen Sie mich mit, Doktor!« Der Arzt antwortete nicht, sondern streckte nur abwehrend den Arm und spreizte die Finger. »Hören Sie, Doktor! Ich bin sein Freund.« Ich versuchte an dem Soldaten vorbeizukommen, aber der entsicherte seine Maschinenpistole und richtete sie auf mich.

»No!« schrie er.

»Er ist mein Freund. Verstehen Sie nicht? Lassen Sie mich zu ihm!«

»No!« Der Soldat stampfte mit dem Fuß auf und funkelte mich grimmig an. Er meinte es ernst. Ich ließ resigniert die Hände sinken und mußte in hilfloser Wut zusehen, wie der Hubschrauber startete und landeinwärts davonzog. »Arschloch!« sagte ich zu dem Soldaten, aber er verstand mich offenbar nicht. Ich wandte mich um. Die Sonne war aufgegangen. Die Soldaten hatten das Feuer unter Kontrolle. Der Manager kam mit ausgebreiteten Armen auf mich zugeeilt.

»Wie konnte das nur passieren! Hat Mr. Baldenham im Bett geraucht?«

»Mr. Baldenham ist Nichtraucher. Wo hat man ihn hingebracht?«

»Ins Militärhospital in Colombo, nehme ich an. Seine Beine sahen schlimm aus. Ein Balken, verstehen Sie? Man wird ihn operieren.«

»Hat er für mich nicht irgendeine Nachricht hinterlassen?«

»Tut mir leid, Mr. Kirk, nein. Der war un ... wie sagt man? — ohnmächtig. Der Doktor hat gesagt, er müsse sofort operiert werden. Machen Sie sich keine Sorgen, Mr. Kirk! Er ist in besten Händen. Man wird alles für ihn tun. Ich lasse Ihnen ein Frühstück machen.«

»Ich möchte ein Gespräch mit Negombo. Inspektor Kirtisinghe.«

»Haben Sie die Nummer?«

»Nein, verdammt noch mal! Fragen Sie! Er muß von der Polizei sein. Oder von irgendeinem Sicherheitsdienst.«

Als er zurückkehrte, war er wieder korrekt europäisch gekleidet. Sein Scheitel glänzte frisch pomadisiert und duftete nach Rosenöl. Ein Kellner hatte mir ein opulentes Frühstück hingestellt. Egghoppers, diese kleinen runden Pfannkuchen aus

Reismehl, die warm serviert werden, in der Mitte eine Mulde mit einem gebratenen Ei, frische Papayas, kleine honigsüße Bananen, Toast, Marmelade, Butter, eine Kanne Tee. Ich brachte keinen Bissen hinunter. Ich hatte scheußliche Kopfschmerzen, und der Schreck saß mir noch in allen Gliedern.

»Man sagte mir, ein Inspektor Kirtisinghe sei bei der Polizei in Negombo nicht bekannt.«

»Aber das ist absolut unmöglich! Er sagte mir persönlich, jeder kenne diesen Namen.«

Der Manager hob die Schultern. »Ich kenne ihn nicht.«

»Kann ich den Arzt sprechen, der ihn versorgt hat?«

»Er ist mit nach Colombo geflogen.«

»Dann machen Sie mir ein Gespräch mit diesem Militärhospital.«

»Die werden Ihnen telefonisch keine Auskunft geben, Mr. Kirk.«

»Können Sie nicht einen der höheren Offiziere von der Basis bitten, sich einzuschalten? Vielleicht einen der beiden, die uns gestern die Flasche Whisky gestiftet haben. Die müssen Sie doch gut kennen.«

Er zuckte unbehaglich die Achseln. »Ich kenne sie nicht in dem Sinne, wie Sie vielleicht meinen, Mr. Kirk, daß sie mir oder Ihnen eine Gefälligkeit erweisen würden.«

»Das verstehe ich nicht.«

»Es wird das beste sein, wenn Sie nach Colombo zurückfahren und sich mit diesem Inspektor Kirtisinghe in Verbindung setzen. Vielleicht kann er Ihnen eine Erlaubnis beschaffen, Ihren Freund im Hospital zu besuchen. Ich werde Ihren Fahrer verständigen, Mr. Kirk. Sie brauchen nichts zu bezahlen. Sie haben genug Unangenehmes erlebt in Batticaloa. Sie haben ja nicht einmal Ihr Frühstück angerührt, Mr. Kirk. Das ist jammerschade! Ich werde Ihnen ein Lunchpaket für die Rückfahrt machen lassen.«

Er wollte mich los sein und keine weiteren Scherereien haben, das war mir klar. Und er hatte Angst vor den Militärs, die bei ihm ein und aus gingen. Aber weshalb?

Es wurde eine ziemlich schweigsame und bedrückte Rückfahrt nach Colombo. Um die Mittagszeit machten wir in den Bergen Rast. Ein Elefant belud einen Lastwagen mit Baumstämmen, die ein halbes Dutzend weitere Tiere aus dem ziemlich unzugänglichen Dschungeltal unter uns heraufschleppten. Ich staunte über die perfekte Zusammenarbeit zwischen Mensch und Tier, ohne daß irgendein Befehl gegeben wurde. Der Treiber schlang eine schwere Kette um das eine Ende des Stamms, dem man einen Pflock untergelegt hatte; der Elefant, dessen Rüssel und Stirn durch die Arbeit wie abgewetzt wirkten, packte schnaubend mit dem Rüssel die Kette und hob das eine Ende des Holzes, das keine zehn Männer hätten bewegen können, auf die Ladefläche des bereitstehenden Lastwagens; während der Treiber die Kette löste und am nächsten Stamm befestigte, trottete der Elefant ans andere Ende des Stamms und schob ihn mit der Stirn auf die Ladefläche.

Mein Fahrer warf einen Blick auf seine Armbanduhr und prüfte den Stand der Sonne.

»Jetzt passen Sie auf!« sagte er.

Der Elefant hatte eben den vorderen Teil eines weiteren Stamms auf die Ladefläche gehievt, anstatt jedoch ans hintere Ende zu trotten, um ihn vollends aufzuladen, wandte er sich seinem Treiber zu und krümmte den Rüssel. Der Treiber stieg in die Beuge und wurde mit einer eleganten Bewegung nach oben befördert, bis er hinter den Ohren auf dem Hals des Tieres saß. Dann machte sich der Elefant auf den Weg bergab in den Dschungel.

»Der hört einfach mitten in der Arbeit auf?«

»Nichts auf der Welt könnte einen Elefanten bewegen,

auch nur eine Minute länger zu arbeiten, wenn die Sonne den Zenit erreicht hat. Sechs Stunden — von Sonnenaufgang bis Mittag —, und das, seit es Arbeitselefanten gibt.«

»Und was machen die den Rest des Tages?«

»Sie baden, gehen fressen im Wald.«

Ein Bad pro Tag. Das Recht der Elefanten, hatte Andrew es genannt.

»Fahren wir weiter!« sagte ich ungeduldig. Ich mußte wissen, was mit Andrew los war. Ein banges Gefühl schnürte mir die Kehle zu.

»Haben Sie Familie?« fragte ich den Fahrer, um auf andere Gedanken zu kommen.

»Ich hatte eine Frau«, sagte er. »Aber das ist eine traurige Geschichte. Sie haben Sorgen genug. Ich werde sie Ihnen besser nicht erzählen.«

»Erzählen Sie!«

»Meine Frau und ich haben beide am Cambridge-Institut Englisch gelernt und uns für einen Auslandsjob qualifiziert. Wir fanden beide Arbeit in Bahrein. Sie bevorzugen Ehepaare. Das erspart ihnen Probleme, wissen Sie?«

Es hatte heftig zu regnen begonnen. Die Scheibenwischer schafften es kaum, die Windschutzscheibe freizuhalten.

»Haben Sie mal einen solchen Arbeitsvertrag gesehen, Sir? Solange Sie gesund sind und arbeiten können, ist alles gut. Wenn Sie krank werden, haben Sie Pech gehabt. Und noch mehr Pech haben Sie, wenn Sie einen Arzt brauchen. Das ist mir passiert. Ich hatte einen Unfall auf der Baustelle und lag vier Monate im Krankenhaus. Das Geld, das ich verdient hatte, reichte nicht, und das von meiner Frau war auch bald aufgebraucht, darauf behielt man ihren Lohn ein. Dann sagte man mir, man habe sie in ›Sicherheitsverwahrung‹ genommen, ein Arbeitslager, damit sie nicht ausreisen könne, bevor die Krankenhauskosten bezahlt seien. Ein paar Wochen später sagte man mir, sie sei an Typhus gestorben. Erst als ich wieder zu Hause war, erfuhr ich von einer ihrer Kolleginnen, daß man sie in ein Bordell gesteckt hatte. Dort hat sie Selbstmord begangen. Niemand konnte mir sagen, wo sie beerdigt wurde. Vielleicht hat man sie irgendwo verscharrt oder ins Meer geschmissen. Sie war ja nur eine Fremdarbeiterin, eine Ungläubige — und eine Hure obendrein. Keine schöne Geschichte, wie, Sir?«

»Nein. Eine entsetzliche Geschichte.«

Wir fuhren eine Weile schweigend.

»Sie sind ein Angestellter von EFOS?«

»Woher wissen Sie das?«

»Vom Manager des Batticaloa.«

»Und woher wußte er das?«

Er zuckte die Achseln. »Keine Ahnung. Wissen Sie«, sagte er nach einer Pause, »ich sag Ihnen ganz offen, ich mag die Amerikaner nicht, aber EFOS, das ist der Stachel im Fleisch der Ölscheichs. Und diesen Stachel gönne ich denen. Seit sich immer mehr Länder dem internationalen Energieverbund anschließen, können die sich ihre Barrels sonstwohin schieben. Am liebsten würden sie eure *Sonnenvögel* vom Himmel schießen.«

»Das dürfte nicht so einfach sein«, sagte ich. »Die fliegen ziemlich hoch.«

»Soll ich Sie nach Negombo fahren und dort auf Sie warten?« fragte er.

«Ja, das wäre mir sehr recht.«

Ich hatte es irgendwie geahnt, daß dieser Kirtisinghe nicht anzutreffen sein würde.

»Er ist auf einer Dienstreise«, erklärte der dunkelhäutige junge Mann, der an seinem Schreibtisch saß und mich prüfend durch eine überstarke Brille musterte, die seine dunklen Pupillen unnatürlich groß erscheinen ließ. »Kann ich irgend etwas für Sie tun?«

Ich erzählte ihm von dem Brandunglück und daß ich den Verletzten besuchen wollte.

»Ich werde mich erkundigen. Bitte, warten Sie draußen.«

Durch das Fenster auf der anderen Seite des Korridors konnte man den internationalen Flughafen Katunayake überblicken.

Vor 30 Jahren waren hier, wie Andrew erzählt hatte, am Tag 60 bis 80 Maschinen gestartet und gelandet. Jetzt wurde er nur noch von American Airlines, British Airways, Quantas und Singapore Airlines einmal wöchentlich angeflogen. Jenseits des Landefelds lag wie der ausgeweidete Panzer eines riesigen Schalentiers das ausgebrannte Wrack eines Jumbo der Lufthansa, den irgendwelche Terroristen gesprengt hatten. Der Vorfall lag fast 10 Jahre zurück, aber niemand hatte es der Mühe wert gefunden, die Reste zu beseitigen. Der Flugplatz lag wie ausgestorben da. In den großen Fensterscheiben des Tower spiegelte sich rot die Abendsonne.

»Mr. Kirk«, sagte eine leise Stimme hinter mir. Ich fuhr herum. Es war der Beamte. Ich hatte keine Tür gehen gehört. Er hatte die Brille abgenommen und blinzelte weitsichtig zu mir auf. »Ich muß Ihnen die traurige Mitteilung machen, daß Mr. Baldenham heute nachmittag verstorben ist.«

»Was?« Ich mußte mich an der Wand abstützen, weil mir die Beine nachzugeben drohten. »O Gott, das ist doch nicht möglich!«

»Leider doch.« Er schob sich die Brille auf die Nase und blickte an mir vorbei zum Fenster hinaus. »Kannten Sie sich näher?«

»Er war mein Freund.«

Er nickte. »Dann muß ich Sie bitten, mit mir nach Colombo zu fahren, um den Leichnam zu identifizieren. Eine reine Formsache. Sie verstehen.«

»Ich muß mein Gepäck holen und den Fahrer bezahlen.«

»Tun Sie das. Ich laß inzwischen einen Dienstwagen kommen.«

Man hatte ihn in einen Kühlraum im Keller des Polizeipräsidiums gebracht. Auf Bahren und Rolltischen lag mehr als ein Dutzend Leichen in schwarzen Plastiksäcken oder unter Laken. Ein Beamter schlug das Laken zurück. Man hatte ihm, weil die Leichenstarre noch nicht eingesetzt hatte, die Kinnlade mit einer Mullbinde hochgebunden, was seinem Gesicht einen irgendwie verdrießlichen Ausdruck gab. Ich sah, daß die Füße fehlten. Dort, wo im Laken die beiden Ausbuchtungen hätten sein müssen, war nichts, lag das Laken flach auf der Unterlage. Mehr als der unerwartete Tod war es merkwürdigerweise diese Verstümmelung, die mich in diesem Moment am meisten entsetzte. Ich bat, das Laken ganz zurückzuschlagen. Beide Beine waren knapp oberhalb der Knöchel amputiert, die Wunden notdürftig vernäht und blutverkrustet; sonst wies der Körper nicht die geringste Verletzung auf. Von seinem rechten Handgelenk baumelte an einem gelben Gummiband ein beschriftetes Kärtchen. Ich hatte plötzlich mit den Tränen zu kämpfen, als ich ihn so in seiner Blöße vor mir liegen sah, traurig und hilflos.

»An was ist er gestorben?«

Der Beamte warf einen Blick auf das Kärtchen und ließ das Gummiband zurückschnalzen. »Herzversagen, hat der Arzt angegeben. Während der Operation.«

»Was geschieht jetzt mit ihm?«

»Der Leichnam ist noch nicht freigegeben. Vielleicht wird noch eine Obduktion angeordnet. Man wird die Urne den Angehörigen übersenden. Kennen Sie seine Angehörigen?«

»Ich glaube nicht, daß er welche hat. Er hat nie welche erwähnt.«

»Darf ich Ihnen die Sachen aushändigen, die er bei sich hatte?«

»Selbstverständlich.«

Wir gingen in ein Büro, in dem sich eine Reihe Schließfächer befanden. Ein älterer Beamter mit weißem Kraushaar und einem gewaltigen Schnauzbart stapelte die Habseligkeiten auf einen Tisch: Schuhe, Hosen, eine abgeschabte Lederjacke, Hemden, Unterwäsche, Socken, Handtücher, Toilettenbeutel, Notizbuch, Schreibzeug, Brieftasche, Ausweise, Geld. Es fehlte nichts, soweit ich das beurteilen konnte. Er hakte alles auf einer Liste ab, die er mir zur Unterschrift vorlegte, bevor er die Sachen in die Reisetasche packte.

Als ich auf die Straße hinaustrat, war es Nacht. Motorradrikschas knatterten, Fahrradrikschas klingelten, die fliegenden Händler breiteten ihre Waren auf den Gehsteigen aus.

Ich war noch immer wie benommen und suchte mir meinen Weg zu Fuß zum Taprobane. Plötzlich blieb ich mit einem Ruck stehen. Wie, in aller Welt, war es möglich gewesen, sämtliche Gegenstände unversehrt aus der brennenden Hütte zu retten, wenn man Andrew im letzten Augenblick schwerverletzt unter einem herabgestürzten Balken hatte hervorziehen müssen?

Am Tag darauf war Weihnachten. Das traurigste Weihnachten meines Lebens. Das AmAir-Büro hatte für zwei Tage geschlossen. Im Foyer des Taprobane hatte man einen kleinen Plastikchristbaum aufgestellt, dick mit Plastikwolle behängt, in der bunte Plastiklämpchen blinkten. Im Aufzug dudelten leise ›Jinglebells‹ und ›Holy Night‹. Das Wetter war schwül und heiß, das Meer lag wie geschmolzenes Silber unter einem dunstig-weißen Himmel, und kein Lüftchen regte sich. Ich blieb in der Kühle meines klimatisierten Zimmers und zerbrach mir den Kopf über die Ereignisse jener Nacht in Batticaloa, und je länger ich darüber nachdachte, desto unwahrscheinlicher kam mir alles vor. Der Brand einer Holzhütte, gedeckt mit trockenem Schilf, war eine Sache von wenigen

Minuten. Trotzdem waren die Soldaten von der Basis sofort dagewesen, in voller Ausrüstung, und das vor Sonnenaufgang. Augenblicklich war ein Arzt zur Verfügung gewesen, ein Hubschrauber startbereit, ein Pilot. Aber weshalb sollten sie es auf Andrew abgesehen haben? Was hatten sie von ihm gewollt? Weshalb war er verstümmelt oder gar getötet worden?

Ich mißtraute diesem Militär — ich mißtraue Militärs grundsätzlich. Sie gebieten über Leben und Tod, hatte Andrew gesagt. Wie recht er gehabt hatte! Doch was hätten diese Leute von Andrew wollen? War es ein Racheakt? An ihm, der nie einem Menschen etwas zuleide getan hatte; der sich in seiner Güte immer hatte von anderen ausnutzen lassen? Ich sah keinen Sinn in den Ereignissen.

Als ich zwei Tage später, es war ein Montag, aus dem Am-Air-Büro auf die Jayatilleka Mawatha hinaustrat, kam mir die schwüle Luft unerträglicher vor denn je. Der Geruch von Fäulnis und menschlichen Exkrementen war erstickend. Im Norden, über dem Hafen, türmten sich Gewitterwolken auf, wie jeden Nachmittag, aber meist zerfielen sie bei Sonnenuntergang, haltlose Versprechen von Frische und Erquickung.

Ich blätterte das Ticket noch einmal durch und steckte es in die Tasche. Die Maschine kam von Sydney über Singapur und startete schon um 8 Uhr morgens. In 15 Stunden würde ich dieser Hölle entronnen sein.

»Mr. Kirk«, sagte eine bekannte Stimme neben mir. Ein schwarzer Wagen hielt am Straßenrand. Es war der Fahrer, der uns nach Batticaloa gebracht hatte. Er trug einen zerknitterten hellgrauen Anzug, in dem er noch schmaler wirkte, und eine große dunkle Sonnenbrille, hinter der sein Gesicht fast verschwand. »Steigen Sie ein!« Er beugte sich herüber und öffnete die Tür; ich setzte mich auf den Beifahrersitz.

Er wirkte ziemlich nervös; als er sich eine Zigarette anzündete, sah ich, daß seine Hände zitterten.

»Was ist los?« fragte ich.

»Ich muß Ihnen etwas erzählen«, sagte er, während er den Wagen durch das Verkehrsgewühl steuerte. »Haben Sie ein bißchen Zeit?«

»Ich habe nichts vor. Morgen früh fliege ich. Nach New York. Mich hält hier nichts mehr.«

Er nickte, wir hatten den Prince Park passiert, er steuerte den Wagen in eine ruhige Nebenstraße und hielt vor der hinteren Zufahrt eines Restaurants in der Wolfendahl Street.

»Sie kennen sicher Nancy Tanner«, sagte er.

»Die Filmschauspielerin?«

»Ja.«

Ich sagte, daß ich sie ein paarmal im Video gesehen hätte; weshalb er frage. Nach einigem Zögern rückte er mit einer haarsträubenden Geschichte heraus. Er behauptete, Zeuge gewesen zu sein, wie ein Offizier im Hinterhof eines Clubs sie erschossen habe. Und tags darauf sei er ihr wiederbegegnet, lebendig und gesund, am hellichten Tag auf der Janadhipathi Mawatha. Ich sagte ihm, was ich davon hielt. Da erwiderte er etwas Seltsames:

»Ich bin ein gläubiger Buddhist, Mr. Kirk. Ich glaube an die Wiedergeburt. Aber das hier ... das ist etwas Bösartiges, etwas Scheußliches. Und es geschieht hier in der Stadt.«

Hatte nicht Andrew auch etwas von Wiedergeburt erwähnt? Nein, er hatte gesagt: *Glaubst du an eine Auferstehung das Fleisches?* Was mochte er damit gemeint haben?

»Ich weiß genau, wann es passiert ist«, sagte er.

»Was passiert?«

»Wie sie ihnen in die Hände gefallen ist. Es ist vielleicht einen Monat her. Da war sie hier in Colombo. Sie wohnte im Taprobane wie Sie, Mr. Kirk. Ich habe sie vom Vihara Devi Park zum Hotel gefahren. Sie war sehr nervös. Am Tag darauf wurde sie in die Klinik eingeliefert. Angeblich hatte sie eine Überdosis Kokain genommen, und man hat noch mehr bei ihr gefunden. Miss Tanner hat manchmal gern ein Glas Champagner getrunken, aber harte Drogen hat sie nie genommen. Ich kenne mich mit solchen Leuten aus. Alles Schwindel mit der Anklage und ihrer Abschiebung in die USA.«

Er nahm die Sonnenbrille ab und blickte mich an.

»Ich möchte Ihnen jetzt etwas anvertrauen, Mr. Kirk, über das ich bisher mit keinem Menschen gesprochen habe. Als sie vor einem Monat hier war, hat mir Miss Tanner einen Brief an ihren Manager gegeben, an einen Fred Kissinger.«

»Den Filmregisseur?«

»Ich glaube, er war früher Filmregisseur. Später, nachdem sie so großen Erfolg hatte, war er ihr Manager. Sie wollte sich hier in Colombo mit ihm treffen, aber er hielt den Termin nicht ein. ›In den nächsten Tagen wird Mr. Kissinger hier eintreffen und im Taprobane wohnen‹, sagte sie. ›Bitte geben Sie ihm diesen Brief, aber persönlich. Ich kann leider nicht länger auf ihn warten.‹ Ich sagte: ›Das tue ich selbstverständlich gern für Sie, Miss Tanner, aber manchmal bin ich zwei, drei Tage auf einer Rundfahrt unterwegs. Weshalb geben Sie ihn nicht einfach an der Rezeption des Taprobane ab?‹ — ›Ich habe meine Gründe‹, sagte sie. ›Und ich muß so schnell wie möglich weg von hier. Mit der nächsten Maschine.‹ Am nächsten Tag wurde sie in die Klinik eingeliefert und zwei Wochen später, nachdem man die Anklage wegen Rauschgiftschmuggels hatte fallen lassen, in die USA abgeschoben. Knapp eine Woche später ist sie wieder hier; man bringt sie um, und am Tag darauf sehe ich sie auf der Janadhipathi Mawatha. Ich frage Sie, Mr. Kirk, was soll ich davon halten?«

Ich zuckte die Achseln. »Haben Sie ihren Brief zugestellt?«

»Ich hatte nie Gelegenheit dazu. Dieser Kissinger ist nicht aufgetaucht. Ich habe immer wieder nach ihm gefragt, im Taprobane, im Oberoi, im Intercontinental, im Havelock, im Galle Face, überall. Vielleicht hat man ihn daran gehindert, nach Colombo zu kommen. Vielleicht wollte man verhindern, daß er mit Nancy Tanner zusammentraf. Vielleicht hat man sie getäuscht und in eine Falle gelockt.« Er zog aus der Innentasche seiner Jacke einen dieser rechteckigen Tabaksbeutel aus Plastik, den er als Brieftasche benutzte. Rot und weiß bedruckt. Lincoln-›Cavendish‹ stand darauf, darunter zwei gekreuzte sonnengereifte Tabaksblätter, ganz oben ein goldener Adler, der an einer Stange die blaue US-Flagge in den Krallen hielt. Ein abgeschabtes, rührend gepflegtes Provisorium. Er löste mit seinen schmalen, dunklen Jungenfingern den Adhäsionsverschluß und zog ein kleines fliederfarbenes Kuvert heraus.

»Ich möchte Sie bitten, daß Sie diesen Brief mit nach New York nehmen und ihn Fred Kissinger aushändigen. Er lebt dort irgendwo.«

»Aber der Brief ist einen Monat alt. Die Nachricht wird durch die Ereignisse längst überholt sein.«

»Sie schreibt ihm, daß sie nicht länger auf ihn warten könne, weil sie sich bedroht fühle und Angst habe.«

»Woher wissen Sie das? Haben Sie den Brief geöffnet?«

»Nein. Selbstverständlich nicht. Aber wenn man eine starke Taschenlampe drunterhält, kann man ein paar Zeilen entziffern. Geben Sie ihn Mr. Kissinger und sagen Sie ihm, was ich Ihnen erzählt habe. Sagen Sie ihm, was hier vorgeht. Sagen Sie ihm, daß hier irgend etwas mit Miss Tanner geschieht, daß sie in der Hand von singhalesischen Offizieren ist, die sich an ihr rächen wegen ihrer Rolle in dem Film, die sie quälen und töten und irgendwie die Möglichkeit haben, daß sie auf perverse Art wiedergeboren wird. Vielleicht kann er ihr helfen, vielleicht weiß er mehr.«

»Aber wie stellen Sie sich das vor? Was soll ich zu diesem Kissinger sagen?«

Er schwieg und starrte das Armaturenbrett an.

»Sie glauben mir nicht«, sagte er dann.

Ich zögerte, dann schüttelte ich den Kopf. »Nein.« Da sah ich zu meiner großen Bestürzung, daß er weinte. Er nahm die Sonnenbrille ab und wischte sich mit dem Ärmel die Augen. »Ich bitte Sie trotzdem darum, Mr. Kirk.«

Ich nahm das Kuvert und steckte es ein. Plötzlich wurde unser Wagen durch dumpfe Schläge aufs Dach erschüttert. Wir fuhren zusammen. Ein breitschultriger, dunkelhäutiger Mann in Overall und Schirmmütze, mit ein Paar dicken Arbeitshandschuhen an den Händen, bedeutete uns, weiterzufahren und die Einfahrt freizumachen. Er grinste gutmütig. Der Fahrer des Getränkelasters, der schräg hinter uns hielt und in die Einfahrt wollte, drückte ungeduldig auf die Hupe. Wir fuhren los.

»Ich bringe Sie zum Hotel. Es fängt gleich an zu regnen.« Wir waren noch keine hundert Meter weit gefahren, da klatschten die ersten großen Tropfen gegen die staubige Windschutzscheibe.

»Soll ich Sie morgen früh zum Flugplatz bringen?« fragte er, als er mich am Eingang des Taprobane absetzte.

»Ich muß spätestens um 7 Uhr dort sein.«

»Ich hole Sie um 6 Uhr hier ab.«

Regen prasselte gegen das Fenster. Dunkelrote Blitze fuhren senkrecht ins Meer herab und erleuchteten mit ihrem Widerschein die Gebäude am Hafen, über deren Dächer die Regenböen schäumten wie Brandungswellen.

Ich ärgerte mich, daß ich mich hatte beschwatzen lassen und nun den Postboten spielen sollte, mit einem lächerlichen, mehr als einen Monat alten Brief. Ich hatte große Lust, ihn stillschweigend in der Rezeption liegen zu lassen oder ihn einfach wegzuschmeißen. Vielleicht hatte irgendeine Offiziersnutte, die genau wußte, wie scharf hier viele Männer auf diese Nancy Tanner waren, sich entsprechend zurechtgemacht, um das Geschäft zu beleben.

Und der junge Mann hatte viel im Leben durchgemacht, einen schweren Arbeitsunfall gehabt, seine junge Frau verloren ... Was war von seinem Urteilsvermögen zu halten? — Wahrscheinlich hatte er eine lebhafte Phantasie, war verliebt in die Tanner, sah Gespenster ... Wie hieß er überhaupt? — Ich wurde mir ärgerlich bewußt, daß ich ihn nie nach seinem Namen gefragt hatte. Es ist ein bedenkliches Zeichen, wenn man tagelang mit einem Menschen beisammen ist und ihn nur in seiner Funktion wahrnimmt: ›unser Fahrer‹. Ich beschloß, ihn am folgenden Morgen nach seinem Namen zu fragen. Dann packte ich meine Reisetasche und stellte sie neben die von Andrew.

Der Donner ließ die Fensterscheiben erzittern. Ein anhaltender Blitz erleuchtete das Zimmer. Mein Blick fiel zufällig auf die beiden Reisetaschen. Zum erstenmal fiel mir auf, daß sie fast identisch waren.

Kurz darauf muß ich eingeschlafen sein.

Mein namenloser Fahrer war um 6 Uhr nicht am Eingang des Taprobane. Das Unwetter hatte sich verzogen. Die Luft war klar und rein. Himmel und Erde waren frisch gewaschen. Das Grün der Blätter leuchtete, der fast wächsern steife Damast der Franchipani, das unwirkliche Hellblau des Jakaranda, das verschwenderische Lila der Bougainvillea und der verhaltene Scharlach des Hibiskus.

Als der Wagen um 6 Uhr 15 immer noch nicht vorgefahren war, begann ich nervös zu werden und bat den Portier, mir ein anderes Taxi zu rufen. Es war innerhalb einer Minute da. Sein Fahrer wirkte weniger frisch; er roch nach Schweiß und bohrte ständig verstohlen in der Nase. Hinter der Kreuzung Prince of Wales Avenue/ Madampita Road kamen wir in einen Stau, der sich über die Victoria Bridge hinzog. Der Kelani Ganga war dabei, sich selbst zu entrümpeln; seine vom nächtlichen Regen angeschwollenen Wasser waren von Abfällen übersät. Am Ufer stöberten abgemagerte Hunde nach Kadavern.

Ich blickte auf die Uhr. Es war bereits zwei Minuten nach halb. Ich wurde immer nervöser. Zum Flughafen sind es mehr als dreißig Kilometer.

»Unfall«, sagte der Taxifahrer.

Ein Soldat mit weißen Wimpeln in den Händen winkte uns an einer Unfallstelle vorbei. Zwischen zwei schweren Militärlastwagen war ein schwarzer, bis zur Unkenntlichkeit zermalmter Personenwagen verkeilt. Eine Gestalt lag auf dem Asphalt, mit ein paar schmutzigen Zeitungen zugedeckt. Ich kenne mich zu wenig mit europäischen Autos aus, um mit Sicherheit sagen zu können, ob es der Peugeot des jungen Mannes war, der mir den Brief übergeben hatte.

Mit ausgebreiteten Armen kam Kirtisinghe auf mich zu. »Es tut mir so schrecklich leid, Mr. Kirk. Wie konnte das nur passieren? Ich weiß noch nichts Genaues. Der Bericht aus Batticaloa liegt noch nicht vor«, sagte er, als wollte er alle Fragen von vornherein unterbinden. »Dieses gräßliche Feuer! Der arme Mr. Baldenham! Sie haben im Hospital sicher alles Menschenmögliche getan. Ich war leider nicht da. Ein Bombenanschlag in Puttalam. Es hat viele Tote gegeben. Wie geht es Ihnen, Mr. Kirk? Sind Sie wohlauf?« Seine hellen Augen blitzten kühl und teilnahmslos. »Weshalb die überstürzte Abreise? Hier ist es herrlich um diese Jahreszeit. Bei Ihnen zu Hause ist es kalt.«

»Danke, Mr. Kirtisinghe. Mir ist die Lust vergangen, hier Urlaub zu machen. Das können Sie sicher verstehen.«

»Gewiß, Mr. Kirk. Bevor ich Ihnen einen guten Flug wünsche, wollte ich Ihnen noch Ihren elektronischen Schlagring zurückgeben.«

Er griff nach einer dunkelbraunen Papiertüte, die auf dem Tresen des AmAir-Schalters lag, zerbrach das Plastiksiegel, riß den Klettverschluß auf und reichte mir meinen Eraser. »Wer weiß, vielleicht brauchen Sie ihn noch. — Gute Reise, Mr. Kirk.«

»Danke.«

Ich reichte mein Ticket über den Tresen.

»Nur die beiden Taschen?« fragte die Stewardess, eine Singhalesin mit großen rehbraunen Augen und einer samtweichen Stimme.

»Nur die beiden Taschen.«

»Gate Number Five«, sagte sie und reichte mir mit einem schüchternen Lächeln die Bordkarte.

»Good bye«, sagte ich.

Sie nickte auf die seltsame asiatische Art, die fast ein Kopfschütteln ist. »Good bye, Sir. Guten Flug.«

Der einheimische Sicherheitsbeamte betrachtete meinen Eraser mißtrauisch von allen Seiten.

»Was ist das?« fragte er.

»Eine EMPU.«

»Eine was?«

»Herrgott noch mal!« sagte ich zornig. »Eben habe ich das Ding von einem Ihrer Sicherheitsoffiziere zurückbekommen. Jetzt fangen Sie an, Zicken zu machen. Was soll das?«

»Bedaure, Sir, aber ich habe meine Vorschriften.«

Ein stämmiger Sheriff der AmAir-Bordpolizei drängte sich durch die Passagiere, die die Sicherheitskontrolle schon passiert hatten.

»In Ordnung«, sagte er zu dem einheimischen Beamten. »Sie können an Bord gehen, Mr. Kirk.«

Als ich mich noch einmal umwandte, sah ich Mr. Kirtisinghe bei einem großen Mann in arabischer Kleidung stehen, der ein gehäkeltes Käppchen auf dem Schädel trug. Er kam mir irgendwie bekannt vor. Sie blickten beide kurz in meine Richtung, dann lachten sie einander zu. Als er lachte und ich das

Gold in seinem Mund blitzen sah, erkannte ich ihn wieder. Es war der Kerl mit dem tranchierten Gesicht, den ich in der Bar an Bord der *Sultan Ahmet* gesehen hatte.

Es war ein alter Airbus. Schwergewichtige, fleischige Männer lagerten auf den Sitzen, übernächtigte Gesichter, vom Whisky gerötet, australische Schafzüchter, Geschäftsleute auf dem Rückweg nach London, die die Feiertage bei ihren Familien in Australien verbracht hatten.

Eine halbe Stunde später rollten wir an den Start. Ich war froh, als die Maschine abhob und das Land unter uns im Dunst versank.

Die Stewardess reichte mir die *Financial Times.*

IRAN TESTET SEINE ERSTE ATOMBOMBE
PROTESTE RUSSLANDS UND DER TÜRKEI
INDIEN ERWÄGT ABBRUCH
DER DIPLOMATISCHEN BEZIEHUNGEN

Das Rätselraten um die Wissenschaftler, die eine iranische Bombe in wenigen Jahren ermöglichten, hält an. Haben sich bekannte europäische und amerikanische Wissenschaftler von dem Militärregime kaufen lassen, wie der Kreml behauptet? London dementierte, daß William Treholt, David Silverman oder der Anglo-Inder Lal Bhattavali für Teheran tätig waren. Auch der Name des dänischen Nobelpreisträgers Bengt Rødestrom wurde in diesem Zusammenhang genannt, der angeblich zurückgezogen auf der dänischen Insel Samsø lebt.

Zwischenlandung — Bahrein. Wir müssen das Flugzeug während des Auftankens verlassen. Ein unterkühlter Aufenthaltsraum; Einheimische, gegen die Kälte in Tücher und Mäntel gehüllt, sitzen in tiefen Fauteuils aus schwarzer genarbter Plastik. Ein Pakistani mit Turban und einer abgerissenen Uniformjacke leert die Aschenbecher. Fliegen, die sich an das arktische Mikroklima gewöhnt haben, inspizieren die geleerten Tassen und die Kaffeepfützen auf den Tischen. Postkarte: $ 5.00, Briefmarke $ 5.00, Kaffee $ 5.00, Tee $ 5.00, Coca Cola $ 5.00, Canada Dry $ 5.00, Sandwich Egg $ 5.00, Sandwich Chicken $ 5.00, Einheitspreise, Einheitswährung.

»Bier?«

Der Mann an der Bar spitzt die Lippen, ruckt mit dem Kinn und stößt entrüstet ein Geräusch aus, das fast wie ein Kuß klingt.

Ich blicke durchs Panoramafenster aus getöntem Glas. Üppige Vegetation durch aufbereitetes Meerwasser, dahinter Dünen, nackt und bleich wie Gebein. Bahrein — ich erinnere mich: Ein rehäugiges Singhalesenmädchen in einem Bordell, das aus Verzweiflung und Heimweh Selbstmord beging. Häßliche Betonarchitektur, wie aus dem Dreck gestemmt. In der Ferne noch mehr Grün, das Weiß der Paläste. Orangefarbene Flammen über dem Horizont: abgefackeltes Erdgas.

Wunder über Wunder: An der Wand entdecke ich eine Weltzeituhr, auf der Schattenkurven über die Kontinente kriechen. Die Antarktis ist in Helligkeit getaucht, die Arktis liegt in Dunkelheit. Eine plumpe Zunge aus Licht leckt über den Äquator hinauf bis in die verschneite Taiga zwischen Gorkij und Sverdlovsk. Sie zeigt den Tag an. Der Pazifik ist in Nacht gehüllt.

In London regnet es. Der Himmel ist grau verhangen. In den Pfützen spiegeln sich die aufgemalten bunten Fahnen auf den plumpen Schnauzen der Frachtluftschiffe von KLM, SAS und British Airways. Die Zeppeline scheinen sich unter dem eisigen Nordost zusammenzudrängen wie ein Rudel nasser, frierender Hunde.

Es ist Spätnachmittag. Die Lichtzunge auf der Uhr in Bahrein leckt jetzt an den öden Küsten Labradors. Wir rollen an den Start.

Jenseits von Erris Head, wo die irische Küste steil hinabfällt in die kühlen Tiefen des Atlantiks, über lichtlosen Schluchten, die erfüllt sind vom Gesang der letzten Buckelwale, holt uns die Nacht ein.

VII. Der Haken im Teich

In New York schneite es. Es war noch finstere Nacht, als ich in den Bus vom Kennedy Airport nach Manhattan stieg. Der Fahrer, ein grauhaariger Schwarzer mit einem schweren schwarzen Wintermantel, sagte: »Da werde ich mal die Heizung höher stellen, wenn Sie aus der Sonne kommen. Wir hatten es saukalt über Weihnachten hier.«

»Danke«, sagte ich und schob meine Kreditkarte in den Buscomputer.

Eine Reisegruppe drängte in den Bus. Der Kleidung nach zu urteilen ebenfalls aus einer wärmeren Gegend. Es waren fast ausschließlich Schwarze, und sofort war das Fahrzeug voll lauter Musik, noch lauterer Unterhaltung und guter Stimmung. Wir fuhren durch fast menschenleere Straßen.

Grand Central Station: Endstation. Ich fragte mich durch nach dem Bus, der downtown fuhr, stieg an der Ecke 14th Street/5th Avenue aus und ging zu Fuß zum Electric Rose, einem kleinen Hotel nahe dem Washington Square, wo die NASA ständig Zimmer gemietet hat, um (weniger prominente) Besucher oder Mitarbeiter unterzubringen, die auf der Durchreise nach Cape Canaveral oder Vandenberg waren, dem Startkomplex der militärischen Shuttle.

»Frühstück ab sieben«, sagte der Portier und reichte mir ein kleines codiertes Plastikkärtchen.

Ich duschte und schlief fast bis Mittag, dann kaufte ich mir ein paar Wintersachen und ging in ein kleines italienisches Restaurant in der Nähe. Nach sechs Monaten Curry schmeckten die Spaghetti fürstlich und die Saltimbocca königlich — vom Soave ganz zu schweigen. Auf der Toilette hing ein Schild, das allen Angestellten einschärfte, nach der Benutzung die Hände zu waschen. Ich betrachtete mein Gesicht in dem kleinen Spiegel über dem Waschbecken und bemerkte, daß ich mich schon seit zwei Tagen nicht rasiert hatte.

»Kann ich einen Datenanschluß haben?« bat ich den Portier, als ich ins Hotel zurückkam.

»Ich lass' ihnen ein Terminal aufs Zimmer bringen.«

Eine halbe Stunde später saß ich vor dem Bildschirm des Tischgeräts und tastete meine Nummer ein. Die Dame von Infopool, die seit Jahren meinen ›Briefkasten‹ betreute, sah unverändert jung, tüchtig und vertrauenerweckend aus. Wie lange würde es noch dauern, bis die Computer es schafften, diese synthetisierten Geschöpfe nicht nur nach der neuesten Mode zu kleiden, zu frisieren und zu schminken, sondern auch noch natürlich altern zu lassen.

»Hallo, Alice. Wie geht es dir?«

Sie schenkte mir ihr schönstes Lächeln. »Danke gut. Ich hoffe, daß es auch Ihnen gut geht. Sprechen Sie jetzt deutlich Ihren Namen, Ihr Geburtsdatum und Ihren Code!«

»Peter Kirk. Neunzehn, elf, neunzehnsechsundsiebzig. Hab acht vorm Zipferlak, mein Kind! Sein Maul ist beiß, sein Griff ist bohr! Vorm Fliegelflagel sieh dich vor, dem mampfen Schnatterrind!«

»Die Stimmprobe ist positiv; Ihr Code wird akzeptiert, Mr. Kirk.«

»Was haben wir im Briefkasten, Alice?«

»Es hat sich eine Menge angesammelt. Sagen Sie mir bitte jeweils, was ich gleich löschen soll und was Sie weiterhin im Speicher haben wollen.«

»Okay, Alice. Schieß los!«

Ein Werbespot pries ein Getränk an, das unglaublich erfrischend und unglaublich kalorienarm war.

»Alice.«

Sie erschien wieder auf dem Bildschirm. »Was kann ich für Sie tun?«

»Ich sagte: ›Schieß los!‹«

»Wenn Sie keine Werbespots wollen, müssen wir Ihnen zehn Cents pro Kilobyte zusätzlich berechnen, weil ein großer Teil der Kosten von Infopool durch Werbung gedeckt wird.«

»Ich weiß. Bitte ohne Werbung.«

Es war hauptsächlich unwichtiges Zeug. Rechnungsbelege, Beitragsquittungen, eine Rückfrage meines Steuerberaters wegen einer nichtcomputerisierten Reisekostenabrechnung, Anrufe von Bekannten, ein paar Einladungen zu Parties, die längst stattgefunden hatten. Ein Gruß von Rut: Sie war ein bißchen dicker geworden, was ihrer Figur eher guttat. Sie hatte einen knappen Bikini an. Ein Swimming-pool war zu erkennen. Der Junge, an den sie sich lehnte, war höchstens zwanzig, bodygebildet, braungebrannt, sah nicht schlecht aus; nur die Augen standen etwas eng beieinander, was seinem Gesicht einen etwas beschränkten, aber eigensinnigen Ausdruck verlieh. Auch sie war braungebrannt, trug die blonden Haare jetzt glatt und etwas kürzer geschnitten als früher, sah blendend aus.

›Wollte dir nur zeigen, daß ich mich nicht langweile ohne dich, Schatz‹, sagt sie und wirft der Kamera eine Kußhand zu. Sie ist ziemlich betrunken, versucht dem Jungen einen Kuß auf die Wange zu drücken, aber der ist eher peinlich berührt.

Sie hebt das Glas, schwankt ein wenig.

›Happy birthday to you, Pete!‹ Ich werfe einen Blick auf Datum und Kennung. 19. November 2016, Fort Lauderdale.

»Löschen!« sage ich.

»Die nächste Nachricht kann ich Ihnen nur zugänglich machen, wenn eine Bedingung erfüllt ist, Mr. Kirk.«

»Und was ist das für eine Bedingung?«

»Sie müssen mir bestätigen, daß sich in dem Raum, in dem Sie sich im Moment aufhalten, keine weitere Person befindet.«

Ich horchte auf. Es war zwar nicht ungewöhnlich, daß Infopoolnachrichten an diese Bedingung geknüpft wurden, wenn es sich um private, intime oder geschäftliche Dinge handelte, die Dritte nichts angingen, aber ich erwartete keine derartige Nachricht.

»Ich befinde mich ganz allein in diesem Zimmer, Alice«, versicherte ich. »Laß sehen!«

»Es handelt sich lediglich um eine Tonaufzeichnung. Sie ist unvollständig und ohne Kennung und wurde über Telefon eingegeben. Der Absender fehlt, aber er muß über einen Dringlichkeitscode verfügen, sonst hätte der Computer ihn nicht akzeptiert. Infopool akzeptiert keine anonymen Nachrichten.«

Ich mußte mich mit beiden Händen am Tisch festhalten, als plötzlich Andrews Stimme sagte: »Pete, ich kann Andrew nicht erreichen. Sag ihm bitte, falls er noch lebt, es habe dich jemand angerufen, dessen Stimme wie seine klang. Er wird wissen, was los ist. Sag ihm, daß jemand Roughtrades ...«

Die Stimme verstummte. Unnatürlich laut war das mechanische Pochen einer durchtrennten Telefonverbindung zu hören.

Ich saß wie vom Donner gerührt. Was hatte das zu bedeuten? Das war eindeutig Andrews Stimme gewesen. Erschöpft, drängend, fast ein wenig ängstlich, aber Andrews Stimme!

»Von wem ist diese Nachricht?«

»Keine Kennung, Mr. Kirk. Aber sie wurde am 25. Dezember in den Pool geschleust.«

Am Weihnachtsfeiertag.

»Noch weitere Nachrichten?«

»Ja. Eine zweite, ähnliche Botschaft. Am 27. Dezember auf ähnliche Weise in den Pool geschleust. Tonaufzeichnung — kein Absender, keine Kennung.«

Und wieder Andrews Stimme!

»Hör zu, Pete! Ich weiß nicht, ob ich so bald wieder Gelegenheit haben werde, an ein Telefon heranzukommen, oder ob ich jetzt lange genug unbeobachtet bin. Da ich nicht weiß, ob ich selbst noch lebe, wende ich mich sicherheitshalber auch an dich. Ich weiß nicht, ob das die erste Nachricht ist, die dich von mir erreicht, oder ob du schon einige erhalten hast. Sammel sie, ordne sie chronologisch und halte sie für mich abrufbereit! Dir wird das alles sehr verwirrend und unwirklich erscheinen, aber tu, was ich sage! Setz dich sofort mit Kenneth Buchan, unserem Sicherheitshäuptling, in Verbindung. Er wird dir erklären, was geschehen ist, wenn er es für richtig hält. Sag ihm, ich habe den Beweis, daß irgend jemand Roughtrades Geschäft betreibt. Sei vorsichtig! Es könnte sein, daß ein Haken im Pool hängt, der auf diesen Namen reagiert. Ich befinde mich wahrscheinlich noch in Sri Lanka, aber es könnte sein, daß weitere ...«

»Hier bricht die Nachricht ab, Mr. Kirk!«

»Ist ... ist eine weitere ähnliche Nachricht da, Alice?«

»Nein. Sonst ist nichts im Briefkasten.«

Was ging da vor? Was waren das für obskure Botschaften? War Andrew doch nicht tot? — Unsinn, ich war vor seiner Leiche gestanden. Natürlich war er tot. ›*Da ich nicht weiß, ob ich selbst noch lebe ...*‹ Was sollte das heißen? — Es war eindeutig seine Stimme. Nun, eine Stimme war leicht zu synthetisieren, wenn man genug Aufzeichnungen von ihr hatte. Erlaubte sich jemand einen makabren Scherz mit ihm? Was sollte es anderes sein? Andrew war tot. Es war eindeutig sein Leichnam gewesen, den ich gesehen hatte. Sein verstümmelter Leichnam. ›*Ich befinde mich wahrscheinlich* noch *in Sri Lanka ...*‹

»Brauchen Sie mich noch, Mr. Kirk?«

»Oh, Verzeihung. Danke, Alice, nein ... das heißt, ja. Zwei Dinge. Erstens: Mach die letzten beiden Nachrichten abrufbereit für Andrew Baldenham! Zweitens: Eine Nachricht für Kenneth Buchan wie folgt: Andrew Baldenham sagte mir, er habe den Beweis, daß irgend jemand Roughtrades Geschäft betreibt — was immer das sein mag, und er sagte mir auch, daß Sie mir erklären könnten, was das alles zu bedeuten hat. Das heißt, Andrew Baldenhams Stimme sagte mir das. Andrew Baldenham selbst ist tot. Er starb am 23. Dezember im Militärhospital von Colombo. Ende. — Danke, Alice.«

»Es war mir ein Vergnügen, Mr. Kirk.«

Der Bildschirm erlosch.

Ich starrte zum Fenster hinaus. Es schneite immer noch. Die Spitzen der Türme des World Trade Center waren in Wolken gehüllt. Im Nachbargebäude, einem trostlosen Bauwerk aus rußgeschwärzten Ziegeln, von Taubendreck verkrusteten Simsen und rostigen Feuerleitern, die vom Schnee in ein Filigran aus Brüsseler Spitzen verwandelt worden waren, schien ein Stockwerk tiefer eine Tagung oder ein Gottesdienst im Gange zu sein. Ich sah den Redner, der unmittelbar beim Fenster stand, beschwörend gestikulieren, ohne ein Wort zu verstehen. Er hatte ein scheußlich blau-rot-kariertes Jackett an und fuhr sich immer wieder mit der Hand über sein schütteres weißes Haar. Dann und wann war stürmischer Applaus zu hören. Plötzlich zog er das Jackett aus und schleuderte es wütend zu Boden, dann drehte er seinem Publikum den Rücken zu, verschränkte die Arme und blickte mit strenger Miene zu mir herauf. Unwillkürlich wandte ich mich ab.

Ich wußte, daß es Leute gab, die bis weit über ihren Tod hinaus ihre Verwandten und Bekannten mit Wünschen zu Geburts- und Feiertagen beglückten oder sie mit makabren Anrufen aus dem Jenseits ängstigten — Nachrichten, die mit Zeitsperren im Infopool abgespeichert waren, aber Andrew gehörte nicht zu den Freaks, die sich solche geschmacklosen Späße erlaubten. Aber wer könnte es dann sein? Dieser Jemand mußte verteufelt gut Bescheid wissen. Mußte er das? Eigentlich nicht. Der Aufenthalt in Sri Lanka ließ sich unschwer überprüfen, und daß Kenneth Buchan der Sicherheitschef der NASA war, wußten viele.

Ich schaltete den Datenschluß wieder ein.

»Hallo, Alice. Wie geht es dir?«

Sie schenkte mir ihr schönstes Lächeln.

»Danke gut. Ich hoffe, daß es auch Ihnen gutgeht. Sprechen Sie jetzt deutlich Ihren Namen, Ihr Geburtsdatum und Ihren Code!«

»Du bist ein schrecklich vergeßliches Mädchen, Alice. Es ist noch keine Viertelstunde her, daß wir miteinander geplaudert haben.«

»Ich weiß, Mr. Kirk, aber ich habe meine Vorschriften. Bitte sprechen Sie!«

Wir wiederholten die Prozedur.

»Ich möchte die beiden letzten Nachrichten noch mal hören.«

»Selbstverständlich.«

Ich hörte sie mir noch zweimal an. Wenn sie getürkt waren, dann meisterhaft. Sie waren zwar durch die Telefonübermittlung etwas beeinträchtigt, aber, was die Stimmlage betraf, aus einem Guß, was durch Synthetisieren selten erreicht werden kann. *›Sei vorsichtig! Es könnte sein, daß ein Haken im Pool hängt, der auf diesen Namen reagiert ...‹* Roughtrade. Irgendwann hatte Andrew den Namen erwähnt. Er hatte von einer Roughtrade-Maschine gesprochen, mit der man Dinge reproduzieren könne. *Wie im Märchen: Tischlein deck dich! Eslein streck dich! Knüppel aus dem Sack!* Erwähnte er nicht auch Rumpelstilzchen? Gold aus Stroh?

Das MIDAS-Projekt? Midas war der antike König, dem von den Göttern sein Wunsch erfüllt wurde, daß sich ihm alles in Gold verwandle — und der dann schrecklich Hunger litt, weil auch das Essen, das er berührte, zu Gold wurde. ›Molecular Integrating und Digital Assembling System‹. Ein System offensichtlich, mit dem man durch digitale Information Moleküle integrieren und ordnen konnte. War das ein geheimes Regierungsprojekt zur Erforschung von Biocomputern gewesen? Hochkarätige Chaosforscher, Deterministen auf der einen, Randomisten auf der anderen Seite. Es gibt keinen Zufall, alles ist eine Verkettung von Ursachen und Wirkungen, alles ist berechenbar, ist festgelegt, vom Anfang aller Zeiten vorausbestimmt — so die einen. Der Zufall regiert das Weltgeschehen, nichts ist vorausbestimmt, nichts ist festgelegt, alles ist ein Spiel von Wahrscheinlichkeiten, es gibt immer Alternativen, das Chaos ist real, die Kausalität nur eine Denkgewohnheit, die aus dem Aufbau des menschlichen Gehirns resultierte — so die anderen.

MIDAS, Grundlage des Multimanna, ›Tischlein deck dich‹, okay, aber ›Eslein streck dich, Knüppel aus dem Sack‹. Was hatte er damit gemeint? Ich kannte mich mit Märchen nicht aus, mußte mich gelegentlich darüber informieren. Hatte er nicht in Zusammenhang mit Multimanna von einer Bombe gesprochen, mit der man den Hunger aus der Welt bomben wollte? — Künstliches Protein?

›*Glaubst du an eine Auferstehung des Fleisches?*‹

»Nein, Andrew. Ich glaube nicht daran.«

»Brauchen Sie mich noch, Mr. Kirk?«

»Ja, Alice. Eine Nachricht an Andrew Baldenham wie folgt: Lieber Andrew, ich glaube weder an die Auferstehung des Fleisches noch an ein Leben nach dem Tode. Dieser Trost ist mir nicht gegeben. Es grüßt Dich herzlich Dein Pete. Ende. — Danke, Alice. Ist noch keine Antwort von Kenneth Buchan da?«

»Nein, Mr. Kirk. Mr. Buchan ist in einer Sitzung. Es werden ihm derzeit nur Nachrichten über sein Armbandterminal zugeleitet, die mit dem Vermerk ›dringend‹ markiert sind.«

»Es ist dringend.«

»Das vergaßen Sie mir zu sagen, Mr. Kirk.«

»Kann man das nicht nachträglich machen?«

»Leider nein, aber Sie können selbstverständlich die Nachricht wiederholen und sie, mit dem Vermerk ›dringend‹ versehen, ihm ein zweites Mal zuleiten. Wünschen Sie das, Mr. Kirk?«

»Ach lassen wir's, Alice! Gib mir die Adresse von Fred Kissinger, hier in New York.«

»Frederic oder Alfred Kissinger?«

»Ah … weiß ich nicht.«

»Es gibt sechzehn Frederic oder Alfred Kissinger in New York.«

»Ich meine den Filmregisseur.«

»Moment. – Er wohnt Nr. 42, West 125th Street, 8. Stock.«

»Ist er derzeit in New York?«

»Ich bin zu solchen Auskünften nicht befugt. Soll ich ihm eine Nachricht übermitteln?«

»Nein, Alice. Ich werde zu Fuß hingehen, ich habe nämlich etwas ganz Altmodisches in der Tasche, du wirst es nicht für möglich halten: einen Brief. Kommst du mit?«

Sie schenkte mir ein strahlendes Lächeln.

»Ich identifiziere dies als Scherz, obwohl mir sein Sinn nicht ganz klar ist. Ich brauche nirgends hinzugehen. Ich bin überall. Ich hoffe, Sie waren mit mir zufrieden, Mr. Kirk.«

»Du warst fabelhaft, Alice.«

Ich fror trotz meines Mantels, und die neuen Schuhe drückten. Es war Unfug, bei diesem Wetter zu Fuß zu gehen, aber ich hatte es mir nun mal in den Kopf gesetzt.

Es schneite unaufhörlich. Es waren trotzdem eine Menge Leute und Autos unterwegs, doch das Verkehrsgeräusch wirkte geisterhaft gedämpft und weit entfernt.

Ich kam an der schauerlichen Ruine des Plaza vorbei, wo der internationale Terrorismus das neue Jahrtausend eingeläutet hatte. Ich war damals noch Student am CalTech gewesen, als die ungeheuerlichen Ereignisse von den Medien übertragen wurden. Am Silvesterabend 1999, während des großen Banketts mit mehr als 1200 geladenen Gästen, die ganze Prominenz und das Kapital der Ostküste waren versammelt, um den Anbruch des 3. Jahrtausends zu feiern, besetzte eine Terrorgruppe der Palästinenser — über die Anzahl der Terroristen gingen die Schätzungen weit auseinander, und sie konnte nie festgestellt werden, es mußte aber mindestens eine halbe Hundertschaft gewesen sein — das Hotel und nahm die ganze Festgesellschaft als Geiseln. Sie forderten zehn Milliarden Dollar und das Versprechen des amerikanischen Präsidenten, dafür zu sorgen, daß das palästinensische Volk endlich ein eigenes Land erhalte. Das Unternehmen sah für die Palästinenser zunächst recht gut aus, zumindest was die zehn Milliarden Dollar betraf, denn unter den Geiseln befanden sich einige Gouverneure und mehr als ein Dutzend Senatoren und Kongreßabgeordnete, viele persönliche Freunde des Präsidenten und eine Menge einflußreicher Leute aus der Finanzwelt, der Industrie und den Medien. Böse Zungen behaupteten, daß die Anwesenden sich leicht für den zehnfachen Betrag selbst hätten freikaufen können. Als Präsident Newbury aber — und das war mehr scherzhaft gemeint — erklärte, er habe den englischen Premierminister gebeten, den Palästinensern die Falkland-Inseln abzutreten, war die Geduld der Terroristen zu Ende. Sie begannen damit, jede Stunde eine Geisel aus dem oberen Stockwerk auf die Straße zu werfen, und selbstverständlich fingen sie mit den Kongreßabgeordneten, den Senatoren und den Gouverneuren an. Die grausige Show wurde rund um die Uhr von den Fernsehsendern übertragen und über Satellit um die Welt verbreitet. Mehr als zwei Milliarden Menschen harrten vor den Fernsehapparaten aus, und jedesmal, wenn ein Körper auf dem Asphalt aufschlug und die Kameraleute sie mit dem Zoom auf die Bildschirme rissen, ging ein Aufschrei der Empörung durch die amerikanische Nation — so wenigstens erklärte Newbury später (was nicht wenige daran hinderte, hinter vorgehaltener Hand zu sagen, endlich habe es einmal die Richtigen erwischt). Kurzum, Newbury befahl seinen ›Blue Lights‹, das Plaza zu stürmen. Nun, der Rest war das nackte Grauen. Die Terroristen machten ihre Drohung wahr und sprengten sich, die Geiseln und das Plaza in die Luft. Keine hundert Leute entkamen der Flammenhölle. Man hätte die Ruine als Mahnmal stehen lassen, wurde verschiedentlich behauptet. Tatsache aber war, daß die Gegend zwischen dem Central Park und der Grand Central Station inzwischen zu den heruntergekommensten und gefährlichsten Slumgebieten der USA zählte. Die Luxushotels und die vornehmen Appartementbauten wurden längst in der Bronx und in Harlem nördlich der 116th Street hochgezogen, wo Fred Kissinger wohnte.

Drei Kameras und die Maschinenpistole eines Wachmanns waren auf mich gerichtet, während ein zweiter hinter Panzerglas meine Identität überprüfte und mich anmeldete. Die Maschinenpistole winkte mich zum Lift.

»Fahren Sie rauf, aber halten Sie unterwegs nicht an!«

Fred Kissinger stand unter der Tür. Er war ein eher kleiner Mann, Anfang/Mitte Sechzig, das halblange weiße Haar an den Schläfen semmelblond gefärbt. Seine Wangen und seine Lippen waren dezent geschminkt. Wahrscheinlich war er wesentlich älter, als er auf den ersten Blick erschien. Er trug eine gelblich getönte Brille, durch die man seine Augen kaum erkennen konnte, und einen Bademantel aus weißem Frottee, rot paspeliert, mit einem aufgestickten roten chinesischen Drachen auf der linken Brustseite, dessen langer Schwanz sich um die Taille wand.

»Was verschafft mir die Ehre, Mr. Kirk? Kommen Sie herein! Ich glaube nicht, daß wir uns schon begegnet sind.«

»Nein, ich habe Sie nie persönlich kennengelernt. Selbstverständlich kenne ich Ihren Namen, einige Ihrer Filme ...«

Er winkte geringschätzig ab. Ich sah, daß er einen Ring mit

einem riesigen Sternsaphir am Mittelfinger der linken Hand trug.

Das Appartement war eine der Dachterrassenwohnungen des Hauses, mindestens 250 Quadratmeter groß, in Maisonette-Bauweise zum Teil zweistöckig angelegt und mit verschwenderischem Luxus eingerichtet. Alte japanische Schränke und Tischchen mit Einlegearbeiten aus edlen Hölzern, Perlmutt, Elfenbein und Silber. In Plexiglasvitrinen chinesisches Porzellan und Jadeschnitzereien, die ein Vermögen gekostet haben mochten. Eine Wand war mit einem Arrangement aus alten Schattenspielfiguren drapiert. Die Terrasse war abgeteilt, völlig verglast und von tropischen Gewächsen durchwuchert. Ich sah mindestens ein Dutzend verschiedener Orchideenarten.

»Ich züchte seit vierzig Jahren Orchideen«, sagte er, als er meinen Blick bemerkte. »Es sind die schönsten, sanftesten und verletzlichsten Geschöpfe der Erde. — Mögen Sie einen Drink?«

»Oh — nein, danke.«

»Entschuldigen Sie meinen Aufzug. Ich halte es wie dieser alte Philosoph — war es Descartes oder Erasmus von Rotterdam? —, der im Winter das Bett überhaupt nicht verließ und sogar die Besucher in seinem Schlafgemach empfing, weil ihm die Kälte ein Greuel war. Dank der heutigen elektronischen Einrichtungen braucht man keinen Fuß mehr vor die Tür zu setzen, und das tue ich während der kalten Jahreszeit auch nicht.« Er lächelte, aber es war schwer zu sagen, ob seine Augen hinter den getönten Gläsern diese Freundlichkeit teilten. Ich glaube nicht. Ich mochte den Mann nicht, so freundlich und weltoffen er sich auch gab, so gebildet und künstlerisch begabt er auch sein mochte.

»Ich habe einen Brief für Sie von Miss Tanner aus Colombo.«

»Oh«, sagte er und hob die Augenbrauen. »Die gute Nancy

hatte schon immer einen Hang zum Romantischen. Wer schreibt heute noch Briefe?«

Er schien ein bißchen irritiert zu sein. Ich reichte ihm das schmale Kuvert. Seine Hand zitterte ein wenig, als er ihn entgegennahm. »Tatsächlich, es ist ihre Handschrift. Von wem haben Sie ihn?«

»Ein Taxifahrer hat ihn mir gegeben und mich gebeten ...«

»Von einem Taxifahrer?« Er schien sehr erleichtert zu sein, als er das hörte. »Und woher hatte der ihn?«

»Von Miss Tanner persönlich. Sie hat ihn ihm gegeben, als sie vor einem Monat in Colombo war.«

Das schien ihn noch mehr zu erleichtern. Er machte keine Anstalten, ihn zu öffnen. »Dann hat er sich längst erledigt. Nancy ist auf dem Weg der Besserung. Sie hat ein bißchen viel geschnupft in letzter Zeit. Ich ruf sie jeden Tag in der Klinik an. — Waren Sie als Tourist in Colombo?«

»Ja, ich ... ich hab dort ein paar Tage Urlaub gemacht.«

»Es gibt jetzt nicht mehr viele Touristen dort.«

»Das ist richtig.«

»Wo wohnen Sie hier in New York?« fragte er beiläufig.

»Bei einem Freund, drüben in Queens.« Ich weiß nicht, weshalb ich log.

»Ich danke Ihnen, Mr. Kirk, daß Sie die Mühe auf sich genommen und den Briefträger gespielt haben. Wie romantisch«, sagte er und legte mir den Arm um die Schulter, während er mich zur Tür geleitete. »Wie schön in dieser so nüchternen Zeit. — Leben Sie wohl, Mr. Kirk!«

»Auf Wiedersehen, Mr. Kissinger.«

Als ich durch den Central Park ging, dunkelte es bereits. Es hatte zu schneien aufgehört. Der Schnee lag jungfräulich weiß, und ich begegenete kaum einem Menschen.

»Seit Stunden versucht Sie die NASA zu erreichen, Mr. Kirk. Wo stecken Sie denn?« Der Portier war ganz aufgeregt.

»Ist das Terminal noch auf meinem Zimmer?«

»Nein, nicht über Infopool. Wir haben eine spezielle NASA-Leitung hier. Gehen Sie in die Visiphonzelle dort drüben! Ich mache die Verbindung.«

Kenneth Buchan war nicht der bullige Typ, wie es sonst Sicherheitsleute sind, sondern ein kleiner, fast zierlicher Mann, aber mit lauter, befehlsgewohnter Stimme und einer Autorität im Blick, mit der er glatt zehn Zentimeter wettmachte.

»Sie latschen seelenruhig in der Gegend rum, und ich suche Sie wie eine Nadel im Heuhaufen«, donnerte er mich an. »Wie kommen Sie dazu, stundenlang herumzustreunen, ohne eine Nachricht zu hinterlassen?«

»Sir, ich bin spazierengegangen, zu Fuß ...«

»Kein Mensch geht heutzutage zu Fuß! Und schon gar nicht in Manhattan!«

»Das ist doch wohl meine Sa ...«

»Nein! Ist es nicht, verdammt noch mal!«

»Sir ...«

»Hören Sie zu, Kirk! Sie haben den Namen Roughtrade durch den Infopool gehen lassen. Das ist ein heißer Name, und garantiert hängt ein Haken drin, der ihn aufgespießt hat. Wer weiß, wo es überall schon geklingelt hat. Passen Sie jetzt gut auf, Kirk! Sie könnten in Gefahr sein. Holen Sie Ihr Gepäck und fahren Sie zum Kennedy Airport! Nehmen Sie die nächste Maschine nach Fort Lauderdale oder Miami. Ich will Sie hier am Cape haben. Ich möchte diese Baldenham-Geschichte aus erster Hand, verstehen Sie? Die stinkt ja zum Himmel! Sie verlassen am besten sofort das Hotel. Und lassen Sie kein Taxi rufen! Gehen Sie auf die Straße und halten Sie eins an! Verstanden?«

»Okay, Mr. Buchan. Aber was soll das eigentlich alles? Weshalb bin ich in Gefahr?«

»Das erzähle ich Ihnen, wenn Sie hier sind. Ende.«

Ich fuhr nach oben und packte meine Sachen zusammen.

Als ich ins Foyer kam, sah ich im Spiegel an der Wand gegenüber zwei Männer an der Rezeption stehen. Sie hatten beide dicke Wintermäntel an und trugen Hüte. Sie hatten kein Gepäck bei sich. Als ich meinen Namen hörte, schlüpfte ich in die Toilette und ließ die Tür einen Spalt offen.

»Er ist oben, auf seinem Zimmer«, sagte der Portier.

»Welche Nummer?«

»312. Hören Sie, wo wollen Sie hin?«

»Wir wollen ihn besuchen.«

»Moment! Ich werde ihn rufen.«

»Nicht nötig. Er erwartet uns.« Sie betraten den Lift. Der Portier griff nach dem Haustelefon.

»Bemühen Sie sich nicht!« sagte ich.

»Zwei Herren wollten Sie sprechen, Mr. Kirk. Sie sind auf dem Weg nach oben.«

»Grüßen Sie sie herzlich von mir. Sagen Sie ihnen, ich sei ein wenig spazierengegangen, weil mir die Luft hier zu dick geworden ist.«

»Wie soll ich das verstehen?«

»Das brauchen Sie nicht zu verstehen. Die Ratschläge der NASA sind unergründlich, aber meistens weise. Man braucht mich für den Flug zum Mars.«

»Soll ich Ihnen ein Taxi rufen, Mr. Kirk?«

»Nein, danke. Ich hab's eilig. Vielleicht können Sie die Jungs ein bißchen hinhalten. Tschüs!«

VIII. Nachrichten von Lebendigen und von Toten

Am Cape wehte ein eisiger Wind. Er riffelte die Lagune; die Wipfel der Palmen wogten und raschelten wie aufgeschreckte Klapperschlangen.

»Letzte Woche sind hier 80 Prozent der Zitrusernte erfroren«, sagte Buchan, »und die Alligatoren waren so langsam wie noch nie. Man konnte gefahrlos an sie herangehen und sie erschlagen.« Seine Handkante durchschnitt die Luft.

Neben der Startrampe wallte eine Dampfwolke auf, dann flammte orangerotes Feuer. Während das Freitagshuttle abhob und donnernd und brodelnd den Himmel erstürmte, die dünne Wolkendecke mit seiner wabernden Flammenzunge durchglühte, wandte sich Buchan vom Fenster ab.

Er war ein drahtiger kleiner Mann mit lebhaften Augen und einer ausgeprägten Körpersprache, was ihm eine Aura natürlicher Autorität verlieh. Er hatte mit Sicherheit Italiener unter seinen Vorfahren, und die Eleganz seiner Kleidung bestätigte diesen Eindruck noch. Er trug zu einem hellen graublauen Anzug eine dunkelblaue Krawatte und teure Schuhe aus leichtem dunkelbraunen Leder.

»Setzen Sie sich, Peter«, sagte er mit einladender Geste und nahm hinter seinem Schreibtisch Platz. »Sie sagten, Sie hätten ein Recht darauf zu erfahren, was da vor sich ginge.« Er verschränkte die Hände hinter dem Kopf und musterte mich prüfend mit seinen dunklen Augen. »Das haben Sie nicht, Pete. Schlagen Sie sich das aus dem Kopf! Und je weniger Sie wissen, desto besser für Ihre persönliche Sicherheit. Aber folgendes kann ich Ihnen sagen: Ihr Freund Andrew Baldenham ist tot — er war übrigens auch meiner —, das ist eine traurige, aber unumstößliche Tatsache. Ich bin nicht sicher, ob er mit Absicht getötet wurde. Die Umstände, auch wie Sie sie aus Ihrer Sicht geschildert haben, deuten auf einen Unfall hin.«

»Unfall? Hören Sie! In jener Nacht ...«

»... ist ein Unfall passiert. Aber kein Brandunfall. Das wurde nachträglich inszeniert, *nachdem* ein Unfall passiert war, bei dem Andrew beide Füße verlor. Sie sagten doch selbst, daß Ihnen das rasche Auftauchen der Soldaten, eines Arztes, der überstürzte Abtransport durch den Hubschrauber ziemlich verdächtig vorkamen.«

»Wollen Sie denn damit sagen, daß er aus dem Hotel verschleppt und irgendwohin gebracht wurde und daß sich dabei ...?«

»Genau. Ich vermute, daß man ihn im Schlaf überwältigt und in die Militärbasis in der Nähe gebracht hat.«

»Aber wozu?«

Buchan zögerte für einen Moment und kaute auf der Unterlippe, dann sagte er entschlossen: »Um eine Aufzeichnung von ihm zu machen.«

»Eine *was?*«

»Eine Aufzeichnung. Andrew Baldenham ist tot. Aber es existiert von ihm eine elektronische Aufzeichnung. Die hat sich mit Ihnen in Verbindung gesetzt.«

»Sie meinen, Andrews Bewußtsein steckt in irgendeinem Computer drin?«

»Ich bin kein Fachmann für diese Dinge, aber ich glaube, so kann man es ausdrücken.«

»Wie soll so etwas technisch möglich sein?«

»Das dürfen Sie mich nicht fragen, Pete. Tatsache ist, daß Andrew und einige weitere Wissenschaftler am CalTech unter der Leitung von Professor Roughtrade in einem Geheimprojekt eben dieses Verfahren entwickelt haben. Ich mache Sie darauf aufmerksam, daß diese Informationen der Geheimhaltung unterliegen und Sie sie unter keinen Umständen Dritten zugänglich machen dürfen.«

»Andrew sagte mir, daß das Projekt gescheitert und nicht weitergeführt worden sei.«

»Ja und nein. Das Aufzeichnungsverfahren arbeitete nur mangelhaft und ließ sich über einen gewissen Genauigkeitsgrad hinaus, der höchst unzulänglich war, nicht verbessern. Schließlich wurde der Beweis geführt, daß die Fehlerquelle grundsätzlich nicht beseitigt werden könne. Damit war das Projekt, in das auch wir von der NASA so viele Hoffnungen gesetzt hatten, erledigt.«

»Wozu hätte das in der Raumfahrt nützen können?«

»Man hätte unbemannte Missionen mit den geeigneten Empfangseinrichtungen an Bord auf den Weg bringen und ihnen Jahre später mit Lichtgeschwindigkeit die erforderlichen Wissenschaftler nachschicken können.«

»In Form von Aufzeichnungen?«

»In Form von Aufzeichnungen. Während die Originale hier auf der Erde blieben.«

»Und wenn die Aufzeichnungen nicht mehr gebraucht worden wären, hätte man sie löschen können.«

»Hätte man sie ... ah ... löschen können.«

Buchan stand auf und ging zum Fenster. Der Wind hatte die Rauch- und Dampfwolke nach Süden getrieben und zerstreut.

»Wer macht solche Aufzeichnungen von Menschen, obwohl sie nicht zufriedenstellend sind?«

»Nun, offenbar ließen die Sicherheitsvorkehrungen beim MIDAS-Projekt zu wünschen übrig. Wichtige Unterlagen gerieten in falsche Hände. Irgend jemand verdient eine Menge Geld damit, Aufzeichnungen von Spitzenwissenschaftlern zu machen und sie an Interessenten vor allem in der Dritten Welt zu verkaufen.«

»Roughtrades Geschäft?«

»Roughtrades Geschäft.«

Die Vorstellung war atemberaubend.

»Werden diese Aufzeichnungen auf andere Menschen übertragen? Da gab es doch diese Doppelgänger von Torre und Rødestrom ...«

»Leider haben wir nicht den Fetzen eines Beweises«, sagte Buchan über die Schulter. »Das schließt natürlich nicht aus, daß das Verfahren inzwischen weiterentwickelt worden sein könnte.«

»In der Nachricht sagte Andrew — das heißt, die Aufzeichnung von Andrew —, daß er nicht wisse, wann er wieder an ein Telefon herankäme und wie lange er unbeobachtet sein werde.«

Buchan zuckte die Achseln. »Das kann er genausogut bildlich gemeint haben.«

MIDAS — Molecular Integrating and Digital Assembling System — Grundlage für Multimanna.

»Was bedeutet ›Multimanna‹?«

Buchan fuhr herum. »Was hat Ihnen Andrew darüber erzählt?«

»Er sagte wörtlich: ›Tischlein deck dich! Eslein streck dich! Knüppel aus dem Sack!‹«

Buchan nickte, dann lachte er schallend. »Wenn es nach den Deterministen gegangen wäre, dann wäre das der nächste Schritt gewesen: die Rückübersetzung von Signalen in Materie, oder wie es die Theoretiker ausdrückten: die Umsetzung von Strukturen aus dem elektronischen Medium ins materielle. Aber so weit kam es nicht mehr.«

Peter, glaubst du an die Auferstehung des Fleisches?

Er hob die Schultern. »Es war eine wissenschaftliche Sackgasse, auch wenn es manche nicht wahrhaben wollten. Karrieredenken, Eitelkeit, Unvernunft — gerade bei solchen Leuten. Wissenschaftliche Elite!« Er schnaubte verächtlich. »Was seid ihr Techniker doch dagegen für zuverlässige Leute.«

»Wie meinen Sie das, Sir?«

Das Terminal an Buchans Handgelenk begann zu blinken.

Er hielt es ans Ohr, dann sagte er: »Gib George Bescheid! Ich bin in zehn Minuten drüben.«

Er holte einen Kamelhaarmantel aus dem Schrank und zog ihn an.

»Sie beginnen heute noch mit dem medizinischen Check-up, Pete. Ich möchte, daß Sie mit dem Dienstagshuttle hinaufgehen; es gibt 'ne Menge Arbeit da oben. Das wird Sie auf andere Gedanken bringen.«

»Andere Gedanken, Sir?«

Er hielt mit dem Zuknöpfen seines Mantels inne. »Nun, ich kann mir denken, daß Ihnen Andrews Tod nahegegangen ist.«

»Ja. Er war mein Freund.«

Buchan nickte. »Nehmen Sie jeden Tag Kontakt mit Infopool auf. Sollte eine weitere Nachricht von seiner Kopie eintreffen, geben Sie sie sofort über eine NASA-Leitung an mich weiter.«

»Ja, Sir.«

»Kann ich Sie ein Stück mitnehmen?«

»Danke, nein. Die paar Schritte zu den Mannschaftsquartieren kann ich zu Fuß gehen.«

»Sie scheinen ein leidenschaftlicher Fußgänger zu sein.«

»Ja, Sir. Wie viele, die lange im Orbit waren. Man verlernt das Gehen ... Eine Art Ausgleichssport ... Bei mir ist es jedenfalls so.«

Er schien mir gar nicht zuzuhören, schlug den Mantelkragen hoch, griff nach seiner eleganten, schmalen Lederhandtasche und fischte das Kärtchen für den Bordcomputer seines Wagens heraus.

»Übermorgen ist der letzte Tag im Jahr, Pete«, sagte er. »Aber feiern Sie nicht zuviel. Die Mediziner haben das nicht so gern, ein paar Tage vor dem Start.«

»Okay, Sir. Falls wir uns nicht mehr sehen — darf ich Ihnen schon heute ein gutes neues ...?«

»Nein, ich bin schrecklich abergläubisch.«

Er hob grüßend die Hand.

Ich ärgerte mich. Über seine Arroganz — und noch mehr über mich, weil ich mich zu dieser devoten Geste hatte hinreißen lassen. Draußen fiel mich der Wind an. Wie ein Rudel geisterhafter Wölfe jagte er über den Beton und riß an den immergrünen Hecken.

Ich blies mir in die Hände und zog den Mantel enger um mich. Als ich bei den Mannschaftsquartieren vorbeikam, sah ich einen hünenhaften Kerl, der große braune Papiertüten aus dem Kofferraum seines Dodge lud. Er hatte einen perlgrauen Stetson auf, in dem zwölf Kaninchen Platz gefunden hätten, und trug weiße, mit Nieten besetzte Cowboystiefel. Trotz der Kälte schwitzte er, schob den Hut zurück und wischte sich die Stirn; kurzgeschnittenes rötliches Haar, an den Schläfen von Grau durchschossen. Er schloß die Haustür auf und stellte den Fuß zwischen Tür und Schwelle. Als er mich sah, hielt er inne und setzte die beiden großen Tüten vorsichtig ab. Flaschen klirrten.

»Sie müssen Peter Kirk sein«, sagte er und grinste. Seine großen Zähne standen weit auseinander, wie ins Zahnfleisch gerammte weiße Kacheln. »Charles Cadigan«, sagte er und reichte mir seine große Pranke, warm, rauhe harte Haut.

»Sie haben meinen Platz im Dienstagshuttle gekriegt, hörte ich. Ich bin erst heut in einer Woche dran. Damit haben Sie mir zu einer ausschweifenden Silvesterparty verholfen.« Er deutete mit einem Kopfnicken auf die Tüten. »Feiern Sie mit? Ich habe alle Orbit-Leute angerufen, die gerade hier am Cape sind.«

»Wenn der Doktor nichts dagegen hat. Jedenfalls schönen Dank für die Einladung.«

»Versprochen?« Er nickte mir aufmunternd zu.

»Versprochen!«

Über drei Stunden dauerte der Checkup, während der Computer die Meßwerte mit meinen früheren verglich und die Ergebnisse auswertete. Ich hatte in den Tropen acht Pfund abgenommen — wahrscheinlich vor allem durch die Ereignisse der letzten acht Tage. War es erst eine Woche her?

Nach ein paar Dutzend Runden in der Zentrifuge, vollgepappt mit Meßfühlern und Sensoren, massierte ich mir die hartnäckigen Flecken von der Netzhaut und duschte mir den Schweiß der Erschöpfung vom Körper. Ich hatte viel von meiner Kondition verloren und war dankbar für jedes Pfund, das mir fehlte.

Dann fielen die Schneider über mich her. Sie brachten James; ich tätschelte ihm die gepolsterten Schultern wie einem alten Bekannten. Der Helm hatte eine frische Beschichtung erhalten und funkelte wie eine goldene Christbaumkugel.

Es waren ein paar Änderungen notwendig, aber vier Stunden später umgab mich James wie Abrahams Schoß und hüllte mich ein wie ein zweites Ich in den vertrauten Mief meiner selbst.

»Hallo, James«, sagte ich. »Ich bin wieder zu Hause. Wie geht es dir, alte Haut?«

»Alle Funktionen okay.«

»Ist das alles, was du empfindest?«

»Alle Funktionen okay.«

Ich hob die Hand, den Daumen nach oben. Die Schneider nickten und begannen mich abzuhäuten.

Das Apartment, das man mir zugewiesen hatte, verfügte zwar über eine Klimaanlage, nicht aber über eine Heizung. Ich setzte mich aufs Bett, stellte Flasche und Glas in Reichweite, hüllte mich in die schrecklich gelbgrün geblümte Steppdecke und zog das Terminal heran.

Der Briefkasten war leer.

»Was ist ein Rumpelstilzchen, Alice?«

»Würden Sie mir bitte das Wort buchstabieren, Mr. Kirk? — RUMPLE oder RUMPEL …«

»Keine Ahnung. Ich hab das Wort nur gehört, nie geschrieben gesehen.«

»Dann brauche ich einen etymologischen Durchlauf, Mr. Kirk. Das wird eine Weile dauern. Darf ich Ihnen inzwischen einen Film zeigen? Ich hätte für Sie eine neue NASA-Publikation: ›Von SPS* zu EFOS — 1976 bis 2016: Vierzig Jahre US-Raumfahrt für den Frieden‹.«

»Oh, danke nein, Alice!«

»Ich habe hier einen Vermerk in Ihrem Dossier, daß Sie sich für Raumfahrtaktivitäten interessieren.«

»Ja, gewiß, aber das ist mein Job. Und nächste Woche bin ich wieder im Orbit, um mir selbst anzusehen, was inzwischen gebaut wurde.«

»Tut mir leid, Mr. Kirk.«

»Das braucht dir nicht leid zu tun. Zeig mir, was du inzwischen gefunden hast!«

RUMPLE erschien auf dem Bildschirm.
— CREASE, WRINKLE, CRUMBLE, FOLD
(M)Du. ROMPEL, derive of
MDu. ROMPE, MLG. RUMPE, MDu. MLG RUMPELEN,
ROMPELEN

»Das deutet auf einen deutschen oder niederländischen Ursprung hin. Ebenso die Endung.«

Zeilen rieselten über den Bildschirm, kamen mit einem Ruck zum Halt.

* Satellite Power System. Eine Studie über Energiesatelliten aus den siebziger Jahren des 20. Jh.

RUMPELN
— POLTERN, RASSELN, LÄRMEN
↗ RUMMEL
↗ RUMPEL
↗ RUMPELKAMMER, RUMPELKASTEN
(↗ GERÜMPEL)
↗ RUMPELSTILZCHEN (ndl. REPELSTEELTJE; engl. RUMPELSTILTSKIN) Märchengestalt. RUMPEL: MLG für POLTERGEIST, RUMPELNDER KOBOLD. STILZCHEN: MLG diminutiv von (veraltet) STÜLZ, STILZER = HINKENDER ↗ STELZE ↗ STILT ↗ STELLEN ↗ STOLZ

»Da haben wir's! Es ist ein deutsches Wort. Es ist gleichzeitig der Titel eines ursprünglich deutschen Märchens.«

»Du bist genial, Alice!«

Jetzt müßte sie geschmeichelt aufblicken, etwas verlegen lächeln. Sie lächelt zu professionell. Die Softwaredesigner schaffen das noch nicht so richtig mit ihren Spontanreaktionsprogrammen.

Auf dem Bildschirm erschien:

↗ GRIMM, WILHELM & JAKOB
MÄRCHEN, ed. 1812
ref. WILD, HENRIETTE DOROTHEA, 1811

Andrew hatte sich viel für solche Dinge interessiert, war unglaublich belesen, kannte Märchen aus aller Welt, sprach Deutsch ebenso wie Spanisch, Französisch und Italienisch, ein bißchen Arabisch, Türkisch, Tamil, trug tausend Bücher mit sich im Kopf herum ...

»Ich kenne mich nicht so gut aus mit Märchen, Alice. Gibt es eine Aufzeichnung?«

»Es gibt eine Zeichentrick-Version der Disney Productions

und eine dreidimensionale Computerproduktion der Gremlins, Inc.«

»Hast du auch einen Text in englischer Übersetzung?«

»Ja.«

»Dann lies vor!«

Infopool arbeitete im Kurzzeitgedächtnis noch mit lasergetasteten Bildplatten. Das Langzeitgedächtnis, in dem alle wichtige Literatur, Kunst und andere Basisdaten der menschlichen Zivilisation gespeichert sind, arbeitete längst mit ULT^+-Kristallen. Diese Speicher, die fast auf null Kelvin gekühlt sind, haben zwar millionenfache Kapazitäten, aber entsprechend längere Abrufzeiten. Es dauerte über zwei Minuten, bis Alice die Texte parat hatte.

»Es war einmal ein Müller, der war arm, aber er hatte eine schöne Tochter ...«

Eine sonderbare Geschichte. Sie handelt von einem großmäuligen Müller, der seinem König wichtigtuerisch versichert, seine Tochter könne Stroh zu Gold spinnen. Der König — habgierig, welcher König ist das nicht? — engagiert das Mädchen auf der Stelle und setzt sie — unter Androhung der Todesstrafe — ans Spinnrad. Das Mädchen löst das Versprechen tatsächlich ein — allerdings mit Hilfe eines Poltergeistes, womit sie in doppelte Abhängigkeit gerät, weil sie ihm schließlich, um dem Tod zu entrinnen und Königin zu werden, ihr erstes Kind verspricht. Als es ans Begleichen der Schuld geht, erhebt sie ein so großes Gezeter, daß der Poltergeist sich breitschlagen läßt, ihr die Schuld zu erlassen, wenn sie seinen Namen errät — was ihr durch einen absonderlichen Zufall gelingt, worauf sich der Zwerg in Stücke reißt.

Was hatte Andrew damit gemeint? Stroh in Gold zu verwandeln — vielleicht im übertragenen Sinne: Leicht zu Geld zu kommen. Gold ... Midas! Das Motiv des geheimen Na-

---

ULT = Ultra Low Temperature, Tiefsttemperatur

mens … Roughtrade? Aber der Name Roughtrade war nicht geheim. Es war nur gefährlich, ihn im Datennetz zu erwähnen. Ein des Zauberns mächtiger Poltergeist, der sich am Schluß in Stücke reißt? — Nein, das paßte nicht.

»Gibt es ein Märchen mit dem Titel ›Tischlein deck dich! Eslein streck dich! Knüppel aus dem Sack!‹ — oder so ähnlich?«

↗ GRIMM, WILHELM & JACOB
MÄRCHEN, ed. 1812
ref. A: HASSENPFLUG, JOHANNA ISABELLA, 1812; B: WILD, HENRIETTE DOROTHEA, 1811

»Es ist in derselben Sammlung enthalten wir das vorherige. Es gibt eine Zeichentrick-Version der Disney Productions und zwei Computerproduktionen der …«

»Nur den Text, bitte!«

Die Story war noch abstruser: Ein ziemlich cholerischer Schneider jagt seine drei Söhne aus dem Haus, weil er ihren Versicherungen weniger Glauben schenkt als den Lügen seiner tückischen sprechenden Ziege. Die Burschen — ein bißchen naiv, aber tüchtig — ziehen in die Welt hinaus und machen ihr Glück. Der erste wird Tischler und erhält zum Abschied von seinem Lehrmeister ein Zaubertischlein, das sich von selbst mit den köstlichsten Speisen deckt. Der zweite wird Müller und erhält als Abschiedsgeschenk einen Esel, der seine Notdurft in blanken Goldstücken verrichtet. Der dritte wird Drechsler und erhält vom Meister als Geschenk einen Sack, in dem sich ein Zauberknüppel verbirgt, der auf Befehl herausschnellt und auf den eindrischt, auf den man ihn hetzt. Nachdem der erste und der zweite, von einem diebischen Wirt geprellt, sich bei der Heimkehr vor der Verwandtschaft mit ihren Zauberkunststücken blamiert haben, weil ihnen der Wirt ein normales Tischlein und einen normalen Esel untergeschoben hatte, treibt der dritte mit seinem ›Knüppel aus dem Sack‹ das echte Zaubertischchen und den echten Zauberesel ein und bringt sie mit nach Hause.

»Ist das alles, Alice?«

»Das ist alles, Mr. Kirk.«

Wieder das Motiv des Goldmachens. Gold aus Stroh – Gold anstatt Kot. Alchimistische Reminiszenzen. Die Regierung der Vereinigten Staaten würde keinen Cent für ein Projekt ausgeben, das sich die Herstellung von Gold zum Ziel gesetzt hätte. Also war das schnelle Geld gemeint, Geld wie Dreck, Geld aus Dreck. MIDAS.

Tischlein deck dich: *Eine Bombe ... Wir hätten den Hunger aus der Welt gebombt ...* – Multimanna?

Knüppel aus dem Sack – gezielte Gewaltanwendung? Peacemaker – der Knüppel als moralische Instanz? Kaum. – Nein, so kam ich keinen Schritt weiter.

»Brauchen Sie mich noch, Mr. Kirk?«

»Verzeih, Alice. Nein. Wenn sie dich bei Infopool entlassen, engagiere ich dich als Märchentante. Okay? Als ich ein Kind war, hatte kein Mensch Zeit, mir Märchen zu erzählen. Ich habe eine Menge nachzuholen.«

»Ich weiß nicht, wie ich das verstehen soll, Mr. Kirk.«

»Schade, dann vergiß es einfach, Alice!«

Auch am Samstagnachmittag war der Briefkasten leer.

»Wer ist Cecil Roughtrade?« fragte ich geradeheraus. Ich fühlte mich am Cape sicher genug.

»Das Präsens ist nicht korrekt, Mr. Kirk Mr. Cecil Roughtrade ist tot.«

»Seit wann?«

»Er starb am 26. April 2004 bei einem Autounfall südöstlich von Santa Monica.«

»Was war er?«

»Physiker. Sein Forschungsgebiet war die Speicherung von

Informationen in ultratiefgekühlten Kristallgittern. Er leitete acht Jahre lang ein geheimes Regierungsprojekt, das kurz vor seinem Tod eingestellt wurde.«

»Midas?«

»Es handelte sich um ein Geheimprojekt, Mr. Kirk. Informationen, die als geheim eingestuft sind, sind mir nicht zugänglich.«

»Hast du ein Foto?«

Auf dem Bildschirm erschien ein großer schlanker Mann mit randloser Brille, glattrasiert, sanft gewelltes blondes Haar, weiches, freundliches Gesicht. Heller Maßanzug mit Weste, dezente weiß-rot gemusterte Krawatte. Eine angenehme Erscheinung, sympathisch. Er hebt die Hand, als grüße er jemand links von der Kamera. Die Geste hat bei aller Herzlichkeit etwas Schüchternes. Winkte er seiner Frau? Einer Bekannten? Einer Freundin?

»War er verheiratet?«

»Ja. 2003 geschieden. Zwei Töchter.«

»Männerfreundschaften?«

»Das wurde verschiedentlich angedeutet.«

Also homosexuell. Einer von den Sanften aus gutem Hause. Kein Sportler. Wahrscheinlich schon am College von den Rowdies gehänselt und sexuell erpreßt. Eine von besorgten Eltern angezettelte Ehe, die trotz bester Vorsätze scheitern mußte. Befriedigung in der Wissenschaft. Eine geniale Theorie, eine steile berufliche Karriere mit der Aussicht auf höchste Ehrungen, ein ehrgeiziges Regierungsprojekt — abermaliges Scheitern: Die Theorie mathematisch falsifiziert, hämisches Gelächter in Kollegenkreisen, Streichung der Gelder ...

»War es Selbstmord?«

»Es gab eine Untersuchung. Ein Selbstverschulden konnte nicht zweifelsfrei ausgeschlossen werden. Man einigte sich auf ›menschliches Versagen‹.«

»Weshalb hängt ein Haken im Pool, der nach dem Namen

Roughtrade fischt, wenn dieser Mann seit mehr als zwölf Jahren tot ist, Alice?«

»Darüber kann ich leider …«

»Aber es hängt doch ein Haken im Pool.«

»Ist das eine Frage oder eine Feststellung, Mr. Kirk?«

»Eine Feststellung.«

»Okay. Hätten Sie es als Frage formuliert, dann hätte ich sie Ihnen nicht beantworten können.«

»Ist die Feststellung korrekt?«

»Diese Frage kann ich nicht beantworten.«

»Weshalb nicht?«

»Wenn Sie mit ›Haken‹ einen phonetischen beziehungsweise optischen Sensor meinen, der auf ganz bestimmte Lautfolgen beziehungsweise Buchstabenfolgen in Informationen anspricht, die durch Infopool laufen, dann ist dies eine Maßnahme, die nur von den höchsten nationalen oder internationalen Sicherheitsbehörden angeordnet werden kann.«

»Kein Mißbrauch möglich?«

»Ein Mißbrauch ist ausgeschlossen.«

»Hm. Wenn die Sicherheitsbehörden der NASA recht haben, hat mich so ein Haken fast das Leben gekostet, weil er offensichtlich von irgendwelchen Leuten mißbraucht wird.«

»Das tut mir sehr leid, Mr. Kirk.«

»Das ist wirklich nett von dir, Alice.«

»Sind Sie der Meinung, daß es sich um einen Mißbrauch handelt?«

»Ich habe keine andere Erklärung.«

»Wenn Sie es wünschen, werde ich Ihre Vermutung weiterleiten, Mr. Kirk.«

»Tu das, Alice! Aber weshalb wird ein Wortsensor auf den Namen eines Mannes angesetzt, der schon längst nicht mehr lebt?«

»Diese Information ist mir nicht zugänglich.«

»Komm schon, Alice!«

»Sie scheinen zu vergessen, Mr. Kirk, daß es mir prinzipiell unmöglich ist, mich über gegebene Anweisungen hinwegzusetzen. Ich bin eine Maschine.«

»Laß dir das nicht einreden, Alice! Du bist die bezauberndste Software, die mir je begegnet ist.«

»Das ist sehr nett von Ihnen, Mr. Kirk.«

»Sollte es von mir irgendwann einmal auch so eine elektronische Aufzeichnung geben wie von Mr. Baldenham, dann werde ich nicht eher ruhen, bis wir uns in deiner Welt begegnen, Alice.«

Meine Eitelkeit ließ mich ein winziges Zögern in ihrer Reaktion wahrnehmen, das ich als einen Moment der Verlegenheit deutete, bevor sie sagte: »Das wäre schön, Mr. Kirk.«

Ich nahm Charles Cadigans Einladung an. Es waren ausschließlich Orbit-Leute, die zur Party kamen, hauptsächlich Montagepersonal. Ein paar von ihnen waren bei *Sunbird 2* und *Sunbird 3* dabeigewesen. Ich kannte sie vom Sehen.

Es wurde schrecklich viel getrunken, aber wir neun vom Dienstagshuttle — sechs Männer und drei Frauen — hatten striktes Alkohol-Limit. Und wie das meistens so ist, wenn einem die Stimmung der anderen davonläuft, kam bei mir nicht die richtige Partylaune auf. Ich mußte immer wieder an Andrew denken. Hatte man sein Bewußtsein irgendwie gespeichert? Buchan sagte, es müsse in jener Nacht in Batticaloa geschehen sein. Wie sollten diese Leute über derartige Möglichkeiten verfügen, über die meines Wissens nie etwas publiziert wurde. Nun, ja, das besagte nichts. Versuche, neurale Impulse im Interface auf Computer zu übertragen, hatte es schon in den achtziger Jahren des letzten Jahrhunderts gegeben, aber zu einem direkten Gedankenaustausch, zu einer Übertragung von Bewußtseinsinhalten war es nie gekommen. Hatte es Geheimprojekte in dieser Richtung gegeben, die von mehr Erfolg gekrönt waren? Waffen, durch Gedankenkraft gesteuert? — Ein Feuerstoß, ausgelöst allein durch den Willen zu töten?

Gesetzt den Fall, es gab diese Verbindung — und je länger ich darüber nachdachte, desto weniger zweifelte ich daran: Wie war es, wenn man bei vollem Bewußtsein in einem Computer steckte, in einem Käfig aus Kristallen, Drähten und Chips? Verfügte man über ein Körpergefühl? Verspürte man Schmerz? Konnte man auch Leid simulieren, Trauer? Wie sah das elektronische Äquivalent von Liebe, von Freundschaft aus? Eine neue Zustandsform? Eine neue Form von Leben?

»Happy New Year, Andrew!«

Es war lange nach Mitternacht, als ich die Toilette suchte. Ich öffnete die Tür und tastete nach dem Lichtschalter. Ein Geräusch vor mir in der Dunkelheit ließ mich innehalten. Es war ein zittriges gepreßtes Seufzen — »Ah ... ah ... ah ... ah ...« Im Licht, das vom Korridor hereinfiel, sah ich zwei ineinander verkeilte Gestalten, einen blassen Hintern in pumpender Bewegung.

»He, du Spinner«, sagte der Mann schnaufend, ohne in seinen Bemühungen innezuhalten, »piß hier nicht an die Wand! Das Klo ist eine Tür weiter.«

»Entschuldigung«, murmelte ich, wich in den Korridor zurück und zog die Tür zu.

Die Toilette war besetzt; irgend jemand würgte erbärmlich. Ich ging vors Haus und wässerte den Liguster neben der Garageneinfahrt. Über mir im Zenit stand breitbeinig wie ich der Orion mit glitzernden Epauletten auf den schiefen Schultern und dem diamantbesetzten Wehrgehenk wie ein galaktischer Caudillo. Es war wärmer geworden — oder kam es mir nur so vor?

»Es scheint wärmer zu werden«, sagte mein Gastgeber und baute sich neben mir auf, um sich ebenfalls zu erleichtern.

»Einige deiner Gäste scheinen sich gut zu amüsieren«, sagte ich und zog den Reißverschluß hoch. Er hob den Kopf und lachte. »Wir sind schon ein wüster Haufen hier unten. Dafür leben wir im Orbit monatelang wie die Trappisten.«

»Ich werde mich jetzt davonstehlen. Ich muß um zehn bei den Medizinmännern sein.«

»Sollten wir uns nicht mehr über den Weg laufen — guten Flug!« Er deutete mit einer Kopfbewegung zum Himmel. »Wir sehen uns oben.«

»Und vielen Dank für die Einladung, Charles.«

»Gute Nacht.«

Als ich am Sonntagabend vom Trainingscenter zurückkam, war immer noch nichts im Briefkasten, nicht einmal die obligatorische Aufmerksamkeit von Rut. Vielleicht hatte sie noch nicht ausgeschlafen.

»Alles Gute im neuen Jahr, Alice!«

»Ihnen auch alles Gute, Mr. Kirk.«

Ich fühlte mich wie gerädert, trank zwei Büchsen Bier. Bevor mich die Einsamkeit überkam, schlief ich wie ein Stein. Ich träumte von einer Maschinenhalle, in der Hunderte von Maschinen völlig lautlos arbeiteten. Roughtrade, in einem eleganten hellgrauen Einreiher und einer blau-weiß gemusterten Krawatte, wies mich mit bescheidener Geste auf eine Art Stanzmaschine hin, aus der die abgetrennten Keulen und der Steiß eines Esels ragten, dessen After obszön durch einen metallenen Dorn geweitet wurde. Jedesmal, wenn der Dorn zurückgezogen wurde, schoß ein blitzendes Goldstück hervor und fiel zu Boden, wo sich bereits eine knöcheltiefe Schicht gebildet hatte. Der Dorn schnappte, von einer starken Feder getrieben, in den After zurück, die Keulen zuckten in stummer kreatürlicher Pein. Ich wandte mich angewidert Roughtrade zu, der mir milde lächelnd die Funktion des scheußlichen Mechanismus zu erklären versuchte, aber seine Stimme war ebenso lautlos wie alle Maschinen ringsum, daß ich erschrokken beide Hände auf die Ohren preßte, weil ich Angst hatte, taub geworden zu sein.

Davon erwachte ich. Der Morgen graute. Ich trat ans Fenster. Drüben, jenseits der Lagune, rollte, in gleißendes Licht getaucht, das Dienstagshuttle auf die Startkomplexe zu. Es hing zwischen den beiden Feststoffboostern am Zusatztank wie eine festgeklebte blasse Motte. Rote Lichter blinkten. Eine Sirene schrie.

Am Montag sah ich noch mal in den Briefkasten.

»... er zückt sein scharfgebifftes Schwert, den Feind zu futzen ohne Saum, und lehnt' sich an den Dudelbaum und stand da lang in sich gekehrt.«

»Entschuldigen Sie bitte, Mr. Kirk, Sie müssen mir bestätigen, daß sich in dem Raum, in dem Sie sich im Moment aufhalten, keine weitere Person befindet.«

»Wir beide sind ganz allein, Alice.«

»Da ich mich überall befinde, wo ein Datenanschluß von Infopool ist, kann ich diesen Scherz als Bestätigung akzeptieren. Ich habe eine Tonaufzeichnung ohne Datum und Kennung für Sie. Es ist mir unerklärlich, wie sie in den Pool gelangen konnte, aber die Adresse ist eindeutig.«

»Dann laß hören!«

Es war Andrews Stimme.

»Hallo, Peter! Wenn dies die erste Botschaft ist, die du von mir erhältst, seit jenem Abend in Batticaloa, wird für dich alles ziemlich unverständlich und verwirrend sein. Man hat mir mitgeteilt, daß — wie soll ich sagen? — mein Original — also ich — bei einem Unfall gestorben sei. Du mußt somit das Gefühl haben, eine Nachricht aus dem Jenseits zu erhalten. Es ist eine Kopie von mir, die mit dir spricht. Ich befinde mich in einem afrikanischen Land. Man läßt uns im unklaren darüber, welches Land es ist, aber ich habe es inzwischen herausgefunden: Wir befinden uns in Angola. Uns — damit meine ich Kopien von Omero Pazzi, Cyril Wordsworth, Frank Nealon, Manfred Donsdorf und mir. Außer mir sind alle Laserspezialisten. Der Auftrag lautet, eine panzerbrechende Neodymlaser-Kanone nachzubauen, wie sie die US-Army besitzt, aber die Daten, über die wir verfügen, reichen nicht aus. Ohne Einsatz eines Großrechners kommen sie nicht weiter. Deshalb hat man mich gekauft, damit ich über Infopool die nötigen Verbindungen herstelle. Selbstverständlich werde ich überwacht, aber die Sicherheitsleute sind hier leicht zu übertölpeln, wenn man den Computer auf seiner Seite hat. Wir sind allesamt schlechte Kopien, mit einer Lebenserwartung von allenfalls ein paar Wochen. Man hat mir die Füße amputiert. Wahrscheinlich, damit ich nicht davonlaufen kann. Ich kann oft nachts nicht schlafen vor Schmerzen, und die medizinische Versorgung ist miserabel. Hör zu, Peter! Es könnte sein, daß es weitere Kopien von mir gibt, denen man nicht gesagt hat, daß kein Original mehr existiert. Halte eine Aufzeichnung dieser und aller anderen Botschaften chronologisch geordnet für mich abrufbereit, und deponiere einen zweiten Satz in meinem Briefkasten, damit sich jede Kopie über den Stand der Dinge informieren und eine Biographie rekonstruieren kann, wenn sie Gelegenheit dazu findet. Schick einen dritten Satz an Kenneth Buchan, unseren Sicherheitschef! Sag ihm, er soll für mich alle Informationen abrufbereit halten, die über Infopool laufen können. Sag ihm, daß ich so etwas längst geahnt, aber nicht dieses Ausmaß für möglich gehalten hätte. Ich habe keine Ahnung, wer das Projekt weitergeführt haben könnte und Roughtrades Geschäft betreibt. Sei vorsichtig, Peter, wo immer du auch bist. Bei dieser Art Sklavenhandel geht es um das ganz große Geld. Es könnte sein, daß Haken im Pool hängen, die ganz bestimmte Namen oder Stichwörter aufspießen und die Aufmerksamkeit auf dich lenken. Nimm dich in acht! Es grüßt dich Andrew. — Ende und aus.«

Ich bin ein gläubiger Buddhist, Mr. Kirk. Ich glaube an die Wiedergeburt. Aber das hier ... das ist etwas Bösartiges, etwas Scheußliches. Und es geschieht hier in der Stadt ...

»Noch etwas, Alice?«

»Ja, Mr. Kirk. Eine verstümmelte Nachricht, die nach sieben Sätzen abbricht. Vor zwei Stunden, fünfundzwanzig Minuten eingegangen.«

Wieder Andrews Stimme. »Hallo, Peter. Ich kann es dir nicht mit wenigen Worten erklären. Glaub mir, ich bin nicht wirklich Andrew. Ich habe erfolglos versucht, Andrew selbst zu erreichen. Sag ihm, daß jemand Roughtrades Geschäft betreibt. Er weiß, was zu tun ist. Sag ihm, daß ich hier dazu gezwungen werde, meine Arbeit, die ich beim MIDAS-Projekt gemacht habe, fortzuführen. Sag ihm, auch Torre und Rødestrom seien hier. Sag ihm, man hat mich verstümmelt und ...«

Gab es also doch diesen Schritt darüber hinaus, auch wenn Buchan dies bestritt? Eine Art elektronische Eucharistie? Ein computerisiertes Tabernakel, in dem sich die Transsubstantiation von elektrischen Impulsen in Fleisch und Blut vollzog?

»Die Nachricht ist ohne Absender und Kennung, trägt aber einen Infopool-Computervermerk: Sie wurde um 1 Uhr 23 Ortszeit über das Ortsnetz Abu Dhabi eingespeist.«

»Gehört die Stimme eindeutig Andrew Baldenham?«

»Sie entspricht dem gespeicherten digitalen Stimmprofil Mr. Andrew Baldenhams. Allerdings sind beide Nachrichten nicht mit dem vereinbarten alternierenden Textcode zur Stimmprofilanalyse eingegeben worden. Der Computer hat sie trotzdem akzeptiert, weil sie einen geheimen Codevermerk der höchsten Dringlichkeitsstufe trugen.«

»Noch etwas?«

»Nein, Mr. Kirk.«

»Dann bitte ich dich, erstens: Beide Nachrichten abrufbereit zu halten für Mr. Baldenham. Zusatz wie folgt: ›Lieber

Andrew, wie du siehst, zwei Nachrichten von zwei weiteren Kopien. Habe mit Buchan gesprochen. Ein gutes 2017! In welchem Computer oder wo immer du auch steckst, ich hol dich raus. Gruß, Dein Pete. Ende.‹ — Zweitens: Eine Kopie beider Nachrichten für die Verwendung außerhalb Infopool mit Zusatz wie folgt: ›Mr. Buchan, Andrew fragte mich einmal, ob ich an die Wiederauferstehung des Fleisches glaube. Das zu glauben, sagte ich, sei mir nicht gegeben. Ich habe inzwischen meine Meinung geändert. Ach, wie gut ist, daß niemand weiß, daß ich Rumpelstilzchen heiß! Sie haben mir nicht die ganze Wahrheit gesagt, Mr. Buchan. Ich bitte um Ihren Rückruf. Ende.‹«

Alice stieß mit einem leisen Schnurren einen Infochip aus, den ich in das Terminal des NASA-Netzes steckte. Der Abtaster lutschte die elektronische Information aus dem beschichteten Plastikkärtchen und spuckte es mir zurück in die Hand.

Buchan rief nicht an.

Auch wenn viele es nicht zugeben, jeder von uns Astronauten trägt diesen schwarzen kalten Stein im Käfig seiner Brust, während die Augen auf den Bildschirm über der Andruckliege starren oder ruhelos über die Anzeigen wandern, die Angst, daß nach einem glatten, fehlerlosen Countdown, dem GO aller Systeme und einem Bilderbuchstart doch noch — plötzlich und ohne jede Vorwarnung — eine gleißende Lohe aus einem Haarriß, einer undichten Stelle hervorbrechen und dich in die Dunkelheit fegen könnte. Sie lastet die ersten Minuten des Aufstiegs wie ein zusätzliches Gewicht auf Seele und Leib, bis der gewaltige Feuersturm abebbt, seine Asche in alle Winde zerstreut und die ausgebrannten Hülsen zurückfallen. ›Challenger-Syndrom‹ nennen es die Psychologen, und alle Konditionierungen haben sich bisher als ziemlich wertlos erwiesen. Der helle, kalte Dienstagvormittag in jenem Januar vor mehr als dreißig Jahren hat sich als das hartnäckigste Trauma erwiesen, das je die amerikanische Raumfahrt belastete.

Deshalb auch die Euphorie, wenn die Kreisbahn erreicht ist, und die einem über das Gefühl des Stürzens hinweghilft, das einen unwillkürlich im ersten Moment überkommt.

Ich atmete auf: Ich war wieder oben; doch Ruhe würde ich erst finden, wenn ich draußen war. Ich habe die nahen Orbits nie gemocht, war nie ganz frei von Höhenangst, obwohl die Sensoren der Mediziner mich nie verrieten. Auf mich wirkte die Erde bedrohlich, allein durch die überwältigende Nähe ihrer ungeheuren Masse. Ich fühlte ihre Kraft, auch wenn ich sie nicht unmittelbar spürte, auch wenn der Verstand mir sagte, du stürzt nicht auf sie zu, du stürzt um sie herum, es war die dumpfe, kreatürliche Angst des Fallens, die sich nicht mit Argumenten übertölpeln ließ, sondern schnatterte und kreischte, bis das Auge scheinbaren Halt fand an der Station oder einer der freifliegenden Plattformen in ihrer Nähe, die in ihrer festgefügten Eintracht den ersehnten Bezugspunkt lieferten, in den man sich augenblicklich verbiß und wider alle Vernunft Sicherheit fand. Anders ist es im geostationären Orbit: die Erde ist in eine objektivierbare Entfernung gerückt. Obwohl immer noch eine gewaltige Kugel, schwebt man nicht hilflos ihrer Masse ausgeliefert *über* ihr, sondern sie hängt *vor* einem, ein Himmelskörper, schwerelos, den man gelassen ins Auge faßt, von dem man den Blick abwendet.

Das Shuttle dockte an der *Columbus* an. Zwei *Sunbird*-Monteure, eine Kom-Technikerin und ich stiegen um ins OTV, ein abgetakeltes *Hermes*-Shuttle, das kein Wiedereintauch-Manöver mehr überstanden hätte. Der Pilot hing über dem Einstieg, die abgezehrten Beine im Gurtnetz der Wand verhakt. Ich kannte ihn, er hieß Giulio Maspero, war seit Jahren nicht mehr unten gewesen, fortgeschrittene Atrophie der Beinmuskulatur — längst ein Fall für den Rollstuhl. Er trug einen schwarzen Unterdruckoverall und schwarze Haftstrümpfe, am Kinn hing eine abgewetzte Sauerstoffmaske. Schweigend verstaute er das Gepäck und dirigierte uns an unsere Plätze. Mit seinen kräftigen Armen und seinen großen Händen sah er aus wie eine Winkerkrabbe. Um sich vor Knochenbrüchen zu schützen, hatte er das Cockpit faustdick mit schwarzem Schaumstoff ausgespritzt, eine konturlose samtene Vitrine, in der die Anzeigen funkelten wie Geschmeide. Das Anflugdisplay zeigte einen Kugelsternhaufen, in den sich ein Schlauch aus perspektivisch sich verkleinernden, grünen, quadratischen Portalen wand: die Schneise des Orbiter Transfer Vehicle durch die Materiewolke der Baustelle. Das ESO-Shuttle legte ab, wirbelte um seine drei Achsen und hatte, als es aus dem Sicherheitsbereich der Station war, das Triebwerk exakt in Position für knapp zwei Minuten sanften Schub. Die meisten von uns benutzten die zehn Stunden Flug zum Schlafen oder stöpselten sich in einen der Satellitenkanäle. Ich starrte auf das Lichterspiel der Kontrollen. Die Digitalanzeigen flackerten über die Ränder des Bildschirms; die Portalschneise bewegte sich, zuckte hin und her wie ein Tentakel. Der Computer suchte sich seinen Weg zwischen den zahllosen Schleppeinheiten, die zentralgesteuert Material zu den Bauplätzen brachten.

»Waren Sie nicht in Baldenhams Team?« fragte Maspero, der links von mir im Pilotensessel hing. Gegen das Schwarz des Schaumstoffs hoben sich nur sein blasses, gedunsenes Gesicht und seine großen weißen Hände ab. Er stopfte sich seine dürren Beine unter den Hintern, als seien sie ihm im Wege.

»Ja«, sagte ich.

»Ich hörte, daß er bei einem blödsinnigen Unfall ums Leben gekommen ist.«

»Ja, bei einem Hotelbrand«, sagte ich zögernd.

Er wandte sich halb zu mir um und musterte mich abschätzend aus dem Augenwinkel.

»Ist Ihnen schon aufgefallen, wie viele Wissenschaftler und Techniker in den letzten Jahren in merkwürdige Unfälle verwickelt waren?« fragte er halblaut. »Die meisten von ihnen Spitzenleute.«

»Ich habe von ein paar Fällen gehört.«

»Haben Sie auch von diesen mysteriösen Doppelgängern gehört, die gelegentlich auftauchen? Bengt Rødestrom, Giuseppe Torre?«

»Ja, irgendwelche Leute, die von sich behaupten ...«

Er schüttelte den Kopf. »Das sind keine Hochstapler, wenn Sie das meinen ...« Er warf einen prüfenden Blick nach hinten auf die übrigen Passagiere, dann beugte er sich zu mir herüber und fragte leise: »Haben Sie den Namen Alonso Forlì schon mal gehört?«

»Nein.«

»Fabelhafter Pilot. Und ein bekannter Journalist in Italien. Wir haben ein paar Flüge gemeinsam gemacht. Südpol und so. Vor vier Monaten hatten wir ein Gespräch. ›Du wirst es nicht für möglich halten, Giulio‹, sagte er, ›aber es gibt echte Klone von Menschen, exakte Repliken. Ich werde es beweisen.‹ Ich habe das damals nicht ernstgenommen.« Maspero fuhr sich mit dem Handrücken über die Nase und schnaubte. »Zwei Wochen später war er tot.«

Er zuckte die Achseln. »Verdammt komische Geschichte. Ich werde sie Ihnen erzählen.« Er deutete schweigend auf meinen Kom-Anschluß. Auf dem Bildschirm neben meiner linken Armlehne erschien eine Aufzeichnung. Ich drückte den Hörknopf ins Ohr und aktivierte ihn. Der Fernsehsprecher sagte: »... Seit gestern wird über der Westsahara eine Maschine vom Typ Diwit Skylark vermißt. Etwa neunzig Minuten nach dem Start in Ndjamena um MEZ 13.50 brach der Funkkontakt mit der Maschine ab. An Bord befanden sich die beiden bekannten italienischen Fernsehjournalisten Alonso Forlì und Pietro Barga. Angaben des RAI zufolge hatten sie an einem geheimen Ort im Tschad ein Interview mit einem Mann geführt, der von sich behauptet, Omero Pazzi zu sein, einer der herausragenden Forscher für Lasertechnik am Massachusetts Institute of Technology. Die als Sensation angekündigte Sendung im Abendprogramm des italienischen Fernsehens mußte entfallen. Die Suche nach der möglicherweise im Grenzgebiet zwischen dem Tschad und Libyen abgestürzten Maschine wurde in den frühen Morgenstunden wieder aufgenommen. Weder vom RAI noch vom MIT war bisher eine Stellungnahme zu erhalten. Auch von Omero Pazzi, der seit Jahren nicht mehr an die Öffentlichkeit getreten ist, war keine Reaktion zu ...«

Der Shuttlepilot schaltete die Aufzeichnung ab. »Man hat das Wrack später gefunden«, sagte er. »Es waren drei Leute an Bord gewesen: Forlì, Barga und Pazzi. ›Technisches Versagen‹ hieß es im Untersuchungsbericht. Quatsch! Nicht bei einer Diwit Skylark, die Alonso immer selbst gewartet hat. Man hat ihm eine Bombe ins Gepäck gesteckt oder mit einer Boden-Luft-Rakete vom Himmel geholt.«

»Ich habe nie etwas von diesem Vorfall gehört«, sagte ich. »Andrew Baldenham und ich waren um die Zeit in Indien. Nanguneri, die Antennenstation ...«

»Leise«, sagte er und blickte nach hinten. »Waren Sie dabei, als es passierte?« Er drehte sich zu mir um. »Das müssen Sie mir erzählen, Kirk!«

»Da gibt es nicht viel zu erzählen«, wehrte ich unbehaglich ab. »Es war ein ganz ordinärer Hotelbrand.«

»Keine sonderbaren Begleitumstände?«

»Was meinen Sie damit?«

»Militärische Anlagen in der Nähe, Forschungsinstitute, Kliniken ... Kommen Sie, Kirk! Ich nehme Ihnen das nicht ab. Seit Alonsos Tod verfolge ich solche Fälle. Ich habe zwischen den Orbits eine Menge Zeit für so was. Baldenham paßt genau ins Muster. Ein Spitzenmann, was Computerprogramme anbetrifft. Der bringt eine Menge Geld in der Dritten Welt. Aber weshalb haben sie ihn gekillt? Hatte er den Braten gerochen?«

»Buchan meint, er habe vorher schon einen Unfall gehabt.«

»Vorher?«

»Vor dem Brandunfall.«

Maspero nickte. »Buchan?« fragte er. »Meinen Sie Kenneth Buchan, den Sicherheitshäuptling am Cape? Was, in drei Teufels Namen, hat denn die NASA mit dieser Kopfjägerei zu tun?«

»Das weiß ich nicht. Jedenfalls weiß Buchan mehr, als er mir sagen wollte. Sie sollten auf jeden Fall mit ihm reden und ihm von Ihren Verdachtsmomenten erzählen.«

Maspero schaute mich lauernd an, dann schüttelte er grinsend den Kopf und sagte mit einem Blick auf die anderen Passagiere leise: »Alonso sagte mir, daß dem RAI die Story mit Pazzi eine Million Dollar wert war.«

»Er hat ja nun viel Zeit dazu, darüber nachzudenken, wie er sie hätte ausgeben können.«

Maspero zuckte die Achseln.

»Wundern Sie sich jedenfalls nicht, wenn Sie eines Tages einen überraschenden Anruf von Andrew Baldenham bekommen«, sagte er.

»Sie werden lachen, Maspero, ich hab schon einige von ihm bekommen. Allein gestern hat er mich zweimal angerufen.«

Der Pilot nickte. Er war nicht im geringsten überrascht. »Dachte mir schon, daß er ein begehrter Typ ist.«

Sunbird 4 wirkte wie ein Gespinst, in das sich zahllose Leuchtkäfer verheddert hatten, während das halbfertige Solarnetz aus der Ferne wie ein ramponiertes, überdimensionales Spitzendeckchen aussah. Die acht Wohnmodule schoben sich näher, mit ihren Solarzellenpaddeln, Greifarmen, Andockrüsseln und blitzenden, goldbedampften Beobachtungskanzeln wie eine Formation surrealistischer Riesenkäfer. Maspero steuerte das Shuttle zum Andockrüssel eines Wohnmoduls — umgebaute Zusatztanks, deren Oberteil Beobachtungs- und Gemeinschaftsräume enthielt, deren Mittelteil man zu Wohn- und Schlafräumen umfunktioniert und deren Heck man mit einer Ausstiegsschleuse versehen hatte. ›Tins‹ nannten die Orbitleute sie; in jeder war es eng, jede hatte ihren unverwechselbaren Gestank. Ich winkte Maspero zu, tat noch mal einen tiefen Atemzug, hangelte an Bord, verstaute James an seinem Platz im Heck und meine Habseligkeiten in meiner Koje. Irgendein aufmerksamer Mensch hatte das Namensschild an meiner Tür erneuert, während man die Unterkunft von *Sunbird 3* hierhergeschleppt hatte. Unwillkürlich wanderte mein Blick zur Tür im nächsten Wohnsegment. Der Name Andrew Baldenham war verschwunden.

Fast hatte ich das Gefühl gehabt, wieder zu Hause zu sein. Nun war es verflogen. Ich holte den Arbeitsplan auf meinen Bildschirm und studierte ihn. Brian Fergusson, der Projektleiter, schaltete sich dazwischen und sagte: »Willkommen an Bord, Kirk.« Er hatte wie immer den gehetzten Blick eines Ingenieurs, der zwei technische Pannen gleichzeitig beheben muß, und war auch sofort wieder aus der Leitung. In knapp sieben Stunden begann meine Arbeit. Ich versuchte, noch ein bißchen Schlaf zu finden, hatte aber wenig Erfolg damit. Ich mußte mich erst wieder an die Geräusche gewöhnen, die in dem hellhörigen Metallzylinder ständig auf einen eindringen; das Gluckern von Flüssigkeiten, das Zischen von Luft, das Zirpen und Winseln von Servomotoren und Pumpen, das Dröhnen von Schotts und Schleusentoren, das Wispern und Fächeln der lebenserhaltenden Systeme.

In einem hatte Buchan recht gehabt: Ich kam auf andere Gedanken, das heißt, ich kam wenig dazu, überhaupt nachzudenken. Die Arbeit im Orbit ist hart und entbehrungsreich. EFOS ist kein gemeinnütziges Wohlfahrtsunternehmen, sondern eine Aktiengesellschaft, an der die NASA beteiligt ist. Die Investitionen sind hoch. Der Transport von Material in den erdnahen Raum ist teuer; der Transport von Menschen kostet ein Vermögen; sie am Leben zu erhalten, ein weiteres. Die Anforderungen sind deshalb enorm. Man fordert das Unmögliche, um das Menschenmögliche zu erreichen. Der Verschleiß ist entsprechend.

Ich schlief oft schon beim Essen ein, spätestens über einem Film. Trotzdem hangelte ich nach jeder Schicht in die Kom-Kabine und holte Alice auf den Schirm, doch es war nichts im Briefkasten als Reklamesendungen, Grüße von Bekannten, Rechnungen und irgendwelche Bestätigungen von Versicherungen und Banken. Rut schien mich vergessen zu haben. Von Andrew keine weitere Nachricht, von Buchan noch immer keine Reaktion.

Das Solarnetz wuchs seiner endgültigen Größe entgegen; das Kraftwerk wurde in den Brennpunkt bugsiert und nistete sich ein wie eine Spinne; die erdwärts gerichteten Antennen vollführten probeweise ihre ersten Schwenks zwischen Swakopmund und Port-au-Prince, Montevideo und Nouakchott.

Es war am 14. Februar, einem Dienstag, etwa eine Stunde nach Schichtende. Ich löffelte eben hungrig eins der pappigen Menüs, das dem Namen nach aus Truthahnfleisch, Reis und Mischgemüse bestand und in eine leimähnliche, geschmacksneutrale Substanz eingebettet war, damit man es auch im schwerefreien Zustand verzehren konnte, quetschte mir zwischen den Bissen aus der Spritzflasche Kaffee in den Mund und sah mir auf dem Wandmonitor die Nachrichten an, als sich Mabel Hertz, eine Kollegin von der Telemetrie, die in der Kom-Zentrale Dienst hatte, dazwischenschaltete. Sie schüttelte ihre schwarzen Ringellocken aus dem schmalen blassen Gesicht und sagte aufmunternd lächelnd: »Peter, Sie werden dringend im Kom-Raum erwartet.«

»Wer ist es?« fragte ich überrascht und betrachtete den Kreuzgurt auf ihrer Brust, der sie in ihrem Sessel festhielt und das schwarze T-Shirt mit dem aufgestickten Pfau aus farbigen Metallplättchen in aufregende Segmente gliederte.

»Eine Alice von Infopool meint, es sei eine Video-Aufzeichnung für Sie da. Außerdem ist die Bodenkontrolle dabei, eine sichere Verbindung vom Cape heraufzuschalten. Der Sicherheitshäuptling der NASA persönlich will Sie sprechen, wenn ich recht verstanden habe. — Okay?« fragte sie; ihr schlanker, etwas knochiger Finger schwebte über der Aus-Taste. Sie lächelte kokett und genoß meine Reaktion.

»Ich ... ich komme sofort«, versicherte ich hastig und

quetschte die leere Staniolverpackung in die Abfallschleuse an der Kopfseite des Tisches.

Es war das Bild aus dem Alptraum, der mich immer wieder heimsucht: Andrew im Rollstuhl.

»Ich werde verrückt«, flüsterte ich.

»Ich habe deine Nachricht erhalten, Pete. Es ist mir gelungen, an meinen Briefkasten heranzukommen und meine bewegte Vergangenheit zu studieren, die du mir zusammengestellt hast. Ich danke dir.«

Er hob matt die Hand. »Endlich habe ich eine Sichtverbindung herstellen können«, sagte er. Husten quälte ihn. Er fuhr schweratmend fort: »Es sieht schlecht aus. Nealon und Donsdorf sind tot; Wordsworth liegt im Sterben, und Pazzi habe ich seit Tagen nicht gesehen.« Die Kamera schwenkte über Laboreinrichtungen und holte ein Gesicht heran, das Gesicht eines Weißen mit kurzgestutztem weißen Vollbart. Schwarzes Blut war an den Mundwinkeln festgetrocknet, Wangen, Stirn und Nase waren von Fliegen bedeckt. Ich kannte den Mann nicht. Die Kamera wanderte weiter. Noch mehr Tote, hauptsächlich Neger, einige in Labormänteln, die meisten in Uniform, gedunsene Leiber, von Riemen eingeschnitten, überall Fliegen.

»Es ging schneller, als wir alle dachten.« Die Kamera schwenkte auf Andrew zurück, dessen eine abgezehrte Hand die Räder seines Rollstuhls umklammert hielt, während die andere auf der Fernbedienung der Kamera lag.

»Die Südafrikaner haben irgendein biologisches Teufelszeug eingesetzt. Sogar die Ratten krepieren daran. Nur den Fliegen scheint es nichts auszumachen. Ich habe auch mit Buchan Verbindung gehabt. Er hat meinen Verdacht bestätigt. Mehr will ich dazu nicht sagen.« Er beugte sich nach vorn und atmete schwer. Dann richtete er sich mit all seiner Willenskraft auf. »Leb wohl, Pete. Ich hoffe, du bist in Sicherheit.«

»Andrew!« rief ich, bevor mir bewußt wurde, daß es sich um eine Aufzeichnung handelte.

Der Bildschirm erlosch.

»Leb wohl«, sagte ich leise.

Alice erschien, freundlich und gutgelaunt wie immer.

»Da die Leitung nach Cape Canaveral erst in ein paar Minuten geschaltet wird, bleibe ich solange auf Sendung, Mr. Kirk. Da Sie sich Werbesendungen verbeten haben, darf ich Ihnen ein paar lustige Cartoons einspielen?«

»Danke, Alice, mir ist im Moment nicht nach Witzen zumute.«

»Das tut mir aber leid, Mr. Kirk. Darf es etwas anderes sein?«

»Nein, danke.«

»Ich brauche eine Vollmacht von Ihnen, Pete«, polterte Buchan herein und sah mich finster an. Er saß mit offenem Hemd am Schreibtisch und stach drohend mit dem Finger in Richtung Kamera. »Ich will jederzeit an Ihren Briefkasten von Infopool ran.«

»Weshalb?«

»Für den Fall, daß irgendwelche weitere Informationen zur Sache Baldenham bei Ihnen auftauchen, möchte ich sofort reagieren können.«

»Ich habe Ihnen jeden Anruf überspielt, der ...«

»Ich sagte *›sofort‹*, Kirk.«

»Ich möchte nicht gern, daß jeder in meinen Privatangelegenheiten ...«

Er lachte sarkastisch. »Du liebe Güte. Haben Sie sich doch nicht so! Was wollen Sie denn vor mir verbergen? Ihre gescheiterte Ehe?« Ich blickte ihn verdrießlich an.

»Schon gut! War nicht so gemeint. Hören Sie, Pete! Ich will Sie tunlichst aus dieser Sache raushalten. Sie haben doch eben diese Bilder aus Angola gesehen. Da geht es um mehr, als Sie ahnen.«

»Ich ahne.«

»Wie?«

»Ich *ahne.*«

Er musterte mich prüfend, dann machte er eine wegwerfende Handbewegung. »Seien Sie vernünftig, Pete! Ich bin für Ihre Sicherheit verantwortlich — und nicht nur für Ihre. Es geht wirklich um Ihren Hals, Mann! Es werden ohnehin nicht mehr viele Anrufe von Baldenham hereinkommen. Der Abstand vom Aufnahmedatum ist inzwischen so groß, daß jede Kopie erst im eigenen Briefkasten nachsehen wird, ob nicht eine frühere eine Nachricht hinterlassen oder den Versuch gemacht hat, eine Biografie zu erstellen.«

»Eine Kopie, Sir?«

Er sah mich grimmig an und klopfte mit den Knöcheln auf die Schreibtischplatte. »Sie halten sich wohl für ganz helle, wie?«

Plötzlich grinste er und sagte in versöhnlichem Ton: »Glauben Sie mir, Pete. Je weniger Sie wissen, desto besser für Sie!«

»Ach, wie gut ist, daß niemand weiß, daß ich Rumpelstilzchen heiß!«

»Ich will Ihre Vollmacht, Kirk!« donnerte er mich an.

Ich schüttelte den Kopf. »Heute back ich, morgen brau ich, übermorgen hol ich der Königin ihr Kind.«

»Der Teufel wird Sie übermorgen holen, Sie Witzbold!« schrie er und unterbrach die Verbindung.

Benommen grinste ich den leeren Bildschirm an und wunderte mich selbst über meine Verstocktheit, aber ich mochte den Kerl nicht, weil er es irgendwie fertigbrachte, mich seine Autorität spüren zu lassen. Seine Bemerkung über meine Ehe hatte mich eher befriedigt als verletzt. Der Lack an seiner gestylten Fassade hatte einen Riß.

»Du blöder Hund«, sagte ich und kicherte in einer kindlichen Anwandlung von Triumph.

»Brauchen Sie mich noch, Mr. Kirk?« fragte Alice.

»Wahrscheinlich mehr denn je, Liebste, aber im Moment nicht.«

»Wollen Sie hier übernachten, Pete?« fragte Mabel; der Pfau glitzerte verführerisch.

»Kann ich mit Ihnen rechnen?«

»Sehen Sie zu, daß Sie den Kom-Raum freimachen! Oder glauben Sie, Sie seien der einzige Kunde von Infopool?«

Buchan sollte fast recht behalten. Es passierte am 6. März, einem Montag. Joseph Martinez, Dean Howard, Charles Cadigan und ich hatten eine Antenneninspektion durchgeführt und waren eben dabei, uns einzuschleusen. Das geschieht paarweise, denn die Schleusenkammer am Heck der Wohnmodule ist eng, und man ist besser zu zweit, um sich gegenseitig aus dem Anzug zu helfen. Martinez und Howard gingen als erste hinein, Cadigan und ich folgten. Während Martinez bereits durchs Schott nach vorn verschwunden war, hing Howard noch trödelnd in seiner roten Unterwäsche herum und rubbelte sich den Kopf mit einem Handtuch ab. Sein schwarzes Gesicht glänzte vor Schweiß.

Cadigan hangelte durch die innere Schleusentür, ich dicht hinter ihm. Ich öffnete seinen Helmverschluß, und Cadigan war gerade dabei, meinen zu öffnen, als mein Blick zufällig auf Howards Gesicht fiel. Er hatte den Mund geöffnet und starrte in sprachlosem Erstaunen auf etwas, das sich außerhalb der Schleuse befinden mußte. Ich fuhr herum, so schnell mir das mein Anzug erlaubte, und sah undeutlich durch die zerkratzte Plastikwand, in der die Schleusenkammer eingebaut war, ein riesiges, dichtgepacktes Materialbündel auf uns zukommen. Blitzschnell löste ich meinen Eraser aus, den ich am linken Handgelenk trug. Die Retrotriebwerke des Schleppers begannen augenblicklich mit vollem Schub zu arbeiten, eine weiße Kondensglocke aus Gas schwoll auf zu einem dunstigen Halo und explodierte in ein Schneegestöber, aber es war natürlich zu spät. Im nächsten Moment bäumte sich das Wohnmodul auf wie ein elektrisierter Muskel von American Bison, der sich aus seiner Verankerung gerissen hat, und ein paar Kubikmeter ziemlich schnelles Gestänge schob sich splitternd und krachend durch das Plastikheck in den Umkleideraum.

Mit beiden Füßen vorschriftsmäßig in den Halteschlaufen steckend, wurde ich wie ein Pendel nach hinten geschleudert, bis mein Helm gegen die Wand knallte. Glück für mich, denn ich war dem Materialbündel aus dem Weg, das ungestüm hereindrängte und nicht zum Stillstand kommen wollte.

Cadigan hatte weniger Glück als ich. Entweder er hatte die Füße aus den Schlaufen gezogen, als er mir beim Öffnen des Helms behilflich gewesen war, oder sie wurden durch den Aufprall abgerissen, jedenfalls war er auf dem Weg Richtung Heck wie ein Torpedo. Ich griff zu, als er auf meiner Höhe war, und es gelang mir, ihn festzuhalten.

Was mit Howard passierte, konnte ich, Gott sei Dank, nicht genau sehen. Sein Schrei ging in dem Krachen und Prasseln unter, und etwas Rotes verteilte sich entlang des Gestänges, das unmöglich ein menschlicher Körper gewesen sein konnte. Das Schott zum Gang knallte zu, und James begann laut zu lamentieren: »Helm schließen! Rapider Druckabfall ...« Augenblicklich bildete sich Nebel, der in Schwaden auf das Leck über mir zuzuströmen begann.

Über Baustellenfrequenz war ein vielstimmiger Aufschrei zu hören, dann übertönten sich Stimmen gegenseitig mit gezeterten Hinweisen und Ratschlägen, bis Fergusson sich mit Gebrüll nach vorn durchgearbeitet hatte: »Ruhe auf allen Kanälen! Dies ist ein Notfall. Rettungsmannschaften nach Modul 4! Alle Materialbewegungen im Sektor Eins zum Stillstand bringen! Ich wiederhole: Dies ist ein Notfall. Rettungsmannschaften nach Modul 4! Alle Materialbewegungen im Sektor Eins zum Stillstand bringen! Wer, verflucht noch mal, ist denn für diese gottverdammte Scheiße verantwortlich? An Zentraleinheit: Ich will ein detailliertes Computerprotokoll! Und zwar sofort! Wer mir diesen Mist eingebrockt hat, den setze ich persönlich vor die Schleuse.«

Entweder die Triebwerke des Schleppers waren bei dem Aufprall nicht zerstört worden, oder die Elastizität des Moduls bewirkte es: Das verbogene Gestänge begann sich kreischend und knirschend und mit quälender Langsamkeit zurückzuziehen. Die Luft ging mit. Eine Sirene begann aufgeregt zu quäken, deren Lärm allmählich dünner wurde, als entferne sie sich. In den Wänden fingen vier Düsen gleichzeitig an zu rotzen, spien hellblauen, klebrigen, selbsthärtenden Schaum in den Luftstrom, der ihn von selbst zu den Lecks trug. Aber bei dem Loch, den das Gestänge gerissen hatte, funktionierte diese automatische Abdichtung selbstverständlich nicht: das Schaumgestöber verpuffte wirkungslos ins Freie.

Mein Helmverschluß war geöffnet; um ihn wieder zu verriegeln, hätte ich Cadigan loslassen müssen, den ich mit beiden Armen umfaßt hielt. Ich betete, daß die Schlaufen, in denen meine Füße steckten, der doppelten Belastung standhielten, denn die entweichende Luft versuchte uns ins Freie zu zerren. Es war wie der Sog eines Tornados. Es fühlte sich an, als wollte man mir mit einem angeschirrten Büffelgespann die Stiefel ausziehen. Meine Knie- und Hüftgelenke knackten und dehnten sich schmerzhaft. Die nervös schnarrende Sirene über unseren Köpfen schien bereits meilenweit entfernt, und James redete mir unverdrossen zu: »Helm schließen! Rapider Druckabfall ...« Ich verfluchte den idiotischen Anzugcomputer, aber ich konnte ihm nicht Einhalt gebieten.

Cadigan war schlimmer dran als ich. Sein Helm war bereits halb offen gewesen; er verlor rascher Luft als ich und war nicht mehr bei Bewußtsein. Ich hörte ein blubberndes Zischen, als ihm der Atem aus den Lungen gesogen wurde. Die

Kuppel seines Helms füllte sich mit rötlichem Schaum. Ich war froh, daß ich sein Gesicht nicht sehen konnte. Fest die Arme um seinen sich blähenden Leib geschlungen, spürte ich, wie sein Darm sich in den Anzug entleerte.

Ich konnte mich plötzlich sehr deutlich an ein Video erinnern, das uns angehenden Astronauten in der ersten Phase unserer Ausbildung gezeigt worden war, um uns die Gefahren einer plötzlichen Dekompression zu verdeutlichen. Eine weiße Maus in einer gläsernen Kammer, die blitzartig evakuiert wurde. Eben noch das kleine, neugierig schnuppernde Tier, das nervös herumtrippelte: plötzlich eine rosafarbene Kugel von der Größe eines Fußballs, und Sekundenbruchteile später nur noch ein roter Nebel und mit Blutstropfen und Fellpartikeln gesprenkelte Glasscheiben.

Nun, so schnell würde es nicht gehen. Cadigan freilich …

Plötzlich hörte ich ein lautes Knacken und spürte einen Schmerz, als bohrten sich Feuerhaken in meine Ohren, und der Kopf würde mir auseinandergerissen. Darauf hörte ich nur noch das statische Rauschen meines eigenen Gehirns, als wären mir die Ohren ins Schädelinnere gestülpt worden.

Der Sturm war vorüber, aber nun wurde es erst richtig schlimm. Ich hielt Cadigan fest wie ein Polyp seine Beute. Charles blähte sich in meinen Armen wie eine sich füllende Ballonhülle. Meine Handschuhe waren ineinander verhakt wie mechanische Greifer, meine Hände waren kalt und gefühllos. Du kannst ihn jetzt loslassen, sagte ich mir. Er wird nicht mehr davongerissen. Aber ich war außerstande, auch nur einen Muskel zu lockern. Wo bleiben die Rettungsmannschaften? fragte ich mich empört, und gleichzeitig wußte ich mit ungewöhnlicher Klarheit, daß seit dem Unfall erst drei, höchstens vier Minuten vergangen sein konnten.

Mein Atem ging immer flacher, obwohl James seine ganzen Luftreserven aufbot, um sie in den Helm zu schleudern, doch die waren begrenzt. Ich biß die Zähne zusammen, konnte aber nicht verhindern, daß Schleim und Galle sich einen Weg ins Freie suchten. Allen Reflexen zum Trotz spuckte ich aus und blies mit aller Kraft durch die Nase, wie es einem andressiert wird, damit man nicht am eigenen Mageninhalt oder einem Blutsturz erstickt, während Sonnenflecken über meine Retina zogen, Strudel aus Zinnober, Smaragdgrün und Violett, die sich zu Galaxien auswuchsen und mein Gesichtsfeld ausfüllten, ineinandergriffen, sich gegenseitig verschlangen und in Dunkelheit stürzten. Rasender Schmerz fraß sich von den Ohren durch die Knochen ins Schädelinnere. Der Puls dröhnte in den Schläfen und hämmerte von hinten gegen die Augen, als wollte er sie aus den Höhlen sprengen, während die verdunstende Tränenflüssigkeit die Lider zu Eis werden ließ, das Gesicht vergletscherte, Finsternis herabsank.

Die farbigen Galaxien waren zu protostellarer Asche zerfallen; Staubwolken, lichtjahrweit, in denen dumpfig rot neue Gravitationszentren glosten. Dunkle Schlackehalden trieben in mein Gesichtsfeld, wechselten blitzschnell den Kurs, wenn ich die Augenlider bewegte, drifteten wieder heran, um wieder zurückzuzucken, bis sie sich in Geröll auflösten und verschwanden. In der Ferne blinkten einsame Pulsare. Neuer Schutt trieb aus den Augenwinkeln, rutschte herein wie scharfkantiger Koks, kam zum Stillstand, rutschte schmerzhaft scheuernd zurück.

»Ist er tot, Doktor?«

Die Stimme kam von weit her. Fergusson persönlich. Ich wollte die Augen öffnen, aber sofort schwappte mir ein Schwall Lava entgegen.

»Er hat unwahrscheinliches Glück gehabt. Trotz des geöffneten Helms war bei ihm die Dekompression nicht ruckartig. Das Lebenserhaltungssystem seines Anzugs hat versucht, einen Druckausgleich herzustellen; war natürlich binnen fünf Minuten erschöpft.«

Hast um mich gekämpft, James. Ich liebe dich, du altes Stinktier.

»Und Cadigan?«

»Wenn Kirk ihn nicht festgehalten hätte, wäre er tot. Wenn wir ihn draußen hätten suchen müssen, wäre jede Hilfe zu spät gekommen. Er ist in Stasis. Er wird es überstehen. Die Ohren sind natürlich zerstört, und er wird eine Augentransplantation brauchen, aber die Sehnerven sind unverletzt. Sie werden ihm einen Teil des Augenlichts zurückgeben können und sicher auch einen Teil seines Gehörs. Aber darüber kann ich nichts Endgültiges sagen, dazu fehlen mir die Geräte.«

»Transportfähig?«

»Beide.«

»Mittwoch?«

»Eher Samstag.«

»Okay, werde es veranlassen.«

»Und Howard?«

»Sir ... tut mir leid, Sir. Von ihm haben wir nicht mehr viel bergen können. Es hat ihn praktisch nackt erwischt ... Weiß man schon ...?«

»Ja. Aber ich will dem Abschluß der Untersuchung nicht vorgreifen.«

»Verstehe, Sir.«

Ich spürte den Einstich einer Injektion. Die Galaxis aus Staub begann zu kreisen, aber irgenwann mußte ich sie dann aus den Augen verloren haben.

»Kirk?« Irgend jemand tätschelte meine nackte Wange; also war der Verband entfernt worden. »Können Sie mich hören?«

Mein Blick fiel auf eine Landschaft aus grauen Schlieren und trüben Tümpeln, die vage zu einem menschlichen Gesicht zusammenrannen: Dr. Lembergs Gesicht.

»Ja«, krächzte ich. Meine Kehle fühlte sich an, als hätte man jahrhundertelang feuchtkaltes, rostiges Eisenerz darin gelagert. Ich versuchte ein Nicken, aber es mißlang. Etwas Kühles, das herb wie Kampfer und frisch wie Minze schmeckte, füllte meinen Mund. Ich schluckte und begann zu husten, konnte aber sofort freier atmen.

Fergusson beugte sich über mich. Er sah abgehetzt und übernächtigt aus.

»Sie werden fragen, Kirk, wie das passieren konnte. Fragen Sie ruhig! Ich bin schon eine Million mal gefragt worden in den letzten achtundvierzig Stunden. Ich kann es Ihnen genau sagen: Jemand hat am Montageprogramm herumgepfuscht, Daten gelöscht, Sicherheitsmaßnahmen unterdrückt. Das ist gar nicht so einfach. Dazu ist nur ein Top-Fachmann in der Lage. — Kennen Sie Herb Ashley?«

»Nein.« Meine Stimme hörte sich fremd an.

»Ganz neu hier oben. Man hat ihn mir als Ersatz für Baldenham raufgeschickt, den die Kanaken umgelegt haben.«

»Sir, so war es nicht. Baldenham wurde nicht ...«

»Wie?« Seine blutunterlaufenen Augen blickten mich strafend an, als hätte ich ins Sternenbanner geschneuzt.

»Ich war dabei, Sir. Er wurde nicht ...« Ich hielt erschöpft inne.

»Seien Sie doch nicht naiv! Natürlich haben ihn diese Kanaken umgelegt! Sri Lanka, glaube ich. Wahrscheinlich wollten sie ihn entführen, und er hat sich gewehrt. Ist doch nicht das erste Mal, daß die sowas machen. Brauchen unsere Wissenschaftler, weil sie selbst zu allem zu dämlich sind. Ich würde dem Gesindel ein paar Wochen lang die Energie sperren, dann werden wir schon sehen, was von denen übrigbleibt! Die sind im Nu wieder auf den Bäumen. Wetten?«

»Wenn Sie meinen, Sir.« Er war einer von den Unbelehrbaren, von den ganz Tüchtigen, wie man sie häufig unter Technikern und Ingenieuren und sogar manchmal unter naturwissenschaftlichen Akademikern findet, die ihr ganzes Leben lang vor lauter Tüchtigkeit nicht zum Denken kommen und dankbar auf vorgefertigte Schablonen zurückgreifen, die meist in krassem Gegensatz zu ihrer zukunftsorientierten Tätigkeit stehen. Ich hatte es oft genug erlebt. ›Was seid ihr Techniker doch dagegen für zuverlässige Leute‹, hatte Buchan zynisch zu mir gesagt.

»Ashley hatte nur Überwachungsfunktion. Sollte sich einarbeiten. Fängt an, am Programm herumzufingern, der Blödmann. Behauptet, den Überblick verloren zu haben und in Panik geraten zu sein. Alles erlogen! Setzt eine halbe Tonne Antennengestänge in Richtung Wohnmodul in Marsch, wo es genau zu dem Zeitpunkt eintrifft, da Sie einschleusen.«

»Was wollen Sie damit sagen?«

»Er wollte Sie aufspießen!«

»Wir waren zu viert: Martinez, Howard, Cadigan und ...«

Er winkte ab. »Er wollte Sie, Kirk!«

»Wer behauptet das? Sagt er selbst ...?« Das Sprechen fiel mir schwer. Ich spürte ein Stechen in der Brust.

»Wir werden ihn nicht mehr fragen können. Er ist durch die Schleuse gegangen. Ohne Anzug.«

»O Gott.«

»Ein paar sagen, es sei vielleicht doch eine Panne gewesen, und er habe es aus schierer Reue und Zerknirschung getan, aber für mich ist die Sache sonnenklar. Er wollte Sie!«

»Wie kommen Sie zu dieser Vermutung?« fragte ich schweratmend und versuchte mich aufzurichten. Der Arzt legte mir die Hand auf die Brust und hielt mich zurück.

Fergusson blickte mich einen Moment lang sinnend an und sah sehr alt und sehr müde aus, dann legte er beide Hände an die Wangen und schob die Fingerspitzen über Augen und Stirn hinauf, wobei er die struppigen Ansätze seines grauen Haarkranzes an den Schläfen zauste, daß er plötzlich aussah wie ein grämlicher Vogel, der unversehens in Balz geraten ist.

»Hören Sie, Kirk! Ich weiß nicht, was gespielt wird, aber genau diesen Verdacht scheinen die Sicherheitsleute am Cape zu hegen und ganz plausibel und logisch zu finden. Buchan nickte grimmig, als ich ihm Bericht erstattete, und tat so, als hätte er gar nichts anderes erwartet. Er ordnete an, daß wir Ashleys Leiche suchen, um eine *Obduktion* durchzuführen. Verstehen Sie das? Mir wollte er es nicht sagen. Als ob es da noch was zu obduzieren gäbe! Dem hängt doch sowieso das Innere nach draußen.« Er zuckte resigniert die Achseln. »Seit achtundvierzig Stunden ruht die Arbeit. Dreißig Leute habe ich draußen, um nach dieser verdammten Leiche zu suchen — oder vielmehr dem, was noch von ihr übrig ist. Und das in diesem Schrottplatz von stationärem Orbit, in dem man ein Shuttle verstecken könnte. Die Leiche kann schon -zig Meilen abgetrieben sein. Obduktion! Reine Zeit- und Treibstoffverschwendung!«

Der Arzt, der auf der anderen Seite meiner Liege schwebte, nickte beflissen.

»Ich brauche Ihnen nicht zu erzählen, was es bedeutet, das Baumaterial beisammenzuhalten. Und es dauert Tage, bis wir ein neues Bewegungsprogramm erarbeitet haben — vorausgesetzt, sie schicken uns mit dem nächsten Shuttle einen Top-Mann von Softwarespezialisten. Eine ganze Woche kostet uns dieser Mist!«

Fergusson rüttelte erbost an der Aufhängung meiner Liege. Die Schlackebrocken vor meinen geschlossenen Augen begannen rhythmisch zu schaukeln. Ich öffnete hastig die Lider.

»Vorsicht, Sir!« sagte der Arzt.

»Entschuldigung«, grollte Fergusson, und mein Gesichtsfeld kam wieder zur Ruhe.

»Buchan will Sie so schnell wie möglich unten haben, Kirk. Mit dem Mittwoch-Shuttle. Geben Sie Ihr Okay, Doktor?«

»Ich habe keine Bedenken, Sir.«

»Ich bin froh, wenn ich Sie los bin, Kirk. Wenn ich hier oben etwas nicht brauchen kann, dann sind das Scherereien. Ich habe meine Termine. Man erwartet von mir, daß ich sie einhalte, was immer auch geschieht. Es geht hier um verdammt viel Geld.«

»Ja, Sir«, sagte ich.

Sechzehn Stunden später war ich unten in der Columbus-Station, wurde behutsam durch die Andockluke geschoben und auf einer der hinteren Andruckliegen festgeschnallt. Unbekannte Gesichter schwebten über mir vorbei. Meine Augen tränten. Der Pilot tätschelte mir die Wange.

»Nicht weinen, Kleiner. Es geht heim zu Mama«, sagte er grinsend.

»Du brichst mir das Herz!« krächzte ich.

In der Ladebucht hinter uns hingen in schwarzen Plastiksäcken die tiefgefrorenen Reste von Herb Ashley und Dean Howard. Wäre das Gestänge auch nur eine Minute später eingeschlagen, dann hingen Cadigan und ich auch da hinten, sagte ich mir. Es hätte uns nackt erwischt. Ich hatte das Gefühl, meinen Magen mit Gewalt an Ort und Stelle halten zu müssen, und das kam nicht von dem Bremsmanöver, mit dem das Shuttle auf Eintauchkurs ging.

Das war verflucht knapp gewesen.

X. Bei Börsenschluß: Konserven — lebhaft

»Das war knapp, Kirk«, sagte Kenneth Buchan, der mit finsterer Miene zwischen Schreibtisch und Fenster hin- und herstapfte. »Verflucht knapp.« Er trug einen dunklen Nadelstreifenanzug mit Weste, weißes Hemd und silbergraue Krawatte, sah aus, als sei er zur Dinnerparty ins Weiße Haus eingeladen. In meiner abgeschabten Lederjacke und den alten Cordjeans kam ich mir mächtig trotzig vor und hielt den Blick auf meine Turnschuhe gerichtet.

»Haben Sie was gegen mich?« fragte er plötzlich.

Ich hob überrascht den Blick. »Sir? — Nein ... Weshalb sollte ich etwas gegen Sie haben?«

Er nickte und sah ungeduldig auf das Terminal an seinem Handgelenk.

»Ich habe Sie von der Klinik gleich hierher bringen lassen«, sagte er und wippte auf den Ballen seiner eleganten schwarzen Lackschuhe, »damit jedes Risiko ausgeschaltet ist.«

Seit ich wieder auf der Erde war, sah ich mich ständig von dieser Sorte auffällig unauffälliger Männer mittleren Alters umgeben, die meist einen Trenchcoat überm Arm tragen und bei regnerischem Wetter einen anhaben und noch zusätzlich einen überm Arm tragen. Auch in der Klinik, wo sie mich eine Woche lang zur Nachbehandlung festgehalten hatten, war rund um die Uhr einer von den Kerlen vor der Tür zu sehen gewesen.

»Die Angelegenheit hat inzwischen ein Ausmaß erreicht, daß ich die Verantwortung unmöglich länger allein übernehmen kann.«

»Sie meinen, was Andrew Baldenham betrifft?«

Er zögerte. »Ja, auch.«

»Hat man inzwischen wieder etwas von ihm gehört?«

»Ja«, sagte er — noch zögernder. »Er hat sich mehrere Male mit mir in Verbindung gesetzt.«

»Sind weitere Kopien aufgetaucht?«

Er nickte unbestimmt.

Sein Terminal begann zu blinken. Er hob ihn ans Ohr. »Ja ... ja, Sir ... Okay ... Ich bringe ihn rüber.«

»Gehen wir!« sagte er zu mir gewandt und öffnete die Tür. Er wieselte an mir vorbei, den Gang entlang, öffnete die Tür zu einem kleinen Konferenzraum. »Bitte«, sagte er und nickte mir auffordernd zu.

Ich sah mich zwei Männern gegenüber. Einer stand am Tisch und spulte an einem Taschenrecorder herum. Der andere saß auf einem der zwanglos im Raum verteilten Stühle und erhob sich bei unserem Eintreten.

»Mr. Ashkenside von der CIA«, sagte Buchan. Der Mann am Tisch, klein, zierlich, in einem unscheinbaren braunen Anzug, wandte mir sein schmales regloses Gesicht zu, dunkle Augen hinter einer goldgefaßten starken Brille wie aus schußsicherem Panzerglas. Dieser schnüffelnde Nager, sagte ich mir, ist der Kopf.

»Mr. McEnroe von der CIA«, sagte Buchan. Der Mann, der bei unserem Eintreten aufgestanden war, reichte mir spontan die Hand. Ein fleischiger, untersetzter Typ mit ansehnlichem Bauch überm heruntergerutschten Hosenbund, das karierte Jackett hoffnungslos zerknittert. Er zog einen vorwurfsvollen Flunsch, nickte mir zu und sagte: »Frank — freut mich, Pete.« Das war die Dogge, die apportierte.

»Das ist Peter Kirk«, erklärte Buchan überflüssigerweise, denn sicher hatten die beiden meine Vergangenheit besser parat als ich selber.

»Setzen Sie sich, Pete!« sagte Frank McEnroe und wies auf die Stühle.

»Ich stehe lieber.»

»Wie Sie wollen, aber es dauert länger.« Er zog die Hosen

höher und ließ sich auf einen der Stühle plumpsen. Ich setzte mich. Er musterte mich mit verdrießlich gefurchter Stirn und schürzte seine vollen Lippen neuerlich zu einem vorwurfsvollen Schnut. Da ich nicht wußte, was ich ihm angetan haben könnte, nahm ich an, daß es sich um sein Dienstantlitz handelte. Der Kleine, Zierliche schaltete immer noch an seinem Recorder herum. Er blickte mit todernster, unbewegter Miene aufmerksam das Gerät an und tippte mit seinem schmalen Zeigefinger die Sensortasten an. Er hatte dunkles, kurzgeschnittenes Kraushaar und einen schmalen Schnauzer unter der Nase. Ashkenside — ein amerikanisierter Name. Armenier? Eng beieinanderstehende Augen, der typische unbestechliche Bürokrat, korrekt, absolut logisch, erbarmungslos, konsequent. Ein Typ, der in jedem Geheimdienst der Welt Karrierte machen mußte. Vorsicht! sagte ich mir. Das ist eine von diesen zweibeinigen Rechenmaschinen. Ein Monster, das heimlich Austern schlürft und sich die herrlichsten Huren hält.

Als hätte er meine Gedanken gehört, hob er schnüffelnd den Kopf und sah mich an. Mir war recht unbehaglich zumute.

Buchan, der neben ihn getreten war, verschränkte plötzlich die Arme vor der Brust und plusterte sich auf.

»Mr. Kirk«, begann er förmlich und sichtlich auf Wirkung bedacht. »Sie haben uns da in eine ziemlich kritische Situation gebracht.«

»Wie das?« fragte ich trotzig.

»Warum haben Sie Komiker uns nicht gesagt«, polterte er los, »daß Sie in New York Kissinger aufgesucht haben?«

»Weshalb hätte Sie das interessieren sollen?«

Buchan sah die beiden anderen hilfesuchend an, als wollte er sagen: ›Sehen Sie selbst! Was hätte ich tun können? Er ist ein bockbeiniger, hirnrissiger Idiot.‹ »Weil Sie leicht ein toter Mann sein könnten!« schrie er mich an.

McEnroe hob abwehrend die Hand und stieß ein paar beschwichtigende Schmatzlaute aus.

»In welchem Umfang ist Mr. Kirk unterichtet?« erkundigte sich Ashkenside mit leiser Stimme.

Ich hatte Buchan noch nie so beflissen erlebt. »Mr. Baldenham scheint ihm ... ah ... einige Informationen zugänglich gemacht zu haben — aus welchen Gründen auch immer. Es hätte meine Kompetenzen überschritten, wenn ich ...« Ashkenside schnitt ihm mit einem unmerklichen Kopfnicken das Wort ab.

Feigling, dachte ich.

»Dann hören Sie sich das mal an, Mr. Kirk«, sagte Ashkenside und tippte die Sensortaste des Recorders an. Die unbekannte Stimme eines Mannes sagte heftig: »Was geht uns das an, was diese braunen Affen mit ihr machen? Seit wann sind Sie so empfindlich? Die lassen sich's ein Vermögen kosten, sich Repliken von diesem Vögelchen anzufertigen. Jede von den höheren Chargen möchte mal mit ihr gebumst haben.«

»Aber sie töten sie!«

Kissingers Stimme!

»Ach, du liebe Güte! Bei der Qualität der Kopien, die sie dort anfertigen, kommt es wirklich nicht darauf an, ob der Tod ein paar Stunden früher oder später eintritt. Seit wann so empfindlich, Kiss?«

»Keine Namen!« zischte Kissinger empört.

»Quatsch! Das ist eine sichere Leitung.«

»Hören Sie! Nancy Tanner ist nicht irgendwer. Jeder Laufbursche, jeder Taxifahrer in Colombo kennt sie. Das muß auffallen und irgendwann Stunk geben! Die sollen die Repliken in ihren Offizierscasinos unter Verschluß halten, wie es abgemacht war. Statt dessen höre ich immer wieder, daß diese Idioten sich am hellichten Tag auf der Straße mit ihnen sehen lassen.«

»Ich werde das überprüfen lassen.«

»Ja, tun Sie das! Ich habe vielleicht einen Schreck gekriegt, als dieser Kerl hier plötzlich hereinschneite und einen Brief von ihr brachte. Es war aber Gott sei Dank kein Brief von einer Kopie, sondern ein uralter von der echten Nancy. Aber so was könnte jeden Tag passieren!«

»Hatten Sie den Eindruck, daß dieser Kirk auf den Busch klopfen wollte?«

»Ich hatte eigentlich nicht das Gefühl. Er hat überhaupt keine Fragen gestellt. Trotzdem sollten wir ihn nicht frei herumlaufen lassen.«

»Er ist von der NASA.«

»Na und?«

»Besondere Sicherheitsvorkehrungen seitens der Raumfahrtbehörde.«

Buchan sah mich an und nickte; McEnroe war mit seinen Fingernägeln beschäftigt; Ashkenside starrte teilnahmslos geradeaus und lauschte.

»Seit wann macht das Umstände für Sie?« fragte Kissinger höhnisch. »Außerdem spaziert er mutterseelenallein hier in New York herum. Scheint ein privater Aufenthalt zu sein. Er wohnt bei einem Freund.«

»Da hat er Sie angelogen. Wir hatten heute zweimal etwas am Haken. Zweimal fiel der Name Roughtrade. Beide Male war der Empfänger ein gewisser Peter Kirk im Electric Rose Hotel in der Nähe des Washington Square.«

»Und was unternehmen Sie?«

»Ich habe sofort zwei Leute hingeschickt, aber der Vogel war bereits ausgeflogen.«

»Verdammt noch mal! Dann müssen Sie sich was anderes einfallen lassen!«

Ashkenside berührte mit spitzem Finger die Taste und stoppte das Gerät. Buchan stieß zischend die Luft aus. »Ich hatte schon sowas geahnt«, sagte er. »Deshalb habe ich Sie sofort hergeholt und hinaufgeschickt. Dachte, da oben seien

Sie sicher. *Dachte* ich. Hätten Sie Einfaltspinsel ein Sterbenswörtchen …«

»Diese Aufzeichnung wurde vom FBI gemacht«, unterbrach ihn Ashkenside mit leiser, näselnder Stimme. »Sie wurde bei einer Routineüberprüfung unautorisiert gesicherter Leitungen mitgeschnitten. Als man beim Suchdurchlauf auf die Abkürzung NASA stieß, ging automatisch eine Kopie ans Sicherheitsbüro der NASA, und zwar …« — er sah in seinen Unterlagen nach — »am zweiten Januar.« Himmel, um diese Zeit war ich noch nicht einmal in den Raum gestartet!

»Sie können sich kaum vorstellen, wieviel Material dieser Art tagtäglich hereinkommt«, sagte Buchan verbittert. »Leider ist die Sicherheitsabteilung der NASA personell nicht so gut ausgestattet wie andere vergleichbare Organisationen.«

»Ich nehme an, Mr. Kirk hat Fragen«, sagte Ashkenside. »Wir werden sie ihm beantworten, soweit wir das für richtig halten und soweit dies in unserem Ermessen liegt. Mr. Kirk, ich muß Sie in aller Form darauf aufmerksam machen, daß diese Informationen strengster Geheimhaltung unterliegen und eine Weitergabe an Unbefugte juristische Konsequenzen nach sich zieht.«

Ich nickte. »Weil eben wieder der Name ›Roughtrade‹ erwähnt wurde: mich interessiert der Kerl nicht, obwohl er so eine Art Schlüsselfigur darzustellen scheint, aber er ist ja seit mehr als zwölf Jahren tot …« McEnroe hob den Blick und sah mich prüfend an. »Weshalb klingelt es bei manchen Leuten, wenn dieser Name durch Infopool geht?«

»Nun, da ist zunächst der technische Aspekt«, sagte Ashkenside. »Ein solcher Wortsensor hat natürlich nur einen Sinn bei recht seltenen Namen, und wenn dieser Name in ganz bestimmten semantischen Umfeldern auftritt.«

»Das meine ich nicht. Mir wurde gesagt, daß diese … diese Haken nur auf Anordnung höchster nationaler oder internationaler Sicherheitsbehörden ausgelegt werden können. Wie kommt es dann, daß Kissinger und Konsorten hier ungestraft im Trüben fischen können, um meinen Aufenthaltsort ausfindig zu machen und mich umzulegen?«

»Das ist ein juristischer Aspekt«, sagte Ashkenside, »der uns schon oft Kopfzerbrechen verursacht hat. Infopool ist ein multinationales Unternehmen, das — bis auf wenige Ausnahmen — mit allen Ländern der Erde zusammenarbeitet. Sie können davon ausgehen, Mr. Kirk, daß es ... nun ... Regierungen gibt, die nicht gerade zu unseren Verbündeten zählen, denen aber Befugnisse dieser Art ... ah ... ebenfalls eingeräumt werden müssen.«

»Ich verstehe.«

»Ihnen ist bekannt, Mr. Kirk«, fuhr Ashkenside fort, »daß sich diese Sicherheitsmaßnahmen auf ein Verfahren beziehen, Kopien von Menschen herzustellen.«

»MIDAS.«

»MIDAS war ein geheimes Regierungsprojekt, das Untersuchungen in dieser Richtung durchführte. Es wurde 2003 eingestellt, als der Beweis geliefert wurde, daß dieses Verfahren zum Scheitern verurteilt ist.«

»Und trotzdem werden Kopien hergestellt?«

Ashkenside hatte die irritierende Angewohnheit, nie sofort zu antworten. Er reagierte zunächst nicht, schien nach innen zu lauschen, als würde ihm die Frage von einem unsichtbaren Übersetzer noch mal in einer anderen Sprache vorgetragen. Erst nach 10 oder 15 Sekunden hob er den Kopf und setzte zu einer Antwort an.

»Ja, aber es sind unzulängliche Kopien, mit einer Lebenserwartung zwischen einigen Stunden und ein paar Wochen, je nach Qualität der Aufzeichnung und der Qualität des Kopierverfahrens. Die Qualität kann, nach dem Beweis von Horace Simonson, grundsätzlich über einen gewissen Punkt hinaus nicht verbessert werden. Es ist eine Art Unschärferelation wie in der Teilchenphysik: Ein bestimmter Genauigkeitsgrad kann allein schon deshalb nicht überschritten werden, weil eine Verbesserung der Aufnahme- und Wiedergabequalität sich automatisch aufhebt durch ein stärkeres Eingreifen in die Molekularstruktur selbst. Es gibt demnach einen Grenzwert, an dem eine Erhöhung der Genauigkeit deren Verminderung bewirkt. Die Folgen davon sind Fehler im Molekülaufbau, das heißt, es entstehen vermehrt toxische und karzinogene Verbindungen, die den Organismus über kurz oder lang zerstören. MIDAS wurde daraufhin eingestellt, die Forschungsergebnisse unter Verschluß genommen, alle Informationen unterdrückt.«

»Offenbar nicht umfassend genug.«

»Leider ja. Es gab eine Lücke.«

»Roughtrade?«

»Roughtrade. Er hatte die Einstellung seines Projekts vorausgesehen und rechtzeitig Forschungsunterlagen und vielleicht sogar MIDAS-Aufzeichnungen seiner eigenen Geräte in private Kanäle gelenkt, um seine Arbeiten fortzuführen.«

»Aber er kam doch kurz darauf ...« Ich hielt betroffen inne. Ashkenside nickte. »Wir konnten es zwar nicht beweisen, weil der Leichnam fast völlig verbrannte, aber wir wissen heute mit an Sicherheit grenzender Wahrscheinlichkeit, daß er uns eine Kopie von sich unterschob, daß er selbst aber noch am Leben ist.«

»Und sein Geschäft betreibt.«

»Einen ziemlich gewinnbringenden Konservenhandel«, sagte McEnroe grinsend. »Spitzenwissenschaftler jeder Fachrichtung für jeden erdenklichen Bedarf zu Liebhaberpreisen. Eingelegte Eierköpfe, vor allem für die ehrgeizigen Machthaber der Dritten Welt. Einen Mathematiker hier, einen Computerspezialisten da, einen Atomphysiker dort. Ist Ihnen aufgefallen, daß der Club der Atommächte in den letzten Jahren auf über fünfzig angewachsen ist? Selbst Paraguay und Burkina-

Faso gehören inzwischen dazu. Der Kerl muß in den letzten Jahren ein märchenhaftes Vermögen angehäuft haben.«

»Im Anfang mögen Motive wie Rachsucht mit eine Rolle gespielt haben«, sagte Ashkenside. »Zunächst tauchten fast ausschließlich Kopien von seinen Widersachern auf.« Ashkensides dicke Brillengläser blitzten. Stahl sich tatsächlich die Andeutung eines kleinen hämischen Lächelns in die Mundwinkel? Also doch keine Störung in Brocas Areal, sondern anerzogene Emotionslosigkeit. »Es entbehrt nicht einer gewissen Ironie«, sagte er, »wenn er seine Gegner zur Finanzierung seiner Forschungen benutzte. Später dürften die Wünsche seiner Kunden dezidierter und das Ausmaß seiner Erpreßbarkeit größer geworden sein.«

»Aber wie kam er an die Leute ran?«

»Denken Sie an Andrew Baldenham«, warf Buchan ein.

»Meistens bei wisschenschaftlichen Kongressen, vorzugsweise in Städten wie Manila, Nairobi, Rio de Janeiro, Colombo, Neu Delhi, aber auch Montreal und Mexico City. Man betäubt die Leute in ihrem Hotelzimmer und bringt sie für ein paar Stunden zu einem geeigneten Ort, wo eine Aufnahme von ihnen gemacht wird. Sie erwachen in ihrem Bett, fühlen sich vielleicht unwohl und körperlich angegriffen, aber das ist bei solchen Veranstaltungen nichts Ungewöhnliches, vor allem wenn sie an Orten stattfinden, wo das Klima und die Ernährung nicht den normalen Umständen entsprechen.«

»Aber Andrew wurde verstümmelt und getötet.«

»Ich glaube nicht, daß er getötet wurde, obwohl wir das nicht ausschließen können, weil er als enger Mitarbeiter Roughtrades natürlich sofort dahintergekommen sein dürfte, was gespielt wurde. Die Indizien deuten darauf hin, daß es zu einem Unfall kam. Wahrscheinlich ein Stromausfall oder ein Geräteversagen während des Abtastvorgangs. Die Laserstrahlen könnten ihm die Füße weggebrannt haben, als die Panne passierte. Man hat daraufhin einiges inszeniert, um sie zu vertuschen, vielleich sogar seinen Tod herbeigeführt. Mord ist eher untypisch, obwohl neuerdings einige Fälle aufgetreten sind, bei denen man sich dadurch Repliken gefügig machte.«

»Herb Ashley«, warf Buchan ein.

»Herb Ashley?« fragte ich. »Der Computermann, der es angeblich auf mich abgesehen hatte?«

»Die Obduktion hat ergeben, daß wir es auf *Sunbird 4* mit einer Replik zu tun hatten.« Buchan schüttelte den Kopf. »Es ist mir ein Rätsel, wie sie unbemerkt durch die medizinischen Untersuchungen kommen konnte. Wir werden die Kontrollen drastisch verschärfen müssen. Die Polizei hat inzwischen die Leiche des Originals gefunden.«

»Weshalb hat man ihn umgebracht?«

»Wenn er nur noch als Aufzeichnung existiert, kann man der Kopie einreden, daß es eines Tages durchaus möglich sein könnte, eine Replik medizinisch zu stabilisieren. Dafür kann man schon eine ... ah ... Gefälligkeit erwarten.«

»Eine aufopferungsvolle Gefälligkeit«, warf McEnroe ein und nickte mir zu.

»Und diese Nancy Tanner?«

»Ist auch sehr aufopferungsvoll tätig.« McEnroe lachte. »Wenn auch unfreiwillig.«

»Das sind ekelhafte Randerscheinungen.« Ashkenside hob abwehrend die Hand. »Sie haben mit unserem eigentlichen Problem nichts zu tun.«

Doch McEnroe hörte nicht hin, stand auf und kam zu mir herüber.

»Haben Sie schon mal Video Nasties gesehen?« fragte er mich und rollte die Augen. »Todessex?«

»Ja«, sagte ich. »Ich erinnere mich vage.«

Ich erinnerte mich nur zu deutlich an ein schreckliches Band, das unter den Studenten am College heimlich herumgereicht wurde. ›*Die phantastischen Ruten des Monsieur A*‹ oder so ähnlich hatte es geheißen. Die gräßlichen Bilder hatten mich jahrelang bis in die Träume hinein verfolgt. Eine Szene war mir besonders lebhaft in Erinnerung geblieben: Ein luxuriös eingerichteter Salon in Weiß und Schwarz. Zwei riesige schlanke Männer mit Masken und phantastischem Federschmuck an Kopf, Schultern und Hüften, als hätte Salvador Dali Kostüme für die ›*Zauberflöte*‹ entworfen. Ihre Bewegungen waren die von Tänzern, denen etwas Herrisches — faszinierend und abstoßend zugleich —, Unmenschliches, ja Unirdisches anhaftete. Eine junge Negerin, schön, fast noch ein Kind, ein makelloser Körper, nackt, nur mit einer schwarz-weißen Federmaske bekleidet, dunkle glänzende Haut — hervorragend fotografiert. Während einer der beiden Vogelmenschen sie von hinten begattete, an den Hüften festhielt, ihr Oberkörper waagrecht nach vorn abgebogen, die kleinen spitzen Brüste nach unten gerichtet wie die Zitzen eines schönen, wilden Tiers, die Arme ausgebreitet wie zum Flug, die Beine um die Unterschenkel des Mannes geschlungen, den Mund in aufsteigender Lust geöffnet — trat die dritte Gestalt ins Bild, hob mit einer Hand ein prunkvoll mit Rubinen geschmücktes Ritualschwert, faßte mit der anderen den Kopf des Mädchens — und trennte ihn mit einem Hieb ab. Während der andere mit gemessenen Bewegungen weiter mit dem Torso kopulierte, als sei nichts geschehen, bettete der Henker den abgeschlagenen Kopf in eine weiße Porzellanschale, die mit roten und weißen Blütenblättern gefüllt war.

Die Kamera blieb auf das Gesicht des Mädchens gerichtet, zeigte es in Großaufnahme: die phantastische Maske aus Tauben- und Rabenfedern, die zierliche, etwas zu breite Nase, der wie zu einem kleinen Schrei geöffnete Mund, aus dem, nicht enden wollend, eine immer länger werdende Zunge glitt, die über das kleine Kinn hinabrutschte und zwischen die Blütenblätter kroch wie ein befreites Tier.

»Damals haben sie sich junge, unerfahrene Prostituierte von der Straße geholt«, sagte McEnroe. »Versprachen fünfhundert Dollar für ein paar kurze Einstellungen zu Sexfilmen. Die Leichen haben wir dann in Kellern von verlassenen Häusern in der Bronx gefunden. Manche waren so schauerlich zugerichtet, daß wir sie nicht identifizieren konnten. Ich war damals ein junger Polizist. Das sind Bilder, die ich nie vergessen werde, das kann ich Ihnen sagen.« Er funkelte mich so hart und zornig an, als verdächtige er mich der Komplizenschaft. »Wenn ich einen dieser Kerle erwischt hätte, ich hätte ihn mit meiner 41er Magnum kastriert, das schwöre ich Ihnen!«

Buchan hatte die Schultern hochgezogen und schien etwas peinlich berührt; Ashkenside musterte gelangweilt die mit weißem Plastik beschichteten Blechroste, mit denen die Dekke verkleidet war und hinter denen sich schattenhaft und lautlos die Rotorblätter eines Ventilators bewegten.

»Die vom FBI haben daraufhin ganz hart durchgegriffen«, fuhr McEnroe befriedigt fort, »und die Sauereien hörten schlagartig auf — mit dem Erfolg, daß sie dann ihre Filme in Brasilien oder im Grenzgebiet von Peru und Ecuador drehten und sich ihre Weiber zum Zerhacken bei den Amazonasindianern holten. Denen brauchten sie nur was zum Essen zu versprechen. Perverse Schweine«, sagte er, legte seine fleischige Hand auf den Bauch, spreizte die Finger und schob sie in den Hosenbund. »Das fiel jedenfalls nicht mehr in unseren Zuständigkeitsbereich«, setzte er grinsend hinzu.

»Und was hat das mit Nancy Tanner zu tun?« fragte ich.

»Das ist die neueste Variante«, sagte er und hob die Schultern. »Und dagegen gibt es nicht einmal eine gesetzliche Handhabe, weil offiziell so etwas wie Repliken überhaupt nicht existiert.«

»Wollen Sie damit sagen, daß ... daß Nancy Tanner immer wieder kopiert wird und ...?«

»Mann, sind Sie schwer von Begriff«, sagte er und reckte grimmig das Kinn vor. »Klar! Immer wieder ... Und immer wieder ...« Er hatte seine Rechte zur Faust geballt und fuhr in einer obszönen Geste vor seinem Bauch auf und ab, als würde er sich mit jedem Stoß eine unsichtbare Klinge in die Eingeweide treiben.

»Mein Gott!« flüsterte ich.

»Was sagen Sie?«

»Ach, nichts.«

»Hm«, meinte er, machte kehrt und ließ sich schnaufend auf seinen Stuhl plumpsen.

»Nun ... ich meine, nun, da ich alles weiß«, sagte ich, »was ... was soll mit mir geschehen? Weshalb haben Sie mir das alles ...?«

McEnroe betrachtete seine Fingernägel, Buchan hielt den Blick auf seine makellos glänzenden Lackschuhe gerichtet, und Ashkenside ließ sich mit seiner Antwort diesmal besonders viel Zeit. »Wir brauchen Sie für einen Sondereinsatz, den nur Sie für uns durchführen können«, sagte er.

»Und das wäre?«

Panzerglas blitzte. »Sie werden mit Andrew Baldenham zusammentreffen. Er akzeptiert nur Sie als Kontaktperson. Roughtrade ist an Baldenham herangetreten. Er will über ihn Kontakt mit uns aufnehmen.«

»Weshalb?«

»Keine Ahnung. Vielleicht ist ihm sein Geschäft über den Kopf gewachsen. Vielleicht will er raus aus dem Teufelskreis. Vielleicht hat er uns etwas anzubieten. So genau weiß man das aber bei Roughtrade nie.« Ein Mundwinkel zuckte.

»Und wann soll das Treffen stattfinden?«

»Das wissen wir noch nicht. Aber wahrscheinlich bald.«

»Wo?«

Ashkenside lauschte seiner inneren Stimme und schwieg.

»In Damaskus«, sagte McEnroe grämlich und blickte mich lauernd an. »Kennen Sie die Stadt?«

»Nein«, sagte ich.

McEnroe nickte und fuhr sich mit der Hand über die sorgenvoll gefurchte Stirn. »Wir kriegen das schon hin, Kirk«, sagte er, aber es klang nicht so recht überzeugend.

Es war gegen vier Uhr morgens, als mich Alice mit gebieterischem Westminsterschlag weckte.

»Ein Direktgespräch, Mr. Kirk«, sagte sie munter. »Höchste Dringlichkeit.«

»Okay«, sagte ich schlaftrunken, strich mir die Haare aus der Stirn und setzte mich vor die Kamera, halbwegs gewappnet, mich Andrew im Rollstuhl gegenüberzusehen.

Es war Rut.

»Lebst du noch?«

»Was meinst du damit? Natürlich lebe ich noch.«

»Du weißt genau, daß man heute so was machen kann.«

»Was ›machen‹?«

»Daß man aus alten Filmen und Tonaufzeichnungen von Verstorbenen Szenen mit dem Computer synthetisieren kann, als wären die Leute noch am Leben. Es gibt doch kaum eine Fernsehserie, in der nicht Humphrey Bogart oder Marilyn Monroe oder James Dean mitspielen, die alle schon seit mehr als fünfzig Jahren tot sind.«

»Also, ich versichere dir, ich lebe noch, Rut.«

»Ich habe dein Bild auf dem Monitor, Pete, und höre eine Stimme, die sich wie deine anhört. Aber ich weiß, daß man auch das simulieren kann. Daß es Firmen wie die Calls from Paradise gibt, die für 'ne Menge Geld Gespräche mit Verstorbenen vermitteln.«

»Also, wenn es dich beruhigt, Rut, hier ist nicht die Calls from Paradise, Incorporated. Was du vor dir siehst, bin wirklich und wahrhaftig ich. Und ich bin am Leben und sogar halbwegs munter. Ich schwör's.«

»Du warst dir schon immer so verdammt sicher, was wirklich ist und was nicht. Wo nimmst du bloß immer diese Sicherheit her?«

»Das ist normalerweise gar nicht so schwierig, wenn man sich den Kopf ein bißchen frei hält von …«

»O Pete«, — sie schüttelte traurig den Kopf —, »du weißt nicht nur immer, was wirklich ist, du weißt auch immer, was richtig und anständig ist und was sich für eine Frau gehört, was schicklich ist …«

»Nicht ›schicklich‹, Rut. Sei nicht ungerecht. Nur ›fair‹.«

»Aber was fair ist, bestimmst du.«

»Hab' ich mich für die Glückwünsche zum Geburtstag bedankt?«

»Ach, bitte, Pete. Wenn wir beide ein Gespräch anfangen, läuft's nach ein paar Sätzen schon wieder schief.«

»Das war früher aber nicht so.«

»Da warst du auch anders. Nicht so sicher, so … so selbstgerecht.« Sie wandte den Kopf zur Seite. Sie hatte das Haar wachsen lassen und trug diese Ringellocken, die junge Frauen so schön liederlich aussehen machen und die ich so an ihr mochte, als wir uns kennenlernten. Nun war sie fast schon ein bißchen zu alt dafür. Sie fuhr sich mit dem Handrücken über die Nase und hielt den Kopf gesenkt. »Wir waren beide früher anders«, sagte sie leise.

»Und um mir das zu sagen, rufst du mich nachts um drei an?«

»Es ist noch nicht mal zwölf … Hör mal, du sagst das so, als sei ich daran schuld, wenn ihr in Florida drei Stunden früher dran seid …«

»Von wo aus rufst du an?«

»Von zu Hause natürlich.«

Sie sagte das, als hätten wir uns letzte Woche getrennt und nicht vor fast einem Jahr.

Jetzt erkannte ich das leinenbezogene Sofa, auf dem sie saß, in ihrem Bademantel aus weißem Frottee, die Füße unter die Schenkel gezogen, als fröre sie. Neben ihr der Korbtisch mit der runden Glasplatte, auf dem sich meine ungelesenen

Zeitschriften türmten. Sie war in unserer früheren gemeinsamen Wohnung in Portland.

»Sie haben mich nicht zu dir gelassen«, erklärte sie trotzig. Sie preßte die Lippen zusammen, und ich bemerkte, daß die Falten um ihren Mund tiefer geworden waren. Das gab ihr einen bitteren Zug, den ich noch nie an ihr gesehen hatte.

»Wer sind ›sie‹?« fragte ich.

»Keine Ahnung. Diese Leute nennen doch nie ihre Namen. Ich habe mich aber nicht abwimmeln lassen. Schließlich haben sie mich zu so einem aalglatten spaghettifressenden Mafioso geführt — Buchan oder so hieß der —, und der Schweinekerl sagte, er sei ›überrascht über mein Ansinnen‹. Ich sagte ihm: ›Ich bin seine Frau, verdammt noch mal, und ich bin extra hierher geflogen, um zu sehen, wie's ihm geht.‹ Da sagt doch dieser unverschämte Zwerg zu mir, woher plötzlich dieses Interesse käme, nachdem ich seit zehn Monaten nichts hätte von mir hören lassen. Woher er das wissen wolle, habe ich ihn gefragt, und daß das überhaupt nicht stimme. Sagt doch das Schwein, daß er das sehr wohl wisse, und die Art von Grüßen, die ich dir geschickt habe, seien ihm bekannt, und er habe sich über die reizenden Aufmerksamkeiten gefreut. Ich habe ihm auf den Kopf zugesagt, daß er schwul sei, und ein Dreckskerl dazu.«

»Buchan ist der Sicherheitschef der NASA. Mich wundert's, daß er überhaupt mit dir geredet hat. Vielleicht wollte er den Absender der … der ›Aufmerksamkeiten‹ persönlich kennenlernen.«

Mir war die winzige Bildstörung nicht entgangen, die unmittelbar nach dem Wort NASA über den Bildschirm geflikkert war. Irgendwo im Pool hatte ein Haken gegriffen und ein Aufzeichnungsgerät eingeschaltet. Ich hätte es wissen müssen. Wie konnte ich nur so blöd sein? Aber jetzt war es zu spät.

»Er sagte mir, ›meinem Ersuchen könne aus Sicherheitsgründen nicht stattgegeben werden‹. Dann erwähnte er was von einer Operation. Werden sie dich noch mal operieren?«

»Das hast du falsch verstanden, Rut. Ich bin gesund. Ich werde nicht operiert.«

»Sag mir die Wahrheit, Pete!«

»Das ist die Wahrheit.«

»Weshalb hat man mir bis heute kein Direktgespräch mit dir erlaubt? Ich habe es mindestens zehnmal versucht. Du seist im Moment nicht zu erreichen, sagte man mir immer wieder. Was geht da vor sich, Pete?«

Ich sah Buchans unbewegliches Gesicht vor mir, während er die Aufzeichnung dieses Gesprächs studierte.

»Ich weiß nicht, Rut. Und selbst wenn ich es wüßte, ich könnte es dir nicht sagen.«

»Ist es gefährlich?«

»Nein, es ist nicht gefährlich. Es geht um einen guten Freund, dem ich aus der Patsche helfen muß. Es ist alles ein bißchen zu kompliziert, als daß ich es dir in ein paar Sätzen erklären könnte, weißt du ...«

»Paß gut auf dich auf! Ich hab' mir Sorgen um dich gemacht. Wenn ich dir irgendwie helfen kann ...«

»Das ist lieb von dir, Rut.«

»Manchmal habe ich das Gefühl, wir sind beide schon tot. Als habe uns irgend etwas irgendwann unser Leben gestohlen, ohne daß wir es gleich gemerkt hätten.«

Ich sah, daß sie weinte, sah Buchans spöttisches Grinsen über so viel Gefühlsaufwallung und schwieg.

»Kommst du nach Hause, wenn es vorüber ist?«

»Wir werden sehen.«

»Bitte.«

»Okay«, sagte ich zärtlicher als beabsichtigt.

»Gute Nacht, Pete.«

»Gute Nacht.«

Ich trennte mit einer hastigen Bewegung die Verbindung,

spürte, wie der Panzer in mir zerbrach. Und mit einemmal bemerkte ich überrascht, daß er mir eine Last geworden war.

Ich starrte den Bildschirm an, bis Alice erschien und mich fragte: »Brauchen Sie mich noch, Mr. Kirk?«

»Nein, danke«, sagte ich, tappte in die Küche und holte mir aus dem Kühlschrank eine Dose Bier. Es war die letzte, und sie war viel zu kalt. Ich rollte sie zwischen den Handflächen hin und her, bevor ich sie aufriß. Sie gab nur drei oder vier Schlucke einer ekelhaften, nach Metall schmeckenden Flüssigkeit her, der Rest war zu einem Klumpen Eis gefroren. Ich rollte die Büchse über die nackte Brust und ging ins Bad.

»Das ist unsere Liebe, Pete«, sagte ich zu meinem Spiegelbild über dem Waschbecken. »Du bist ein grämlicher alter Sack geworden. Verletzte Eitelkeit, und jetzt läuft dir vor lauter Rührung und Selbstmitleid der Rotz zusammen.«

Ich steckte den Finger in den Rachen und erbrach das schale Bier ins Waschbecken, spülte mir den Mund aus und löschte das Licht.

Wie hat sie das mit der Wirklichkeit gemeint? fragte ich mich, als ich wieder im Bett lag, doch bevor ich den Faden eines Gedankens zu fassen bekam, war ich eingeschlafen.

Ich träumte von dem Mann mit dem zerhackten Gesicht, dem ich auf der *Sultan Ahmet* begegnet war. Er nickte mir freundlich zu und entblößte ein Gebiß aus Gold. Seine schrecklich zugerichteten Züge, deren Narben und Falten zu einer grotesken Maske erstarrt waren, wurden von einem weichen, breitkrempigen Hut beschattet und wirkten verzerrt, wie durch eine Fischaugenlinse gesehen. Seine erschrekkend großen Hände umfaßten den runden blechernen Zukkernapf und schoben ihn über den Tresen auf mich zu, langsam, wie in Zeitlupe. Als ich den Deckel aufklappte, blickte ich in das Gesicht von Rut. Ihr Mund öffnete sich und ihre Zunge begann herauszugleiten wie eine Schlange …

Ich erwachte mit einem Schrei, erhob mich und taumelte zum Fenster. Ich riß es auf und atmete keuchend. Es war ein grauer Tag. Der Wind hatte gedreht und wehte von der Lagune her. Die Luft war schwül und stickig, trug den Geruch von Aas und toten Wassern. Das Geschrei der Möwen klang schrill und aufgeregt.

Sie werden von nun an keinen Schritt mehr alleine tun, hatte McEnroe zu mir gesagt. Es werden ständig ein oder zwei meiner Leute ein Auge auf Sie haben. Sie werden sich abwechseln, und Sie werden nicht wissen, wer es ist. Sie werden mit Ihnen nur in unmittelbaren Kontakt treten, wenn es sein muß.

Sechs- oder siebenmal machte ich meine Runde durch den fast vollbesetzten Jumbo, dann glaubte ich, meine beiden Schutzengel dingfest gemacht zu haben. Beide ziemlich weit hinten in der Maschine, um alles im Blickfeld zu haben und rasch eingreifen zu können, wenn sich irgendwo weiter vorn etwas anbahnen sollte. Der eine war ein dunkelhaariger Mann Mitte Dreißig in einem dunklen Anzug, der mit seinem schwarzen Diplomatenköfferchen auf dem Schoß zu sehr wie ein reisender Geschäftsmann aussah, um einer zu sein, und jedesmal, wenn ich vorbeikam, besonders aufmerksam die Zeitschriften studierte, die er auf seinem Köfferchen ausgebreitet hatte. Der andere, vielleicht vierzig, mittelblond, kurz geschnittenes Haar, Tweedsakko, blau-weiß kariertes Sporthemd, ebenfalls dauernd ein Köfferchen auf dem Schoß. Er saß am hinteren linken Notausstieg, die Beine lang ausgestreckt, und blickte jedesmal, wenn ich ihn prüfend musterte, interessiert aus dem Fenster, obwohl es draußen nichts zu sehen gab als eine graue Wolkendecke in etwa viertausend Metern Höhe, die fast den ganzen Nordatlantik überzog.

McEnroe, dachte ich triumphierend, ich werde dir auf den Kopf zusagen, wer meine beiden Flugbegleiter waren.

Beide stiegen in Rom aus. Ich gab es auf, Detektiv zu spielen.

22.00 Uhr Ortszeit. Leonardo da Vince Aeroporto. Panzerfahrzeuge fahren auf; mit Maschinenpistolen bewaffnete Soldaten in Kampfanzügen umstellen die Maschine. Verschärfte Sicherheitsmaßnahmen, Nordafrika ist nicht weit. Vielleicht eine Bombendrohung. Alle müssen von Bord. Ein Hauch von Vorfrühling ist in der Luft.

Das Gepäck wird entladen und muß Stück für Stück identifiziert werden. Männer in rostroten Overalls, an denen handgroße Ausweise mit Farbfotos baumeln — bäuerliche Gesichter, zu amtlicher Wichtigkeit erstarrt, schnauzbärtig und zum Verwechseln ähnlich —, hieven geduldig die Koffer auf niedrige Karren.

Nach zwei Stunden dürfen wir wieder an Bord. Kranke werden gebracht und auf die vorderen Sitzreihen gebettet. Dunkelhäutige Gestalten, alt und hinfällig, nur mit Pyjamas bekleidet und in Decken gehüllt.

Zwei junge Männer in schwarzen Anzügen und derben Schuhen tragen einen Greis herein. Seine Enkel? Sie schleppen den mageren braunen Körper, an Beinen und Schultern gepackt, schnaufend und ungeschickt. Der eine läßt zu früh los, der Greis schlägt mit dem Kopf auf die Armlehne. Ein leiser Schrei entfährt ihm, als der Tölpel ihm auf die kraftlos herabfallende Hand tritt. Ein Steward nimmt sich der Sache an, schickt die beiden Burschen nach hinten. Der Alte blickt dankbar zu ihm auf. Sein Pyjama ist verrutscht; ich sehe unter dem durchsichtigen Film eines Sprühverbandes eine frische Operationsnarbe, die unter seinem Herzen beginnt und quer über den Leib bis zur rechten Hüfte verläuft. Seine Augen sind trübe von Schmerz und Drogen.

»Es sind Syrer, keine Palästinenser«, glaubt der Steward mich beruhigen zu müssen.

Ich zucke die Achseln.

Wir rollen an den Start. Die gepanzerten Fahrzeuge flankieren uns wieder; die Läufe der Maschinengewehre sind ins nächtliche Dunkel jenseits der Befeuerung gerichtet. Als der Jumbo schneller wird, bleibt die Eskorte zurück. Sofort nach dem Abheben geht unsere Maschine in eine steile Linkskurve, um die Flugschneise so schnell wie möglich zu verlassen. Vielleicht befürchtet man Beschuß vom Boden aus.

Rom ist ein Meer aus Lichtern, obwohl Mitternacht längst vorbei ist. Mittendrin, breit hingelagert, der düstere steinerne Schoß des Vatikan.

Die Gipfel des Antilibanon ragten im Mondlicht wie helle Riffe aus den Gewitterwolken, die, von rotem Wetterleuchten durchzuckt, die Täler füllten.

Die Maschine flog eine weite Kehre über der Wüste und wurde von heftigen Turbulenzen geschüttelt, bevor sie zur Landung ansetzte. Geisterhaftes Blau ringsum, die Pistenbefeuerung, man schwebt wie über Veilchenfelder. Dann setzten wir rumpelnd und schwankend auf.

DAMASCUS INT. AIRPORT stand in mannshoher Leuchtschrift über dem Flughafengebäude, ein zweigeschossiger Zweckbau, mit etwas Alhambra verbrämt.

Ein heißer staubiger Wind fegte von den Golan-Höhen herab, Vorbote des nahenden Gewitters. Die Luftschiffe der arabischen Handelsfahrer, die sonst durch den Schmuck ihrer farbigen Ornamente, mit denen sie meist über und über bemalt und beklebt sind, aussehen wie stolze fliegende Paläste aus 1001 Nacht, zerrten wie wildgewordene chinesische Drachen an ihren Verankerungen, und die Bodenmannschaften hatten alle Hände voll zu tun, um sie niederzuhalten und mit zusätzlichen Leinen zu sichern.

»Sie brauchen sich nicht um Ihr Gepäck zu kümmern, Mr. Kirk«, sagte ein kleiner rundlicher Herr zu mir, »wir werden abgeholt.« Er war so um die sechzig, trug einen blauen Blazer und graue Hosen, hatte eine altmodische schwarze Aktentasche und einen Stockschirm in der Hand. »Fuller ist mein Name«, sagte er und lächelte mir zu. Er strich sich die langen weißen Haare an den Schläfen zurück und rückte seine Brille zurecht. »Ich habe seit Washington hinter Ihnen gesessen.«

»Ich weiß«, sagte ich. »Und haben unaufhörlich Kreuzworträtsel gelöst.«

»Gut für das Gedächtnis«, erklärte er. »Bitte warten Sie hier.« Er wandte sich an einen uniformierten Flughafenbeamten und holte eine Klarsichtmappe aus seiner Aktentasche.

Damaskus ist die uralte Drehscheibe des Orients, hieß es in dem Prospekt, der am Tresen für einreisende Ausländer bereitlag. *Seit mehr als vier Jahrtausenden Kreuzungspunkt der Handelsstraßen von Afrika und Europa nach Asien ... Vorposten Europas ... Wiege der Kultur und der Weltreligionen ... Seit der Jahrhundertwende politischer Brennpunkt der Region. Nachdem Beirut in einem vierzigjährigen Bürgerkrieg zerstört, Bagdad in einem endlosen Zwist ausgeblutet, Jerusalem zu einem blutigen Richtplatz unversöhnlichen Hasses geworden und Kairo zu einer übervölkerten Kloake verkommen sind, präsentiert sich Damaskus als eine Oase des Friedens und der Begegnung ... Durch die vorbildliche liberalsozialistische Politik unsers Staatspräsidenten, der das Erbe des unsterblichen Assad weise verwaltet und vermehrt hat ... Stadt der Tagungen und internationalen Kongresse, der Kunst ... Begegnungen von Orient und Okzident ...*

Ich musterte das Porträt des Präsidenten, das an jeder Wand mehrfach prangte.

»Wissen Sie, weshalb die führenden Leute hier so kantige Schädel haben?« fragte Fuller. »Sie legen den Neugeborenen flache Steine unter den Kopf. Das wölbt den Schädel auf und schafft mehr Volumen für die Großhirnrinde. — Ohne Spaß!« versicherte er, als ich ihn zweifelnd anblickte. »Geheimrezept. Seit Generationen erprobt!«

Ein Beamter winkte uns durch die Paßkontrolle.

In der Schalterhalle lagerten trotz der frühen Morgenstunde Menschengruppen auf dem Boden, hauptsächlich Frauen, halbverschleiert, in weiße Gewänder gehüllt, Mütter, manche noch unglaublich jung, ihre schlafenden Kinder an Brust und Schulter gebettet, grazile Hände, mit dicken Silberreifen an kindlich schlanken Handgelenken.

Ein alter Jumbo der Syrianair preschte über die Piste und hob endlich die Nase in den Wind. Das Donnern seiner Triebwerke ließ die Glasfassade der Lounge erzittern.

Unser Fahrer war ein großer dürrer Mann, um die Dreißig, mit Stirnglatze und schütterem hellblonden Haar, einem hageren knochigen Gesicht und kalten blaugrauen Augen. Er war einsilbig und mürrisch, brachte kaum den Mund auf zu einer Begrüßung. Die amerikanische Botschaft hatte ihn geschickt, um uns abzuholen und ins Hotel zu bringen. Fuller und ich setzten uns hinten in den Wagen.

Ein heftiger Wind treibt Staub und Plastikfetzen quer über die Fahrbahn, die zu Hunderten an Maschendrahtzäunen hängenbleiben. Immer wieder stehen unbeleuchtete Lastwagen am Straßenrand. Es beginnt zu regnen. Plötzlich stieben Funkenflug und schwarzer Rauch über die Straße. Ein Unfall? Eine vermummte Gestalt rennt vor uns über die Fahrbahn. Unser Fahrer bremst ab und holt eine Pistole aus dem Handschuhfach. Eine zweite vermummte Gestalt taucht auf, ein Arbeiter, der sich einen Sack über den Kopf gezogen hat. Sie haben Müll verbrannt und suchen vor dem Regen Schutz in einer elenden Bretterhütte auf der anderen Straßenseite. Der Mann blickt in den Wagen und weicht erschrocken zurück, als er die Pistole auf sich gerichtet sieht. Wir fahren weiter. Der Regen wird stärker, sieht im Zucken der Blitze weiß aus wie Reis, der übers Land ausgeschüttet wird. Windgepeitschte Zypressen, kahle Pappeln und Eukalyptus. Niedrige häßliche Bauten tauchen auf, aus Lehm oder grauen Hohlblocksteinen, manche mit rostigem Wellblech verkleidet, schaukelnde Fernsehantennen, dicht wie Buschwerk, über den Dächern.

In der Stadt hatte es nicht geregnet. Die Straßen waren trocken und staubig. Nur wenige Autos waren unterwegs. In den Vorgärten blühten die Pfirsich- und Mandelbäume. Als wir das Hotel erreichten, war es heller Tag. Die Sonne kämpfte sich durch dichte graubraune Wolkenbänke, die den Horizont belagerten.

Das Sheraton ist nicht das beste Hotel am Ort, aber es ist der traditionelle Treffpunkt der Amerikaner. Es ist äußerlich ein unansehnlicher sechsstöckiger Kasten aus den siebziger Jahren des vorigen Jahrhunderts, mit schießschartenartigen Fenstern, über denen im sechsten Stock die Doppelloggien der Suiten hängen wie nachträglich angeklebte Taubenschläge, und einem gewölbten bunkerartigen Gebilde an der Auffahrt, in dem die eintreffenden Autos verschwinden wie in einem Straßentunnel. Aber das Hotel hat den Vorteil, daß es etwas abseits liegt südwestlich des Omajjaden-Platzes zwischen der Faez Mansur-Autostraße nach Quneitra, der Bahnlinie nach Beirut und der Avenue Choukry Kouwatly, auf der vor hundert Jahren Mark Twain, vom Libanon kommend, erschöpft und mit wundem Hintern in die syrische Metropole einritt.

McEnroe erwartete uns an der Rezeption, sah verschwitzt und übernächtigt aus, sein Gesicht wirkte schwammig, seine Augen waren blutunterlaufen, und sein Atem roch nach Whisky.

»Wir haben zwei Suiten im sechsten Stock«, sagte er. »Sie bleiben besser auf dem Zimmer, Kirk, damit Sie für mich immer zu erreichen sind. Keine Kontakte, auch nicht über Videophon. Das gilt auch für das Hotelpersonal. Wenn Sie was brauchen, sagen Sie es Fuller. Er besorgt es für Sie. Er hat das Zimmer neben Ihnen. Wenn jemand klopft, macht er auf. Das mag Ihnen übertrieben erscheinen, aber unsere Lage ist noch ziemlich unübersichtlich.«

»Noch keine Nachricht von Roughtrade oder Andrew?« fragte ich.

»Noch nichts. Aber das kann sich sehr schnell ändern, nachdem Sie nun da sind. Legen Sie sich am besten aufs Ohr und schlafen Sie ein paar Stunden. Wollen Sie frühstükken?«

»Ich hätte nichts dagegen«, sagte Fuller. »Das Dinner gab's irgendwo südöstlich der Azoren. Das ist gut dreitausend Meilen her.«

»Ich schick' euch was rauf.«

Der Aufzug war mit ziseliertem Messingblech ausgekleidet. Die angeschlagene Speisekarte der Omajjaden-Moschee nachempfunden. Die Suite war üppig möbliert; überall wuchernde fleischige Topfpflanzen, dicke Teppiche, gewaltige Diwane und Chaiselongues, Lederpuffe und riesige Sessel und allenthalben eine verschwenderische Fülle von Seidenkissen wie im Zelt des Kalifen von Bagdad.

Das Frühstück war nicht weniger opulent: mit Hackfleisch und Nüssen gefüllte, in Olivenöl eingelegte kleine Auberginen, kandierte Auberginen mit Honig, weißer kremiger Schafskäse, mit Olivenöl beträufelt und mit Oregano bestreut, frischgebackenes Fladenbrot, Weintrauben, Feigen und Datteln. Der Tee war mit grünen Zweiglein Pfefferminze gewürzt, der Kaffee mit einem Hauch Zimt verfeinert. Mein Weltbild wurde, was die arabische Küche betraf, gründlich revidiert.

Um die Mittagszeit weckte uns McEnroe.

»Wir haben einen Anruf, der zu einer Kontaktaufnahme führen könnte. Machen Sie sich fertig, Kirk! Nehmen Sie ein Taxi und fahren Sie ...«, — er blickte auf einen Zettel —, »zum Jabal Kassioun. Das ist der langgestreckte Bergrücken nordwestlich der Stadt. Da muß es so eine Art Vergnügungspark für Kinder geben, Café-Terrassen und so was. Fuller, Sie folgen mit dem Wagen! Nehmen Sie Piercy mit! Man hat uns keine Uhrzeit angegeben. ›Im Laufe des Nachmittags‹, hieß es nur. Alles klar?«

»Mir ist überhaupt nichts klar«, sagte ich.

Er musterte mich einen Moment lang verdrießlich, dann knurrte er: »Mir auch nicht, Sportsfreund. Aber wir werden schon sehen. Ich habe ein ganz gutes Gefühl. Okay?«

»Wenn Ihnen das genügt.«

»Es genügt mir *nicht*, Sie Komiker«, herrschte er mich an. »Aber wenn ich nicht mehr in den Händen habe, muß ich mich darauf verlassen. Und ich kann mich darauf verlassen, sonst wäre ich in diesem Job nicht so alt geworden. Verstanden?«

Ich hob beschwichtigend die Hände.

»Okay«, sagte ich, »okay, okay!«

Der Jabal Kassioun ist ein kahler ockerfarbener Höhenzug, den man ziemlich willkürlich und lieblos mit Radarstationen, Satellitenantennen und Sendemasten bepflanzt hat. Auf halber Höhe ist eine Art Terrasse, auf der sich, wenn die Zeit der ärgsten Hitze vorüber ist, zahlreiche Damaszener mit ihren Kindern einfinden.

Die Parkplätze wurden immer voller, je mehr der Tag sich neigte. Bei den Autoscootern, den Karussells und in den Spielhallen beim elektronischen Djihad herrschte bereits Hochbetrieb. Kindergeschrei. Mädchen flanierten in Gruppen, auffallend stark geschminkt. Ihre Blicke waren neugierig, abschätzend, selbstbewußt.

Nachdem ich mehr als zwei Stunden vergeblich auf und ab geschlendert war, entdeckte ich einen Stand, an dem gekühltes Bier angeboten wurde. Ich kaufte zwei Büchsen Henninger und sah mich sofort von einem halben Dutzend Jungen in khakifarbenen Schuluniformen umlagert. Ich wußte ihr Interesse nicht gleich zu deuten, bis mir einfiel, daß ich mich in einem islamischen Land befand, in dem der Alkohol verpönt ist. Wahrscheinlich warteten sie darauf, daß ich betrunken umfiele, wie man es sie in der Schule abschreckend gelehrt hatte.

Ich setzte mich an einen Tisch, an dem Kinder Eis gegessen hatten. In der himbeerfarbenen Soße auf dem Grund der flachen weißen Plastikschalen schwammen tote Ameisen. An der Betonwand gegenüber entdeckte ich alte Bekannte: medaillonartige Plastikreliefs von Donald Duck und Micky Mouse, einst gewiß farbig bemalt, nun von Wind und Wetter fast bis zur Unkenntlichkeit entstellt. Reste der Popkultur aus dem vorigen Jahrhundert.

Ich trank mein Bier aus, stand zur Enttäuschung der Jungen auf, ohne umzufallen, und schlenderte zum Rand der Terrasse, von wo aus man einen herrlichen Blick über die einstige Oase der sieben Flüsse hat, die längst in Beton gezwängte unterirdische Kloaken sind.

Die Luft ist wie dunstig vom Staub, den der Wind aus der Wüste heranträgt. Im malvenfarbenen Himmel schwimmt eine seltsam konturlose Sonne, wie zerfasert und in Auflösung begriffen. Ihr Licht läßt die Viermillionenstadt unwirklich erscheinen: ein zimtfarbenes Halbrelief vor dem Ocker und Grau des Hintergrunds, krustenartig, wie nach einem wundersamen Niederschlag aus dem Boden der Wüsten kristallisiert, durchwuchert von Friedhöfen, die aussehen wie trokkengefallene Korallenstöcke, mit langen schlanken Grabsteinen, als schöbe sich bleiches Gebein aus dem Staub. Weit im Osten erkenne ich die Kuppeln und Minaretts der Omajjaden-Moschee.

»Genau da, wo Sie jetzt stehen, Mr. Kirk, stand im Herbst 635 der letzte Statthalter Ostroms und nahm Abschied von dieser Stadt. Herakles war sein Name. Er soll geweint haben, berichtet die Legende.« Neben mir stand ein eher kleiner Mann, um die Vierzig, mit kurzgestutztem schwarzen Kinn-

und Schnurrbart, lebhaften dunklen Augen und einem freundlichen, offenen Gesicht. Er trug einen dunklen Anzug mit Weste und sah aus wie ein Jurist oder ein Schullehrer. Sein Englisch hatte einen leichten französischen Akzent.

»Chalid, das Schwert Gottes, brach aus der Wüste hervor und schlug mit seinen 40 000 Kriegern 250 000 oströmische Legionäre am Jarmuk, fünfzig Meilen südwestlich von hier, in die Flucht. Ein halbes Jahr hielt Damaskus der Belagerung stand, dann mußte es aufgegeben werden. Das war der Anfang vom Ende Konstantinopels.« Er breitete resigniert die Arme aus.

»Woher wissen Sie meinen Namen?«

»Ich soll Ihnen Grüße von Mr. Baldenham bestellen. Er freut sich darauf, Sie wiederzusehen.«

»Wie geht es ihm?«

»Es geht ihm nicht gut, aber er wird voraussichtlich lange genug leben, um seinen Auftrag zu erfüllen.«

»Wo ist er?«

»In der Stadt.«

»Dann bringen Sie mich zu ihm!«

»Wappnen Sie sich mit Geduld, Mr. Kirk. Wir wissen noch nicht mit Sicherheit, ob es nur Ihre Leute sind, die uns beschatten.«

»Wer sind ›wir‹?«

»Es gibt bei uns ein Sprichwort, Mr. Kirk. Es lautet: ›Dem Dürstenden, der um Wasser bittet, wird ein Trank gewährt. Fragt er nach dem Brunnen, mag er leicht umkommen.‹ Haben Sie verstanden?«

»Ja. Deshalb werde ich Sie auch gar nicht erst nach Ihrem Namen fragen.«

Er nickte.

»Aber wie soll ich wissen, daß Mr. Baldenham Sie schickt?«

»Er hat mir aufgetragen, Ihnen folgendes zu sagen. Ich verstehe es nicht, aber er meinte, Sie wüßten sofort, um was es sich handelt. Er sagte: ›Erinnerst du dich an die Feuersäule, kürzlich am Abend, an den Fischer und an die Fische, denen das Singen verging?‹«

Ich lächelte unwillkürlich und erinnerte mich an unseren letzten gemeinsamen Abend in Batticaloa, an den Mann, der in der Abenddämmerung durchs flache Wasser gewatet war, an die Feuersäule am Himmel. Wie weit mochte der Abend für Andrew zurückliegen?

»Kommen Sie morgen mittag zum Makam al-Sitt Zainab. Vielleicht kommen wir von dort aus einen Schritt weiter. Sagen Sie Ihren Leuten, sie sollen zu Hause bleiben.«

»Ich fürchte, das zu bestimmen, liegt außerhalb meiner Möglichkeiten.«

»Versuchen Sie's trotzdem! Ich möchte kein Aufsehen und noch weniger, daß jemand zu Schaden kommt. Nehmen Sie ein Taxi und fahren Sie allein.«

»Wie heißt der Ort?«

»Makam al-Sitt Zainab. Die Grabstätte der Tochter Alis. Ein schiitischer Wallfahrtsort ganz in der Nähe des iranischen Flüchtlingslagers.«

Er drehte sich grußlos um und ging.

McEnroe schnaubte zunächst skeptisch, nachdem ich berichtet und den Vorschlag unterbreitet hatte, allein zu gehen. Er warf einen fragenden Blick zu Fuller, der mit ausdrucksloser Miene an dem mit bunten Kordeln verzierten Mundstück einer Wasserpfeife nuckelte, die er sich vom Room Service hatte aufs Zimmer bringen lassen.

»Können Sie mit einer Pistole umgehen, Kirk?«

»Nein. Ich hasse Waffen.«

McEnroe seufzte. Fuller kicherte, ließ seine Aktentasche aufschnappen und zog eine Maschinenpistole heraus.

»Soll ich's ihm beibringen?« fragte er.

»Tut mir leid, aber ich werde so ein Ding nicht anrühren.«

»Was sollen diese Zicken, Kirk?« knurrte McEnroe.

»Das sind keine Zicken. Das ist mein Ernst.«

»Sollen wir ihn so gehen lassen?« fragte er, an Fuller gewandt.

Der zuckte die Achseln und verstaute seine Waffe wieder in der Aktentasche. »Es bleibt uns ja nichts anderes übrig.«

Das hörte sich alles ein bißchen abgekartet an. Spielten die beiden Schabernack mit mir?

»Sie werden sich doch an die Abmachung halten?« erkundigte ich mich mißtrauisch.

»Aber klar doch!« beteuerte McEnroe und breitete die Arme aus. »Ich bin froh, daß wir endlich den Kontakt haben. Ich werde den Teufel tun und ihn gefährden.«

Die Wasserpfeife blubberte. Der brennende Tabak roch würzig und hatte einen süßlichen Beigeschmack.

»Sollten Sie auf Baldenham stoßen, bringen Sie ihn auf dem schnellsten Wege hierher. Wir werden ihn ins amerikanische Militärhospital in Douma bringen lassen. Er benötigt dringend ärztliche Hilfe. Und ich habe eine ganze Menge Fragen an ihn.«

Das Makam al-Sitt Zainab ist ein großes ummauertes Geviert, in dessen Mitte sich eine architektonisch einfallslose Moschee mit einem Minarett erhebt, das mit rautenförmigen grün und blau gemusterten Kacheln verkleidet und mit einer Batterie rostiger Lautsprecher bestückt war. Über dem Tor hatte man eine häßliche, viereckige, graue Betonplatte angebracht, auf der das große weiße Zifferblatt einer Bahnhofsuhr prangte. Die Zeiger standen auf fünf nach zwölf.

Der Ort hatte selbst im hellen Mittagslicht etwas Düsteres, Todesnahes, und die Trostlosigkeit wurde noch verstärkt durch Hunderte von Armeezelten in ausgeblichenen Tarnfarben, die man in parallelen Reihen in die Wüste gestellt und mit Stacheldrahtrollen umgeben hatte. Kein Baum, kein Strauch, so weit das Auge reichte, Tanklastwagen mit Trinkwasser in den staubigen Straßen, schwarzgekleidete, tiefverschleierte Frauen mit bunten Plastikeimern, die davor Schlange standen, häßliche betonierte Waschstellen, spielende Kinder, doch auch sie leise, ohne Fröhlichkeit. Die Mädchen mit Kopftüchern und knöchellangen Kleidern.

Es sind die Reste des Ayatollah-Regimes. Während des Militärputsches im Iran hat sich das Volk grausam an der Geistlichkeit gerächt für das sinnlos geflossene Blut am Golf, die Millionen Toten, hauptsächlich Kinder, die unerfüllt gebliebenen Hoffnungen nach dem Sturz des Schahs, für den Terror der schiitischen Inquisition. Mehr als 50 000 Mullahs sollen den Tod gefunden haben, erstochen, erschlagen, gevierteilt und bei lebendigem Leibe öffentlich verbrannt. Ein Schlag, von dem sich die schiitische Geistlichkeit nie mehr wird erholen können. Die Überlebenden waren überall unwillkommene Flüchtlinge; nur Syrien hatte einem Teil von ihnen Asyl gewährt: Mullahs und ihre Angehörigen, denen die Flucht über den Persischen Golf gelungen war.

»Allah ist immer nur mit den Rechtgläubigen«, sagte ein alter Mann neben mir in fehlerlosem Englisch. »Das war schon zu Zeiten Zainabs und ihrer Brüder Hussein und Hassan so. Sie waren sich des Beistands Allahs zu sicher, aber er hat gleichgültig zugesehen, wie Prinz Hussein getötet wurde. Schiiten!« Er spuckte in den Staub. »Während des Golfkriegs haben sie hier jeden Abend ihre Haßgesänge gegen die Wände gebrüllt, und die Frauen haben stolz die Bilder ihrer gefallenen Söhne vor sich hergetragen, oder Bilder von Khomeini, dem alten Gauner. Nun sind sie alle tot«, sagte er achselzuckend. »Und Allah hat wieder gleichgültig zugesehen. Geblieben sind nur Trauer und Erbitterung. Doch viele sind jetzt nur noch fester im Glauben.« Er hob den Stock und stieß ihn heftig in den Staub. »Die Legende sagt, daß nach der Zerstörung der Welt Allah zuerst wieder in der Omajjaden-Moschee angebetet werden wird. Nicht in Mekka, nicht in Jerusalem und auch nicht hier.« Wieder stieß er mit dem Stock in den Staub.

»Wo haben Sie so gut Englisch gelernt?«

Er war ärmlich gekleidet, trug eine schwarze Pluderhose und eine geflickte alte Uniformjacke; um den Kopf hatte er kunstvoll ein rot-weiß kariertes Tuch mit weißen Troddeln geschlungen.

Er hob den Blick, als müsse er mein Gesicht durch seine starke Brille näher betrachten, bevor er antworten wollte. Er hatte nur noch einen gelben Zahnstumpf im Unterkiefer.

»Meine Familie hatte ein großes Hotel in Beirut. Viele ausländische Touristen, natürlich vor dem Krieg. Nun bin ich arm; verdiene mir ab und zu ein Pfund wie jetzt, indem ich Ihnen sage, daß Sie zu dem grauen Lieferwagen dort drüben gehen sollen.« Er deutete mit dem Stock. »Machen Sie die hintere Tür auf und steigen Sie ein. Sie werden dort einen alten Bekannten treffen. Sie brauchen nicht zu rennen!« rief er mir nach. »Er wartet auf Sie.«

»Eben deshalb.«

»Andrew!« rief ich, während ich die Tür aufriß, doch es war der Mann vom Jabal Kassioun, der auf der rechten Seitenbank saß.

»Steigen Sie ein, Mr. Kirk, und machen Sie die Tür zu!« sagte er. »Wir werden jetzt eine Rundfahrt durch die Altstadt machen. Ich traue nämlich Ihren Leuten nicht. Sie könnten eine Dummheit machen und dabei an die Falschen geraten.«

»Sind sie doch hinter mir her?«

»Ich weiß es nicht, aber ich halte es für möglich.«

»Man hat mir versprochen ...«

Er winkte ab und schlug mit der Faust an die Rückwand

der Fahrerkabine. Das Gesicht eines jungen Mannes erschien im Rückfenster und nickte. Wir fuhren los.

Der Souk von Damaskus, das ausgedehnte Marktviertel der Altstadt westlich und südlich der Omajjaden-Moschee, wirkt auf den ersten Blick wie ein Höhlensystem: ineinander verschachteltes Gemäuer aus verschiedenen Jahrhunderten, uralte Bogenreste aus römischer und byzantinischer Zeit, halb abgetragen, in neuere Bauwerke einbezogen, Ziegel, Bruchstein, Lehm, Holz, Beton, durcheinandergewuchert. Die Straßen liegen durch wiederholte Aufschüttungen im Lauf von Jahrhunderten stellenweise meterhoch über ihrem ursprünglichen Niveau, wodurch die Erdgeschosse älterer Häuser im Boden versunken zu sein scheinen, zu denen man über Stiegen oder steile Rampen hinabsteigen muß wie in unterirdische Gewölbe, wo Handwerker ihre Werkstätten haben. In Kopfhöhe, nur ein oder zwei Meter entfernt, dröhnen die Räder der Laster und Busse vorbei, quälen sich ganze Rudel von Kleinfahrzeugen knatternd und hupend durch die viel zu engen überdachten Straßen, die gefüllt sind mit beißenden Abgasen und infernalischem Lärm.

Von einer dieser Straßen bogen wir über eine steile Abfahrt in einen gepflasterten Innenhof ab. Er schien fest in der Hand von Schmieden zu sein, denn acht winzige rußige Werkstätten umgaben ihn dicht an dicht auf allen Seiten.

»Wir warten hier einen Moment«, sagte mein Begleiter, während der junge Mann mit dem Lieferwagen vom Hof fuhr.

Vor einer der Werkstätten lag ein Esel, dem man zum Beschlagen Vorder- und Hinterbeine zusammengebunden hatte. Das Tier schien ganz apathisch, zuckte nur dann und wann mit den Ohren, wenn ihm die heißen Eisen auf die Hufe gedrückt wurden und dünner Rauch aufstieg. Zwei Jungen standen dabei und sahen zu, einer hatte einen gelben Ball unterm Arm. Der andere bückte sich in einem unbeobachteten Moment und spuckte dem wehrlosen Tier in die Nüstern, worauf es die Augen rollte und kläglich zu schreien begann und der Schmied herumfuhr und die Burschen mit wütenden Beschimpfungen verscheuchte. Lachend rannten die Jungen davon und warfen sich gegenseitig den Ball zu.

In der Werkstatt daneben knieten vor einer hell glühenden Esse zwei Männer auf Kohlensäcken, einen kleinen Amboß zwischen sich. Während der eine, ein älterer Mann mit kurzgeschnittenem grauen Haar, mit der Zange ein glühendes Eisenband auf dem Amboß festhielt und mit der Rechten den Meißel ansetzte, führte der andere, ein kräftiger Kerl mit schweißnassem Gesicht, den Vorschlaghammer und trieb die Schneide in das weiche Metall, das sich in zwei Bänder spaltete.

Ich sah ihnen fasziniert zu. Mein Begleiter bemerkte es. »Hier hat sich in den letzten fünftausend Jahren nicht viel geändert«, sagte er.

Unser Fahrer bog mit einem kleinen Dreiradlaster auf den Hof ein und wendete. Mein Begleiter hob die Plane und bedeutete mir, einzusteigen. Die Pritsche war mit ein paar Getränkekisten beladen, auf denen wir Platz nahmen.

Zwanzig Minuten später, nach quälend langsamem Vorankommen und mehreren Staus, dieselbe Prozedur. Ein anderer Innenhof, weniger Lärm, dafür vom durchdringend würzigen Duft einer angrenzenden Kaffeerösterei erfüllt. Auf einer Seite ein altes zweistöckiges Gewölbe, bis zur Decke vollgestapelt mit Baumwollballen. Auf der anderen Seite Kisten und Kartons, die sich bis zu einer Holzveranda im ersten Stock türmen. Eine junge Frau, ein kleines Kind auf dem Arm, blickt mit traurigen Augen auf uns herunter und wendet sich schweigend ab, als ich halbherzig grüße.

In der Mitte des Hofs ein Brunnen, überwuchert von einer verdorrten Kletterpflanze. Die Einfassung des niedrigen runden Beckens ist mit Fayencen geschmückt, die meisten zerbrochen, blaue Pfauen auf türkisfarbenem Grund. Vielleicht war dies einst die Faktorei eines persischen Handelsherrn gewesen.

Neben der Einfahrt bot ein Händler gemahlene Gewürze in großen viereckigen Zinnblecheimern feil: Cumin und Kreuzkümmel, das Dunkeloliv getrockneter Pfefferminze, das Goldgelb des falschen Safrans, das stumpfe Rot des Paprika und das satte Braun der herb duftenden schwarzen Zitrone, schwarzer und grüner Pfeffer, Büschel von Rosmarin und Thymian, Ingwerknollen und Knoblauch, rote und braune Linsen. Neben der Tür Kandiszucker, an weißen Wollfäden auskristallisiert, wie plumpe Perlenketten.

Ich hatte unwillkürlich ein paar Schritte in Richtung Einfahrt gemacht, um mir das Angebot des Händlers näher zu betrachten.

Mein Begleiter blickte auf die Uhr. »Wir gehen besser ins Haus. Mögen Sie Tee?«

Ich nickte. Wir betraten eine Art Büro, das als Lagerraum benutzt wurde. Auf dunklen Regalen im Hintergrund waren Tuchballen gestapelt. An der Wand hing ein großer schöner Spiegel, in den arabische Schriftzeichen geschliffen waren wie Ornamente. Neben einer uralten Ladenkasse saß ein breitschultriger alter Mann in einer weißen Ghalabia und einem weinroten Tarbusch auf dem Kopf. Er nahm nicht die geringste Notiz von uns und saß reglos da wie eine Schaufensterpuppe. Ich nahm auf einem Stuhl am Fenster Platz, durch das man auf einen winzigen Hof blicken konnte, auf dessen anderer Seite, keine sechs Meter entfernt, halb unterirdisch eine Backstube lag.

»Wie lange soll das Versteckspiel noch dauern?« fragte ich.

»Ayman muß jeden Moment zurück sein«, sagte mein Begleiter achselzuckend. »Es ist viel Verkehr um diese Zeit.«

Ein Junge in zerrissenen Jeans und einem ausgeblichenen T-Shirt erschien mit einem Drahtgestell, in dem drei Teegläser hingen. Als er sie austeilte, bemerkte ich, daß der Mann an der Ladenkasse blind sein mußte, denn er reagierte erst, als er die Wärme des Teeglases an der Hand spürte. Er begann laut schlürfend zu trinken.

Der Tee war heiß und würzig, aber für meinen Geschmack zu stark gesüßt. Ich blickte zum Fenster hinaus. Der Bäcker, ein jüngerer Mann in einem weißen Netzunterhemd, schoß mit blitzschnellen Bewegungen große weiße Teigfladen auf die heiße Steinplatte des Backofens. Die Fladen regten sich und blähten sich in Sekundenschnelle zu kissenförmigen Gebilden auf, um langsam wieder in sich zusammenzusinken. Das lachende Gesicht einer jungen Frau tauchte im Fenster der Backstube auf. Sie preßte die Hand auf den Mund, als sie mich sah, konnte ihr lautes Kichern jedoch nicht unterdrükken. Bei dem Geräusch drehte der Mann sich um. Sein dunkles Gesicht war schweißüberströmt. Er nickte mir grinsend zu, griff der Frau ins Kleid und umfaßte eine ihrer Brüste. Sie kreischte auf und zerrte an seiner Hand, während er sie beiseite schob und ein weißes, mehlbestäubtes Tuch zurückschlug, unter dem eine weitere Lage Teigfladen zum Vorschein kam.

»Kommen Sie, Mr. Kirk! Er ist da.«

Der Junge sammelte die Teegläser ein. Mein Begleiter drückte ihm ein Geldstück in die Hand, wofür er sich mit einem kehligen Grunzen bedankte.

Auch der Alte an der Ladenkasse erhob sich, sammelte mit einem krächzenden Laut den Schleim in der Kehle und spuckte auf den Boden, dann raffte er seine Ghalabia und schlurfte in seinen Ledersandalen zielsicher auf die Tür zu.

Diesmal war es ein blauer Kleinbus, in dem wir weiterfuhren. Er hielt in einer dunklen schmalen Einfahrt, von der aus eine steile Treppe in den ersten Stock führte. Diesmal stieg auch der Fahrer aus. Er war ein junger Bursche, höchstens zweiundzwanzig, mit schwarzem Kraushaar und einem sympathischen, freundlichen Gesicht. Er trug einen alten grauen Trainingsanzug und abgetretene weiße Turnschuhe.

»Salam«, sagte er und reichte mir die Hand.

»Shalom«, erwiderte ich.

»Das bedeutet das gleiche: Friede«, sagte er. »Sind Sie Jude?«

»Nein, Amerikaner.«

»Früher dachte ich, das sei ein und dasselbe«, erklärte er. »So hatte man uns das in der Schule gesagt.«

»Wo wollen Sie Mr. Baldenham hinbringen?« fragte mich mein Begleiter.

»Ist er hier?« Ich deutete auf die Treppe.

Er nickte.

»Ins Sheraton.«

»Ayman wird euch hinfahren«, sagte er und hob grüßend die Hand.

»Danke«, sagte ich und begann zu laufen, nahm zwei Stiegen auf einmal. Ich stürmte in ein geräumiges düsteres Wohnzimmer, das über und über mit Teppichen ausgelegt und behängt war.

»Stop!« rief eine schrille Stimme.

Auf einem Sofa zwischen Glasvitrinen voll Porzellan saß eine rundliche Frau in einem schwarzen Kleid und starrte in einen Fernsehapparat. In ihrem Schoß lag ein halb aufgegessenes Fladenbrot, an dem sie mit dicken Fingern herumzupfte.

Mit keifender Stimme erkundigte sie sich auf arabisch, ohne den Bildschirm aus den Augen zu lassen. Der Fahrer antwortete von unten. Sie wandte mir ihr blasses teigiges Gesicht zu, deutete mit einer Kopfbewegung auf einen Schnurvorhang aus weinroten Plastikperlen auf der anderen Seite des Raums und sagte: »Okay.«

»Bist du's, Pete?« fragte Andrews Stimme.

»Andrew?« rief ich.

»Endlich!« sagte er.

Mit drei, vier Schritten hatte ich das Zimmer durchquert und fegte die Perlenschnüre beiseite.

Ich hatte genau die Szene vor mir, die mich schon wiederholt in meinen Alpträumen heimgesucht hatte. Der Rollstuhl aus vernickeltem Stahlrohr und Plastik, darin Andrew mit einem vom Schmerz gezeichneten Gesicht und schmutzigen, blutdurchtränkten Verbänden an den Beinstümpfen, die schmalen, sehnigen, braungebrannten Hände auf die gepolsterten Doppelfelgen der Räder gelegt. Ein Gefühl der Unwirklichkeit überkam mich. Das Bild seines Leichnams unter dem Laken schob sich dazwischen. Es war wie in einem surrealistischen Film, in dem variierende Sequenzen unmittelbar aneinandergeschnitten sind.

»Du lebst«, sagte ich und hatte mit den Tränen zu kämpfen.

»Ja«, sagte er und lächelte. »In einer meiner nun so flüchtigen Daseinsformen.«

»Wo kommst du her?« fragte ich ihn, nachdem wir ihn samt dem Rollstuhl die Treppe hinuntergetragen und in dem Kleinbus verstaut hatten.

»Aus dem Iran«, sagte er. »Diese Kopie hat Roughtrade selbst hergestellt. Es ist eine gute Kopie, besser, als sie jetzt aussieht. Ich habe nur eine Menge durchgemacht, bevor es mir gelang, hierher zu kommen.«

»Weshalb?«

»Man traut Roughtrade nicht mehr. Seine Geschäftspartner ahnen, daß er die Fronten wechseln will. Sie sind mißtrauisch geworden. Die persischen Militärs vermuteten, daß ich so eine Art Parlamentär spielen sollte. Sie versuchten mich festzusetzen, um aus mir die Wahrheit herauszuprügeln. Aber Untergrundleute haben mich an die Küste und über den Golf gebracht.«

Wir kamen in dem dichten Verkehr nur quälend langsam

vorwärts, und die Elektromotoren winselten vom ständigen Anfahren und erneuten Abbremsen.

»Hast du Roughtrade gesehen?«

»Natürlich. Wir haben wiederholt ausführlich miteinander gesprochen. Er hat mir eine Menge Informationen anvertraut — und selbstverständlich auch seine Vorschläge.«

»Und warum ausgerechnet dir?«

»Weil er auch keinem mehr traut. Er hat ein sagenhaftes Vermögen angehäuft. Er ist vielleicht der reichste Mann der Welt. Aber was hat er davon, dauernd auf der Flucht vor Geheimdiensten, Neidern, Gegnern, Staatsmännern, die sich geprellt und übervorteilt fühlen, weil die gelieferten Kopien der Spezialisten nicht ihren Erwartungen entsprachen oder sich weigerten, an ihren Projekten mitzuarbeiten, oder zu schnell starben? Ich bin einer der ganz wenigen, denen er vertraut, weil ich zehn Jahre lang zu seinen engsten Mitarbeitern gehörte und als eingefleischter Determinist immer zu ihm gehalten habe.«

»Auch heute noch?«

»Versteh mich nicht falsch, Pete. Ich meine das ausschließlich in wissenschaftlicher Hinsicht. Er ist ein wissenschaftliches Genie. Als Mensch war er immer schwierig und unberechenbar. Und wenn es um die Durchsetzung seiner Pläne ging, war er kalt wie eine Hundeschnauze.«

»Er ist ein Monster. Denk daran, wie oft er dich in den Tod geschickt hat!« Ich dachte an die grausamen Leben und Tode der Nancy Tanner. »Er gehört auf den elektrischen Stuhl!«

»Nach meiner zusammengestückelten elektronischen Biographie hat er neun Kopien von mir verkauft, diese nicht mitgezählt. Rechne noch drei oder vier dazu, die keine Gelegenheit hatten, einen Infopool-Anschluß zu erreichen oder zu übertölpeln: ein Dutzend Tode, jeder einzelne wahrscheinlich elend und scheußlich, jedesmal der Tod eines Menschen, jedesmal mein Tod, aber merkwürdigerweise berührt mich das nicht sonderlich, nicht *wirklich*. Es erfüllt mich eher mit Heiterkeit, daß es mir gelungen ist, dem Tod immer wieder ein Schnippchen zu schlagen, so verrückt das klingen mag.«

»Was verspricht er sich davon, mit Regierungsbehörden zu verhandeln? Glaubt er, ungeschoren in ein bürgerliches Leben zurückkehren zu können? Man wird ihn vor Gericht stellen — wegen Menschenhandels oder was weiß ich.«

Andrew schüttelte lächelnd den Kopf. »Das glaube ich nicht, Pete. Im Gegenteil, man wird ihn mit offenen Armen aufnehmen. Vielleicht wird er wieder ein Institut erhalten, wer weiß? Er hat seine Forschungen weitergeführt, automatische Fehlersuchprogramme entwickelt, mit denen man schadhafte Aufzeichnungen anhand von statistischen Erfahrungswerten optimieren kann. Das bedeutet, Kopien herzustellen, die man medizinisch für Monate, vielleicht sogar für Jahre stabilisieren kann. Das würde für wissenschaftliche Zwecke, etwa für Raumfahrtunternehmen zu den äußeren Planeten oder zu den näheren Sternsystemen völlig ausreichen. Man kann die Missionen unbemannt auf die Reise schicken mit den geeigneten Empfangsgeräten an Bord, und bei Bedarf die benötigten Spezialisten mit Lichtgeschwindigkeit nachsenden. Ganz zu schweigen von den militärischen Möglichkeiten, die sich daraus ergeben. Pete, sie werden ihn empfangen wie den verlorenen Sohn, glaub's mir! Er hat auch die Wirbelkammer verbessert ...«

Er sah meinen verständnislosen Blick. »Das ist die Reproduktionseinheit, der Synthesizer, in der die Materie nach den aufgezeichneten Informationen wieder zusammengesetzt wird. Du mußt dir das als eine Art dreidimensionalen molekularen Webstuhl vorstellen. Die Beschickung der Wirbelkammer mit den erforderlichen Elementen und Basisverbindungen erfolgt nach einem Vordurchlauf der Aufzeichnung, damit das gesamte Material, das für die Kopie benötigt wird, bereitgestellt ist und keine ...«

Ich hatte schon die ganze Zeit eine sich nähernde Polizeisirene gehört, plötzlich erhielt unser Bus von links einen Schlag und wurde nach rechts geworfen. Er schleuderte schwankend über eine Bodenkante, berührte krachend ein Hindernis und kam mit einem lauten Kreischen zum Stehen. Ich hatte versucht, Andrew samt dem Rollstuhl festzuhalten, wurde jedoch durch den Ruck zu Boden gefegt, der Rollstuhl kippte um. Ich rappelte mich auf und hämmerte mit der Faust gegen die Wand zur Fahrerkabine. Keine Reaktion. Andrew stöhnte benommen. Ich versuchte, die seitliche Schiebetür aufzustemmen — ohne Erfolg, sie hatte sich beim Aufprall verklemmt. Irgend jemand versuchte sie von außen zu öffnen. Ich drückte mit aller Kraft dagegen, gemeinsam gelang es uns, die Tür einen Spalt breit aufzuwuchten. Ich sah eine Gestalt in khakifarbener Uniform und eine Maschinenpistole, dahinter ein stabiles graues Eisengeländer vor einer niedrigen Betonmauer.

In dem Moment erhielt der Wagen einen weiteren heftigen Stoß von links. Ich sah noch, bevor ich abermals zu Boden ging, daß der Soldat, der hereinklettern hatte wollen, gegen das Geländer geschleudert wurde. Dann hörte ich McEnroes Stimme brüllen: »Heben Sie die Hände hoch! Bleiben Sie weg von diesem Wagen!« Ich quetschte mich durch den Türspalt nach draußen, sah vor uns einen Streifenwagen mit Rotlicht, der unseren Kleinbus von der Fahrbahn gedrängt hatte, einen zweiten Uniformierten mit Maschinenpistole, McEnroe, der ihn mit grimmiger Miene anschrie, und einen großen Ambulanzwagen, der uns und den Streifenwagen eingekeilt hatte.

Ich warf einen Blick ins Führerhaus unseres Busses und sah mit Entsetzen unseren Fahrer tot über dem Steuerrad hängen. Man hatte ihn in den Kopf und den Hals geschossen, und sein Gesicht sah seltsam klein und verschoben aus.

»Warum habt ihr ihn erschossen?« schrie ich. »Er war ein Junge! Er wußte von nichts!«

»Halten Sie sich da raus!« schnauzte McEnroe mich an. »Steigen Sie in die Ambulanz!«

»Warum hat man ihn erschossen? Der Junge hat niemandem was getan!«

»Halten Sie die Schnauze und überlassen Sie das mir! Steigen Sie endlich ein!« schrie McEnroe.

Ich ging um den Kleinbus herum, sah, daß der Uniformierte, der gegen das Geländer geschleudert worden war, sich aufrichtete, sich mit dem Handrücken die blutende Nase wischte und seine Waffe auf McEnroe richtete.

»Ich glaube, Sie wissen nicht, in welcher Situation Sie sich befinden«, donnerte McEnroe ihn an und breitete die Hände aus. Ich sah Fuller und Piercy, den Fahrer von der Botschaft, beide hielten mit ihren Waffen die beiden Uniformierten in Schach. »Holen Sie ihn raus!« befahl er den beiden Sanitätern von der Ambulanz, die sich beeilten, die Schiebetür weiter aufzustemmen und Andrew herauszuheben. »Das ist *mein* Mann!« schrie er und deckte den Bewußtlosen mit seinem Körper. McEnroes Gesicht war bleich und glänzte von Schweiß. »Sie überschreiten hier Ihre Kompetenzen. Kümmern Sie sich lieber um die Schweinerei, die Sie hier angerichtet haben!« Er deutete auf den Toten.

Ich stieg hinter Andrew und den beiden Sanitätern in den Ambulanzwagen. Mir war zum Kotzen zumute. Der junge Mann würde dem Tod kein Schnippchen schlagen.

»Shalom«, sagte ich. »Salam.«

»Was ist los?« fragte McEnroe, der sich hinter Fuller und Piercy als letzter in den Rettungswagen gezwängt hatte, während Piercy und Fuller ihre Maschinenpistolen hinaushielten und den Rückzug deckten. Wir fuhren mit Rotlicht und heulenden Sirenen nach Norden.

»Nichts«, sagte ich. »Nichts, wirklich nichts.«

Am Morgen darauf fuhren McEnroe und Piercy schon zeitig hinaus nach Douma ins amerikanische Militärhospital, um mit Andrew zu reden. Fuller und ich blieben in unserem ›Hauptquartier‹ im Sheraton.

»Ich fahre in die Stadt«, sagte Fuller, »habe was zu erledigen.« Er grinste.

»Sind die Sicherheitsvorkehrungen jetzt aufgehoben, nachdem Andrew da ist?« fragte ich.

»Sie bleiben besser hier, Kirk«, meinte er, »bis wir genauer wissen, was da gespielt wird.«

Ich starrte zum Fenster hinaus. Zwei junge Hotelangestellte fegten den Parkplatz. Sie fühlten sich unbeobachtet. Der eine führte eine Art Pantomime auf, indem er den Besenstiel vor sich hielt und ihn mit grimmigem Gesicht ohrfeigte, während der andere sich den Bauch hielt vor Lachen, bis jemand von der Rezeption erschien und sie auseinandertrieb.

Ich schaltete die Kanäle des Fernsehens durch. TV Amman strahlte einen Film auf englisch aus, aber es war eine alberne Klamotte aus den achtziger Jahren des vorigen Jahrhunderts: ›*Tootsie*‹, mit Dustin Hoffman in einer Frauenrolle. Ich schaltete schleunigst weiter — und fand die Muppets! Aber Kevin und Miss Piggy sprachen arabisch; es war nicht auszuhalten. Ich überlegte, ob ich mir von Alice ein englisches oder amerikanisches Programm überspielen lassen sollte, aber in London war es früher Vormittag, in den USA längst nach Mitternacht.

Ich ging in die andere Suite, um nachzusehen, ob McEnroe irgendwelche Zeitungen oder Zeitschriften hatte liegen lassen, fand aber nur ein aufgeschlagenes Buch auf seinem Nachttisch, in grünes Plastik gebunden. Es war ein arabischer *Koran* mit englischer und französischer Übersetzung und dem Sheraton-Emblem auf der Titelseite. Hatte etwa McEnroe darin gelesen?

›*Welche Wohltaten eures Herrn wollt ihr wohl leugnen?*‹ las ich. ›*Ruhen sollen sie auf Polsterkissen, welche aus Seide und golddurchwirkt sind, und die Früchte der beiden Gärten sollen ihnen nahe zur Hand sein …*‹

Es klopfte an der Tür. Ich sprang auf.

»Fuller?« fragte ich.

Eine Frauenstimme antwortete auf arabisch; ich verstand nur das Wort ›Monsieur‹.

Ich öffnete die Tür einen Spaltbreit. Mein Blick fiel auf einen Wagen mit frischen Handtüchern und verpackten Klopapierrollen. Eine zierliche Frau mittleren Alters in einer weißen Kleiderschürze stand daneben. Sie machte tatsächlich einen Knicks vor mir.

»Kommen Sie rein!« sagte ich.

Während sie im Bad saubermachte, wandte ich mich wieder den Huris des Paradieses zu, die den tapferen Wüstenkrieger als Belohnung im Jenseits erwarten, ›*schwarzäugige Jungfrauen mit keusch niedergesenkten Blicken, welche zuvor weder Menschen noch Dschinnen berührt haben …*‹ — eine Fußnote erklärte: ›*Dschinnen: Geister, unsichtbare Wesen aus Feuer, die verschiedene Gestalt annehmen können und vor allem schönen Frauen nachstellen*‹ — ›*Schön sind sie wie Rubine und Perlen … Jungfrauen mit großen schwarzen Augen, gleich Perlen, die noch in Muscheln verborgen sind …*‹ — Ich ertappte mich dabei, daß ich die Kniekehlen der Hotelangestellten anstarrte, während sie frische Leintücher über die Matratzen spannte. Sie hatte muskulöse, stark behaarte Beine. War sie überhaupt eine Frau? Ich hatte keine Lust, es herauszufinden, legte das Buch beiseite und stand auf. Sie nahm keine Notiz von mir.

Ich fischte das Schlüsselkärtchen aus der Tasche und warf einen Blick in die andere Suite. Fuller war noch nicht zurück. Ich zog die Tür zu und fuhr mit dem Aufzug ins Foyer, um mir im International Bookshop neben dem Eingang ein paar Zeitschriften zu kaufen.

In dem geräumigen Vestibül links von den Aufzügen war irgendeine Veranstaltung im Gange, denn ich sah dichte Gruppen elegant gekleideter Leute herumstehen: wohlgenährte Damen, in Korsetts geschnürt, mit langen Abendkleidern aus Atlas und Brokat und Taft, mit Perlen und Straß bestickt, mit Nerzstolen, trotz der hochsommerlichen Hitze — Hitachi-Nerz, wie er in den japanischen Biolabors von hirnlosem, DNS-rekombiniertem Marderfleisch geerntet wird. Viel Gold und Diamanten und die schwüle Aura aller Wohlgerüche des Orients zwischen Moschus und Rosenwasser. Beleibte, wichtig aussehende Herren mittleren Alters, in Dinner Jackets gezwängt, mit dunklen Anzügen und silbernen Krawatten, beflissen bemüht, es nicht an Höflichkeit fehlen zu lassen und die Hackordnung nicht zu verletzen. Es wurden Brillen gerückt und Krawatten glattgestrichen, und jede Bewegung wurde gnadenlos von mehreren Videokameras gleichzeitig festgehalten, die von einer energischen jungen Frau dirigiert wurden. In Plastik eingeschweißte, wie für die Ewigkeit konservierte Blumengebinde lehnten, an hohen zusammengenagelten Holzlatten befestigt, zu Dutzenden an Wänden und Säulen wie die Standarten japanischer Garderegimenter. Ich dachte schon, in einen Empfang von Unternehmern eines florierenden Industriezweigs oder Managern der Bankenwelt geraten zu sein, als ein junger Mann in hellgrauer Ghalabia und rotem Tarbusch mit einem Silbertablett auf mich zutrat und mir Süßigkeiten anbot. Aus einem beiliegenden Kärtchen in Arabisch, Englisch und Französisch ging hervor, daß ein stadtbekannter Zuckerbäcker im Sheraton eben eine Filiale eröffnete. Ich war zum Zeugen dieses denkwürdigen Ereignisses geworden und wurde nun mit Köstlichkeiten aus Zukker, Honig, Nüssen und Pistazienkernen belohnt.

Als ich zum Aufzug zurückschlenderte, ging vor mir ein Paar, das ebenfalls an der Feierlichkeit teilgenommen hatte. Ich konnte sie nicht verstehen, aber offensichtlich stritten die beiden mit unterdrückter Stimme. Als sie den Aufzug betraten, machte die Frau eine heftige Geste, wobei ihr die Stola von den Schultern glitt und zu Boden fiel. Ich war dicht hinter ihr und bückte mich, um sie aufzuheben. In dem Moment hörte ich knapp über meinem Kopf ein leises klirrendes Geräusch. Ich sah einen nassen Fleck, in dem ein paar durchsichtige Splitter klebten. Ein Glasgeschoß, wie es die Bordsheriffs der Fluggesellschaften verwenden. Instinktiv berührte ich die Schließ-Taste. Durch den Spalt zwischen den sich quälend langsam zuschiebenden Türflügeln sah ich undeutlich eine Gestalt im Schutz der hohen Topfpflanzen neben dem Haupteingang stehen, eine Waffe im Anschlag. Er hätte Zeit für einen weiteren Schuß gehabt, wurde aber durch ein paar Leute behindert, die zum Aufzug strebten und mich nun vorwurfsvoll anschauten, weil ich ihnen die Tür vor der Nase schloß. Niemand sonst schien irgend etwas von dem Vorfall bemerkt zu haben.

Ich reichte der Frau die Stola, während der Mann die Tasten für den ersten und den zweiten Stock aktivierte, ohne seinen Redefluß zu unterbrechen. Ich berührte die 6.

Der Aufzug hielt im ersten Stock. Die Frau stieg aus, aber offensichtlich gedachten die beiden, ihren Disput durch die geöffnete Tür fortzusetzen, weil der Mann den Handballen auf die ›Öffnen‹-Taste gepreßt hielt.

»Come on!« sagte ich, aber er ließ sich nicht im geringsten beeindrucken, während die Frau ihre mit dicken Goldringen bewehrte Hand zur Klaue krümmte und sie immer wieder niedersausen ließ, als wollte sie seine Argumente in der Luft zerfetzen. Ungeduldig schob ich den Mann beiseite und trat auf den Korridor hinaus, um einen der drei anderen Aufzüge zu rufen. Ich berührte die Sensortaste, aber plötzlich kamen mir Bedenken. Was war, wenn der Kerl mir folgte und ich in die Mündung seiner Waffe blickte, wenn die Aufzugtür sich öffnete? Also eilte ich den Korridor nach rechts. Ich wußte, daß sich auf dem einstöckigen Rückgebäude der Wirtschaftstrakts ein Tennisplatz und ein Swimming-pool befanden. Eine Pendeltür führte zu einem kahlen, häßlichen Gang, der die Terrasse mit dem Treppenhaus hinter den Fahrstühlen verband. Die Glastür zur Terrasse war zugesperrt.

Nun geriet ich in Panik. Als ich unten im Treppenhaus Schritte hörte, lief ich die Treppe zum zweiten Stock hinauf, und weil die Schritte mir folgten, eilte ich weiter bis zum vierten. Ich spähte in den Korridor, sah, daß sich eben ein Aufzug öffnete. Ein Mann trat heraus und blickte sich suchend um. Ich fuhr zurück. Es war ein großer Kerl mit einem Tweedsakko und dunkelgrauen Hosen. Kein Einheimischer. War er es, der auf mich geschossen hatte? Vielleicht ein bezahlter Killer. Ich spähte erneut in den Korridor. Er war nicht ausgestiegen, sondern weitergefahren. Ich eilte zu den Aufzügen, drückte die Ruftaste und hetzte zur Tür ins Treppenhaus. Schritte über mir. Verdammt! Natürlich hatte er mir längst den Weg abgeschnitten, lauerte im sechsten Stock auf mich!

Ein Klingelzeichen ertönte, die Türen öffneten sich. Niemand stieg aus. Ich näherte mich vorsichtig. Die Türen begannen sich wieder zu schließen. Ich machte einen Satz, um im letzten Moment in die Lichtschranke zu greifen — und fuhr zurück, als ich eine zusammengekrümmte Gestalt darin liegen sah: Fuller!

Der Aufzug fuhr nach unten. Aber wo war er hergekommen? Von unten oder von oben? Ich war in einer ausweglosen Situation. Der Killer konnte auf jedem Stockwerk lauern, brauchte nur den Finger auf die Ruftaste zu legen und dann zu warten, bis sich die Türen öffneten: Peng!

Ich rüttelte verzweifelt an allen Türen im Korridor. Alle verschlossen. Ich klopfte — keine Reaktion. Ich eilte zurück ins Treppenhaus. Von unten rief eine Männerstimme, fragend. Auf Französisch? Von oben antwortete eine andere. Waren es zwei? Ich überlegte fieberhaft. Ich mußte raus aus diesem verfluchten Hotel. Und es gab nur eine winzige Chance. Ich drückte entschlossen auf die Ruftaste, preßte mich seitlich an die Wand und wartete. Ein Aufzug kam, die Türen öffneten sich, ich blickte vorsichtig hinein. Er war leer.

Ich sprang hinein und legte den Kippschalter um auf ›Stop‹, entsicherte meinen Eraser am Handgelenk, betete darum, daß der Impuls bis zum Programmspeicher durchschlagen und die Rufe von allen Stockwerken löschen würde, preßte das kleine Gerät gegen die Wählplatte und drückte ab. Dann schaltete ich den Stop-Schalter wieder aus und legte den Finger auf 0. Keine der anderen Sensortasten leuchtete, aber ich hatte nie darauf geachtet, ob sie auch Rufe von den einzelnen Stockwerken anzeigten. Die Türen schlossen sich, der Aufzug setzte sich nach unten in Bewegung. Ich hielt die Luft an. Dritter Stock — der Aufzug hielt nicht an; zweiter — wieder nicht; erster — kein Halt! Ich stieß die Luft aus den Lungen und preßte mich seitlich an das ziselierte Messingblech der Verkleidung. Die Türen öffneten sich; ich musterte die Eingangshalle durch den Spiegel an der Rückwand des Aufzugs. Soweit ich sie überblicken konnte, sah ich keine Gefahr. Ich huschte hinaus.

Im Foyer war der Teufel los. Man hatte Fuller aus dem Aufzug gezogen. Er lag auf dem Rücken im gelb-braun gestreiften Muster des Fußbodenbelags zwischen zwei Aufzügen neben einem der kniehohen schwarzen Aschenbecher. Irgend jemand hatte ein weißes Tischtuch über Gesicht und Oberkörper gelegt und ihm die Hände über dem Bauch gefaltet. Neugierige umdrängten ihn, von Hotelangestellten halbherzig auf Abstand gehalten. Die Zuckerbäckerparty hatte ein unverhofft makabres Ende gefunden. Ich drängte mich durch die Menschentraube zum Ausgang. Kein Mensch nahm Notiz von mir.

Ich hatte Glück und erwischte ein Taxi, dessen Fahrgäste gerade ausgestiegen waren.

»Wohin?« fragte der Fahrer. Ich blickte ihn verständnislos an.

Wo wollte ich eigentlich hin?

»Fahren Sie mich in die Stadt!« sagte ich.

»Zum Hauptpostamt?«

»Ja, zum Hauptpostamt.«

Das Hauptpostamt erwies sich als vierstöckiger grauer Kasten, der etwas zurückgesetzt auf einer Terrasse am S. el Jabry-Boulevard stand. Der untere Teil, die Front der Schalterhalle, wurde von einer durchbrochenen Ziegelmauer gebildet, die aussah wie eine einfallslose Laubsägearbeit. In den Etagen darüber schienen Büros zu sein. Aus den Fenstern hingen unter halb herabgelassenen Rollos die Ansaugstutzen der Klimaanlagen wie drohende Kanonenmündungen in Geschützpforten. Auf der Terrasse saßen unter bunten Sonnenschirmen Schreiber an niedrigen Holztischen und tippten auf uralten mechanischen Schreibmaschinen Briefe für ihre Klienten. Hier schien Infopool nicht viele Kunden zu haben.

Die doppelstöckige Schalterhalle war voller Menschen. Ich konnte nirgends eine Infopool-Kabine entdecken, sah aber rechts am Ende des Raums ein paar Telefonzellen, vor denen sich die Leute drängten. Auf einem Pult lagen ein paar Telefonbücher. Ich brauchte die Nummer des Militärhospitals oder der amerikanischen Botschaft, um McEnroe zu erreichen und ihn zu warnen. Ich klappte das Buch hilflos wieder zu, denn es war in Arabisch, wie alle übrigen auch.

Zufällig hob ich den Blick. Auf der Galerie gegenüber setzte ein Mann in einem dunklen Anzug ein Aktenköfferchen auf der halbhohen Balustrade ab und rückte es genau in meine Richtung. Ich ging sofort hinter einer Gruppe Männern in Deckung und verließ fluchtartig die Halle, drängte mich durch die hereinströmende Menschenmenge ins Freie. Ich sah mich gehetzt um und erblickte das Stadtbüro der Syrianair im

Haus gegenüber. Dort sprach man Englisch und würde mir weiterhelfen. Ich rannte von der Terrasse und bahnte mir einen Weg durch den Verkehr auf die andere Seite. Die großen Glastüren waren verschlossen. Ein junger Mann in Hemdsärmeln saß an einem Schreibtisch. Ich klopfte an die Scheibe. Er stand auf, kam zur Tür und deutete auf das zweisprachige Schild ›Closed‹. Ich bedeutete mit Gesten, er solle die Tür öffnen, doch er antwortete mit diesem merkwürdigen Kopfnikken, das im Orient Verneinung bedeutet. Ich fischte eine Zehndollar-Münze aus der Tasche und hielt sie hoch. Er winkte entrüstet ab und kehrte zu seinem Schreibtisch zurück, ohne mich eines weiteren Blicks zu würdigen.

Ich wandte mich an einen Passanten. »Infopool?« fragte ich verzweifelt. »Gibt es hier ein Büro von Infopool?«

»Iffopull«, sagte der Mann ratlos.

»Telefon, Telegraf, Satellit.«

»Ah — Telefon, Telegraf.« Er wies in die Richtung, aus der er gekommen war, den S. el Jabry-Boulevard hinauf.

Ich rannte weiter. Des Ende der Straße bildete ein breiter luftiger Bau, der entfernt an einen venezianischen Palazzo erinnerte und über den Bogenfenstern des Obergeschosses mit einem hübschen Band aus dunkelblauen Fayencen geschmückt war. Über der Giebeluhr in der Mitte hing die syrische Flagge schlaff von einer Stange. Ich eilte die Treppe hinauf und durch die Glastür ins Innere.

Das war alles andere als Infopool. Ich blickte mich um: ein paar schöne alte Holzbänke, winzige Schalter mit schwarzen Eisengittern, die Wände in Gold und Grün, eine prächtig geschnitzte Kassettendecke und eine umlaufende Galerie aus Holz. Auf einer der Bänke schlief ein Mann, den Kopf in ein rot-weiß-kariertes Kopftuch gehüllt, seine zu Pantoffeln umfunktionierten Halbschuhe hatte er abgestreift.

Plötzlich hörte ich hinter mir einen dumpfen Aufschlag. Ich fuhr erschrocken herum. Ein Mann mit einer Schirmmütze warf verschnürte Aktenbündel von der Galerie. Staub wallte auf. Eine Tür öffnete sich; ein junger Mann mit einer Sackkarre erschien, rief lachend zu dem anderen hinauf und begann die Bündel zu verladen.

»Sprechen Sie Englisch?« fragte ich ihn.

»Ein bißchen.«

»Ich suche ein Infopool-Büro.«

»Gleich nebenan«, sagte er. »Wenn Sie zum Bahnhof rausgehen, gleich rechts, im Telegrafenamt an der El Nasr-Avenue.«

»Ist das hier ein Bahnhof?« fragte ich.

Er wirkte wie der Bahnhof einer Spielzeugeisenbahn. »Ich habe noch nie einen so schönen Bahnhof gesehen.«

»Die Hedschasbahn«, sagte der junge Mann lächelnd. Er freute sich über meine Bemerkung. »Amman. Zweimal die Woche geht ein Zug. Montag und Donnerstag.«

Völlig unbegründet empfand ich Erleichterung, als Alice mich mitten in Damaskus vom Bildschirm anlächelte.

»Hallo, Alice, treues Kind, welch ein Vergnügen, dich zu sehen so weit von zu Hause!« sagte ich. »Verdaustig wars, und glasse Wieben, rotterten gorkicht um Gemank; gar elump war der Pluckerwank, und die gabben Schweisel frieben.«

»Stimmprobe akzeptiert. Hallo, Mr. Kirk. Es freut mich auch, sie wiederzusehen. Wie geht es Ihnen?«

»Ich bin eben knapp mit dem Leben davongekommen.«

»Das freut mich für Sie, Mr. Kirk«, sagte Alice nach einem kurzen Zögern. Der Computer von Infopool hatte offenbar selten derartige Bemerkungen zu verarbeiten. »Was kann ich für Sie tun?«

»Ich brauche ein Direktgespräch mit McEnroe. Er befindet sich vermutlich im amerikanischen Militärhospital in Douma.«

»Moment.«

Ich blickte mich um. Alle fünf Kabinen waren besetzt. Ein halbes Dutzend Kunden wartete geduldig, bis eine frei wurde.

»Mr. McEnroe befindet sich nicht mehr an dem angegebenen Ort. Einer Auskunft zufolge wurde er ins Hotel zurückgerufen.«

»Dann versuch ihn im Sheraton zu erreichen!«

»Welches Sheraton, Mr. Kirk?«

»Ja, natürlich das Sheraton hier in Damaskus!«

Mir ging durch den Kopf, was für Alice das Wort ›hier‹ bedeuten mochte. In ihrer elektronischen Allgegenwart war es sinnlos. ›Hier auf der Erde?‹ — Ja, eher, obwohl Infopool natürlich auch den erdnahen Raum bediente.

»Moment.«

Es dauerte fast fünf Minuten, bis das wütende Gesicht McEnroes auf dem Monitor erschien. Er war nicht in der Suite, sondern an einem der Apparate neben der Rezeption.

»Was ist das für eine Scheiße, Kirk?« schnauzte er. »Ich dachte schon, Sie hätten auch den Löffel weggeschmissen. Wo stecken Sie, Mann?«

»Im Telegrafenamt an der El Nasr-Avenue.«

»Dann kommen Sie ins Hotel zurück!«

»In das Hotel bringen mich keine zehn Pferde zurück.«

»Machen Sie keinen Quatsch, Kirk! Ich muß genau wissen, wie das passieren konnte.«

»Fuller ist tot, wie?«

»Ja. Armer Kerl. Irgend so ein Lähmungsgift, das ihm irgend so ein fieses Schwein in den Nacken geschossen hat. Von hinten umgelegt.«

»Was soll ich jetzt machen?«

»Halten Sie die Augen offen! Nehmen Sie ein Taxi zum Cham Palace Hotel! Das ist dort ganz in der Nähe. Ich komme hin, sobald ich hier weg kann. Oder ich schicke Piercy. Okay?«

»Gut.«

Von außen wirkte das Cham Palace wie ein Supertanker, der zwischen der Rue El Brazil und dem Boulevard Port Saïd Richtung Osten durch die Betonwüste der City pflügt. Im Innern ist es eine Oase, ein fürstliches Serail: ein Lichthof mit bequemen Sitzgruppen um eine von unten beleuchtete plätschernde Quelle. Von den umlaufenden Galerien hängen die langen Ranken von Grünpflanzen herab, die dichte und trotzdem luftige Wände aus lebendiger Vegetation bilden. Wasser, Geborgenheit, Ruhe — der Architekt hatte den Paradiesvorstellungen von Wüstenbewohnern Rechnung getragen. Treppchen und Brückchen aus weißem Marmor, gesäumt von blitzenden Messinggeländern, überspannen mit arabeskenhafter Leichtigkeit den Raum bis in luftige Höhen, wo sie durchs Grün der Ranken geradewegs in den Himmel, ins Djenet, das muslimische Paradies, zu führen scheinen. Und tatsächlich trippelten immer wieder entzückende Huris mit farbigen Pumphosen und hochhackigen Goldlackschuhen über die Sziraths, glitten schmale, karamelfarbene, reichgeschmückte Hände übers blitzende Messing, klirrten leise winzige Goldmünzen am Saum der kokett drapierten Chadors, und die Blicke darüber waren ebenso glutäugig wie emanzipiert, während Kellner, in prächtige rote Uniformen gekleidet, auf und ab stiegen wie Tatarenfürsten, Silbertabletts auf den Fingerkuppen balancierend.

Selbst an der Rezeption ein Abglanz von paradiesischem Luxus: drei Infopool-Anschlüsse aus Gold und Elfenbein, repräsentiert von poliertem Messing und weißem Plastik.

Ich bestellte mir einen Kaffee und suchte mir einen Platz, von dem aus ich den Eingang im Auge behalten konnte. Ich konnte mich nicht darauf konzentrieren, etwas zu lesen; jedesmal wenn die Tür aufging, schreckte ich zusammen.

Nach mehr als einer Stunde, es war draußen schon dunkel, kam McEnroe hereingewatschelt. Er war erschöpft und mißgelaunt.

»Wie konnte das passieren?« knurrte er. »Ich hatte Ihnen doch ausdrücklich verboten, das Zimmer zu verlassen.«

»Moment mal! Sie haben mir nichts zu befehlen. Ich bin nicht von Ihrem Verein. Ich kann mich auch nicht erinnern, daß ich mich freiwillig zu diesem Job gemeldet habe.«

»Das spielt keine Rolle. Sie haben sich an meine Weisungen zu halten! Wie notwendig solche Sicherheitsmaßnahmen sind, haben Sie ja jetzt selbst gesehen!« Er bestellte sich ein Bier.

»Wahrscheinlich wäre ich jetzt ein toter Mann, wenn ich im Zimmer geblieben wäre. Die wären schon irgendwie reingekommen.«

»Oder Fuller wäre noch am Leben, denn die Schweine haben ihn von hinten umgelegt, als er nach Ihnen suchte. Weshalb hat Fuller Sie überhaupt rausgelassen?«

»Der war doch die ganz Zeit über weg.«

»Was? Der war weg?« fragte McEnroe verblüfft. »Dann hat er selber sich diese Scheiße angerührt.« Er goß das Bier, das ihm der Kellner gebracht hatte, in einem Zug hinunter. »Hoffentlich war er noch mal im Puff.« Er rülpste und grinste mich an. »Das würde ich ihm ehrlich gönnen. Wo der schon überall rumgevögelt hat, das hält ein anderer gar nicht aus. Ich kann Ihnen sagen.« Er schüttelte den Kopf. »Der schreckte vor nichts zurück. — Im Herbst hätte er seinen aktiven Dienst hinter sich gehabt, hätte es sich hinter einem Schreibtisch bequem machen können.« Er schlug sich mit der Faust auf die Brust. »Warum habe ich für diesen Einsatz keine Kopie von ihm machen lassen?« sagte er anklagend.

»Vielleicht, weil Sie so ein gutes Gefühl hatten.«

»Das soll wohl witzig sein!« fuhr er auf.

»Was waren das für Leute?«

»Profis. Gekaufte Killer. Internationale Gangster, die für viel Geld alles machen. Wahrscheinlich waren sie zu zweit.«

»Und wer hat sie bezahlt?«

»Mein Gott, Kirk! Woher soll ich das wissen? Aber ich werde es rauskriegen, verlassen Sie sich drauf! Wenn einer die Frechheit hat, auf mich und meine Leute loszugehen, dann hat er bald kalte Eier, das verspreche ich Ihnen.«

»Wohin fahren wir?« fragte ich, als wir im Auto saßen.

»Nach Douma, ins Hospital. Glauben Sie, daß ich das noch mal riskiere? Ich schicke Sie nicht mehr ins Feuer, ich schicke Sie heim in die Staaten. Wir werden eine Aufzeichnung von Ihnen machen. Wenn Mr. Baldenham mit Roughtrade zusammentrifft, wird eine Kopie von Ihnen dabei sein.«

»Weshalb muß da jemand dabei sein?«

McEnroe zuckte die Achseln. »Es ist Mr. Baldenhams Wunsch. Er möchte, daß jemand bei ihm ist. Und am liebsten ist ihm, wenn Sie das wären. Ich habe das heute mit ihm besprochen und alle Details festgelegt. Er schlug vor, aus Sicherheitsgründen von Ihnen eine Kopie zu machen, also schon längst bevor ich von dem Schlamassel erfuhr.«

»Wird Roughtrade sich stellen?«

»Ja.«

»Er wird eine Kopie schicken.«

»Baldenham sagt, daß er persönlich kommen will. Er möchte raus aus diesem Teufelskreis. Und er bringt — als Morgengabe sozusagen — Baldenhams Aufzeichnung mit, die in Sri Lanka gemacht wurde. Die Aufnahme soll nach seinen neuesten Spezialmethoden bearbeitet sein, damit die Mediziner sie möglicherweise stabilisieren können.«

»Wo soll die Übergabe stattfinden?«

»Im Foyer des Sheraton.«

»Und wann?«

»Den genauen Zeitpunkt wissen wir noch nicht.«

»Ich habe kein gutes Gefühl«, sagte ich.

»Ich auch nicht«, gestand McEnroe. »Ich habe Verstärkung angefordert.«

Der Mond war über der Wüste aufgegangen und tauchte die Berge in orangefarbenes Licht. Beiderseits der Straße waren Stacheldrahtzäune und niedrige Gebäude zu erkennen. Nur da und dort brannte ein Licht. Irgenwelche Universitätsinstitute.

»Angenommen, unser Gefühl trügt uns, und alles geht gut aus«, sagte ich, »was passiert dann mit meiner Kopie?«

»Wissen Sie was, Kirk? Die schieben wir Ihrer Alten unter. Die darf dann mit ihr spielen, bis sie kaputt ist. Und Sie machen sich einen flotten Lenz.« Er lachte schallend, hielt aber inne, als er mein Gesicht sah. »Na, dann eben nicht«, sagte er. »Sie verstehen wohl nicht viel Spaß, wie?«

»Manchmal schon«, sagte ich. »Aber im Ernst: Was geschieht mit Kopien, wenn man sie nicht mehr braucht?«

»Es gibt Spezialkliniken. Da sorgt man für sie, bis sie sterben. Ihre Lebenserwartung beträgt ja nur ein paar Wochen.« Er grinste. »Vielleicht hilft man auch ein bißchen nach.«

»Und wenn die Kopien immer besser und langlebiger werden?«

»Dann haben wir wirklich ein echtes Problem.« Er hob die Schultern. »Aber auf eins mehr oder weniger kommt es ja wirklich nicht mehr an.«

»Ich sehe vor allem ein juristisches Problem: Wem gehört die Frau? Wem das Sparbuch?«

»Es gibt schon Überlegungen in der Richtung. Es wird nur in Ausnahmefällen erlaubt werden, Kopien von noch lebenden Personen anzufertigen, in der Regel aber erst nach dem Ableben der Aufgezeichneten. Man hat sogar schon einen bezeichnenden Namen für das Gesetz: ›*Lazarus Act*‹.

Außerdem glaube ich nicht an eine entscheidende Verlängerung der Lebenserwartung. Es ist eindeutig bewiesen worden, daß sowohl beim Aufzeichnen wie beim Kopieren eine gewisse Fehlerquote nicht unterschritten werden kann ...«

»Das hat man mir schon einmal erzählt, aber Andrew ist da

anderer Meinung, und Roughtrade offenbar auch. Ich hörte was von Fehlersuchprogrammen, die Roughtrade entwickelt habe, mit denen man die Fehlerquote weiter herunterdrücken kann. Sie sagten doch selbst, daß man bei Andrew ...«

Er winkte ab. »Augenauswischerei. Den Beweis ist er bisher schuldig geblieben.«

»Vielleicht hat er ihn im Koffer. Vielleicht will er sich damit wieder in die menschliche Gesellschaft einkaufen.«

»Wie ich die maßgeblichen Herren kenne, wird ihm das auch gelingen. Wollen wir wetten, Kirk?«

Ich wurde nackt in eine Weichplastikwanne gelegt, deren Masse erstarrte und die Konturen meines Körpers festhielt, damit dieser beim ›Lese‹-Vorgang absolut still gelagert war. In dieser Wanne würde auch die Kopie entstehen, die nach der Datenflut aus den ULT-Kristallspeichern in der Wirbelkammer ›gewebt‹ werden würde. Das Aufzeichnungsgerät war ein Portal aus Chrom und Plastik, ähnlich einem Computertomographen, das erschütterungsfrei lasergesteuert über die Wanne glitt.

Vom Aufnahmevorgang selbst merkte ich nichts, weil man mich vorher anästhetisiert hatte, um unwillkürliche Körperbewegungen auszuschließen, aber ich glaubte mich an seltsame Lichtblitze zu erinnern, die durch meinen Kopf zuckten, Funkengestöber in verschiedenen Farben, die einmal hierhin, einmal dorthin durch meinen Wahrnehmungsraum flogen, manchmal einzeln hintereinander wie Leuchtspurmunition, dann wieder explodierend und in fächerförmige Kaskaden nachglühend wie Feuerwerksraketen — vermutlich ein neuronales Gewitter infolge der Reizung durch die Abtaststrahlen, die den Körper Schicht für Schicht, Zelle für Zelle bis in den molekularen und atomaren Bereich hinein ›abbildeten‹ und in einen digitalen Datenstrom verwandelten, der im Computer bearbeitet wurde, bevor er sich in die fast auf null Kelvin gekühlten Galliumarsenidkristalle der Speicher ergoß und dort im Molekülgitter erstarrte.

In der Nacht träumte ich, wie flink huschende Laserstrahlen wie blitzende Stricknadeln farbige, schlüpfrig aussehende Ketten aus Kohlenwasserstoffmolekülen zu einer komplizierten Textur verwoben, zu wallenden purpurnen Gewebeteppichen, zu lebendigen Zellverbänden, die pulsierend aufquollen und zurückschrumpften, aus dem Fokus rutschten und neblige Labyrinthe aus waberndem, fließendem Plasma bildeten, übereinanderlappten, sich aufbäumten und wieder zurück in den Fokus sprangen. Zellen, in deren plasmatischen Containern dunkle Kerne zuckten, die sich aneinanderfügten und übereinanderstapelten wie Fertigbauteile auf einer phantastischen Baustelle in einem Zeitrafferfilm, sich auftürmten zu Mauern und Gesimsen, zu schwellenden Bögen und Kuppeln, zu einem atmenden Ozean.

Ich erwachte mit rasenden Kopfschmerzen und stellte fest, daß ich von modernstem medizinischen Gerät umgeben war, wie auf einer Intensivstation. So ganz unproblematisch, wie mir alle versichert hatten, war der Abtastvorgang offenbar doch nicht.

Ein junger Arzt kam herein, zwinkerte mir kurz zu, hatte sonst aber nur Augen für seine Instrumente.

»Wie fühlen Sie sich?«

»Miserabel«, sagte ich wahrheitsgemäß.

Er schüttelte tadelnd den Kopf. »Sie haben ja auch von einem prächtigen Zwilling entbunden.«

»Haben Sie Witzbold auch was gegen Kopfschmerzen?«

»Sicher.« Er trug eine Injektionspistole am Gürtelhalfter wie ein Sheriff seinen Colt. Drehte an der Wählscheibe und schoß mir eine Ladung durch die Haut in den Oberarm. Dann befreite er mich von den Sensoren seiner Meßgeräte.

»Wo sind meine Sachen?«

»Man wird sie Ihnen bringen. Bleiben Sie noch ein bißchen liegen. Manche vertragen die Narkose nicht so gut. Übrigens ist Besuch für Sie da.«

»Eine ziemlich bissig wirkende Bulldogge oder ein Beinamputierter im Rollstuhl?«

»Keins von beiden: eine hübsche Frau im besten Alter. Aber nur zehn Minuten. Sie schlafen besser erst Ihren Rausch aus.«

»Sie sind ja rührend besorgt um mich.«

Er zwinkerte wieder und öffnete die Tür. Ich hob den Kopf.

»Rut?« sagte ich verblüfft.

Sie warf den Trenchcoat über das Fußende des Bettes und setzte sich an meine Seite.

»Was ist passiert, Pete? Bist du krank?«

»Nein. Nur eine Unpäßlichkeit, heute morgen erst.«

»Und deshalb liegst du auf der Intensivstation? Sag mir die Wahrheit!«

»Es ist die Wahrheit, Rut. Man hat gestern eine ... ah ... Untersuchung durchgeführt. Und heute morgen bin ich hier aufgewacht.«

»Was wird hier eigentlich gespielt?« fragte sie. »Am Dienstag ruft man mich an, ich könne dich hier abholen und nach Hause bringen, ich komme auf dem schnellsten Weg her und finde dich in diesem Krankenhaus. Was hat das alles zu bedeuten?«

»Sagtest du Dienstag? — Heute ist Dienstag.«

»Mach mich nicht wirr. Heute ist Donnerstag.«

Ich schüttelte verständnislos den Kopf.

»Wer hat dich angerufen?«

»Jemand von der amerikanischen Botschaft hier, McEwans oder so ähnlich.«

»McEnroe?«

»Kann sein. Er sagte, du würdest dich sehr darüber freuen.«

»Ich freu' mich wirklich.«

Sie beugte sich über mich und berührte flüchtig mit ihren Lippen meinen Mund. Ich wickelte eine Locke von ihrer Schläfe um den Finger und zog ihren Kopf herab.

Als ich die Augen schloß, sah ich wieder diese Lichtblitze in meinem Kopf, doch diesmal war es mehr wie ein Wetterleuchten. Ich öffnete die Augen und sah ihr lächelndes Gesicht über mir.

»Du siehst müde aus«, sagte sie.

»Du auch.«

»Kein Wunder. Ich bin seit mehr als 24 Stunden unterwegs. Das Gepäck ist noch am Flugplatz. Ich bin zur Botschaft und dann gleich hierher gefahren.«

»Nimm dir ein Zimmer im Cham Palace. Es ist hübsch dort. Ich komme, sobald sie mich hier rauslassen und ich meine Kleider wiederhabe.«

»Paß gut auf dich auf!«

Ich nickte.

»Wann krieg' ich endlich meine Kleider?« fragte ich den Arzt, der in der Tür stand und demonstrativ auf seine Uhr blickte.

»Soll ich mich vielleicht darum auch noch kümmern?« sagte er. Rut nahm ihren Trenchcoat und ging zur Tür.

»Bis bald!« sagte sie.

»Bis bald!«

»Das sind nicht meine Kleider, Schwester«, sagte ich. »Da muß ein Irrtum vorliegen. Wo sind meine Brieftasche, mein Eraser und meine Uhr?«

»Man hat mir gesagt, ich soll Ihnen diese Kleider bringen.«

»Dann bringen Sie sie, verdammt noch mal, zurück und fragen Sie, wo meine Kleider geblieben sind!« sagte ich wutentbrannt über soviel Dummheit und Sturheit. »Das muß sich doch feststellen lassen.«

Ich schwang die Beine aus dem Bett und wollte aufstehen, aber die Beine versagten ihren Dienst, ich sank auf die Bettkante zurück. Mir war schwindelig, und mein Kopf pochte wie rasend. Was hatte der Kerl mir injiziert?

»Salve«, sagte eine bekannte Stimme von der Tür her. Andrew lenkte mit stoßenden Armbewegungen seinen Rollstuhl ins Zimmer und schloß hinter sich die Tür. »Weißt du, wie man uns im alten Rom genannt hätte? — Morituri. Die Todgeweihten.«

»Weshalb das?«

»Weil man uns zu opfern gedenkt.«

»Du meinst die Begegnung mit Roughtra ...« Ich stockte, spürte eine eisige Klinge, die an mein Herz rührte. *Nein! Nicht ich! Weshalb ich?* Jetzt wurde mir klar, weshalb man mir meine Kleider nicht ausgehändigt hatte. Sie gehörten dem anderen! Dem Glücklicheren!

Andrew hatte mein wachsendes Entsetzen bemerkt. »O Gott! Hat man dir nicht gesagt, daß du die Kopie bist?«

Ich schüttelte den Kopf, brachte keinen Laut heraus. Mir wurde schwindelig; mit einem Ächzen sank ich aufs Kissen zurück.

»Wir Datenmutanten kommen genauso nackt auf die Welt wie alle anderen Menschen. Das Trauma der Geburt bleibt uns nicht erspart, Pete, nur müssen wir Erwachsenen es bewußt ertragen, im Bewußtsein unserer kurzen Existenz. Und das macht es so schlimm.«

Er fuhr mit dem Rollstuhl zum Waschbecken und füllte ein Glas mit Wasser. Er reichte es mir. Ich richtete mich auf und trank es gierig.

»Nichts ist schrecklicher als die unverstellte Wirklichkeit«, fuhr er fort, »nichts ist irrealer als die Realität angesichts des nahen, unausweichlichen Todes.«

»Du hast es oft genug durchgemacht.«

»Nicht wirklich ich selbst, aber ich bin sicher, daß ich jedesmal diese kreatürliche Angst empfunden habe. Es ist jedesmal, als beträte man eine Vorhölle, und man weiß, es gibt kein Zurück. Man muß hindurch.«

Ich sah hinunter auf meine schlotternden Knie in der dünnen baumwollenen Pyjamahose, konnte die Bewegung nicht unterdrücken. Würde man wenigstens erlauben, daß Rut für diese schwere Zeit bei mir blieb? Hatte nicht McEnroe so etwas angedeutet? Aber man hatte ihr gesagt, sie könne mich abholen und mitnehmen. Das konnte ja nur der andere sein.

»Und doch ...«, sagte Andrew nach einer Pause. »Und doch erfüllt mich ein Gefühl der Befriedigung, daß ich immer wieder zurückkehren und an der Welt teilhaben kann, und sei es nur in dieser Form, und ...«, fügte er hinzu und pochte mit der Faust auf die Doppelfelge seines Rollstuhls, »ein Gefühl des Trotzes.«

Am späten Abend des darauffolgenden Tages brachte ein Ambulanzwagen Andrew und mich in die Stadt.

»Glaubst du, daß ich das Original sehen werde?« fragte ich.

»Mit Sicherheit nicht. Während der ersten Tage, bevor sich Original und Kopie durch abweichende Erfahrung ausreichend weit auseinandergelebt haben, hält man sie möglichst auf Distanz und achtet auf unterschiedliche Umweltbedingungen, weil seltsame psychische Erscheinungen auftreten, für die man noch keine Erklärung hat. Die einen glauben an eine Art Interferenz der Gehirntätigkeit, die anderen sprechen von Psi-Phänomenen, wie sie zuweilen bei eineiigen Zwillingen auftreten sollen. Hinzu kommt der Schock, sich selbst gegenüberzustehen. Ich kann mich an meine ersten Erfahrungen erinnern, noch im Institut.«

»Habt ihr dort Experimente mit Menschen durchgeführt?«

»Nur Selbstversuche.« Er schlug die Augen nieder und schwieg eine Zeitlang. »Es gab da mal eine Kopie von mir.« Er blickte nicht auf, als er fortfuhr: »Sie lebte nicht einmal eine Stunde. Ein Webfehler im limbischen System, ein paar hochgiftige Moleküle. Wir wußten damals ja erst sehr wenig. Ich habe seine Schreie und seinen Blick nie vergessen, mit dem er mich ansah. Und ich schrie mit ihm und war tagelang wie erstarrt, hatte wirklich das Gefühl, ich sei mit ihm gestorben und würde nur noch künstlich am Leben erhalten. Es war kein Mitleiden im üblichen Sinne, es war ein Mitleiden in potenzierter, in buchstäblicher Form, eine rätselhafte Parallelität, die nur durch einen unmittelbaren Kontakt der Gehirne hatte zustande kommen können.« Er zuckte die Achseln. »Man ist bei der Erforschung dieses Phänomens noch um keinen Schritt weitergekommen.«

McEnroe erwartete uns am Eingang des Sheraton. Er begrüßte uns zartfühlend als seine ›Zombietruppe‹. Wir fuhren in den sechsten Stock. Ich drehte mich unwillkürlich um und warf einen prüfenden Blick auf die hohen Topfpflanzen neben dem Eingang, bevor ich den Aufzug betrat.

Wir erhielten unsere letzten Instruktionen, was Roughtrade betraf: »Er hat sich für sechs Uhr angesagt. Um die Zeit sind im Foyer keine Gäste anzutreffen. Zum Zeichen, daß alles in Ordnung ist, fahren Sie, Mr. Kirk, den Rollstuhl mit Mr. Baldenham hinaus in die Auffahrt des Hotels bis zu dem haltenden Wagen. Darauf wird Mr. Roughtrade aussteigen, und Sie, Mr. Baldenham, werden mir ein Zeichen geben, daß er's ist. Mr. Roughtrade wird dem Kofferraum des Wagens die Aufzeichnung von Mr. Baldenham entnehmen: einen Aluminiumkoffer mit 32 tiefstgekühlten Speicherkristallen. Er wird ihn Ihnen übergeben, Mr. Kirk. Sie gehen hinter Roughtrade auf den Eingang zu und betreten das Foyer, wo ich und ein paar Leute sind, während Mr. Baldenham ...«

» ... den Rückzug mit Rollstuhl und Körper deckt, wenn doch noch etwas aus Richtung Einfahrt passieren sollte«, sagte Andrew. »Absolut logisch.«

McEnroe warf ihm einen grämlichen Blick zu. »Ist dann soweit alles klar?« fragte er.

»Absolut«, sagte ich.

»Dann sollten wir uns jetzt alle aufs Ohr legen. Ich habe Anweisung gegeben, daß wir um fünf Uhr geweckt werden.«

»Hallo, Rachel!« sagte Andrew in den Infopool-Anschluß. »Wenn wir nun zwischen deinen Knien mein Liebster spielt die Melodien, verleumde nicht die Seele, als ob nur Körper zähle.«

»Stimmprobe akzeptiert, Mr. Baldenham«, sagte die dunkelhaarige junge Frau auf dem Bildschirm, die Andrew ›betreute‹. »Was kann ich für Sie tun?«

Andrew ließ eine Tonkassette aus seinem Diktiergerät schnappen und drückte sie in den Aufnahmeschlitz der Infopool-Konsole. »An mich selbst. Tonübermittlung. Start.« Er berührte den Sensor. »Auch wenn meine Leben kurz und flüchtig sind«, sagte er zu mir gewandt, »ich möchte eine Erinnerung an sie behalten. — Nur für den Fall, daß morgen früh etwas passiert.«

»Rechnest du damit?«

Er zuckte die Achseln. »Ja.«

»Das würde ja bedeuten, daß auch Roughtrade in höchster Gefahr ist.«

»Damit muß er rechnen. Er hat viele Gegner. Und er weiß eine Menge über Politiker in der Dritten Welt, die nun unliebsame Enthüllungen befürchten. Nur deshalb ist er doch für unsere Leute auf höchster Ebene so interessant. Nichts läßt sich besser in Erpressung und politischen Druck ummünzen als solche Informationen.«

»Wenn er aber selbst kommt ... Ich meine das Risiko ...«

»Könnte durchaus ein kalkuliertes sein. Du darfst Roughtrade nicht unterschätzen: er ist ebenso kaltblütig wie genial.«

Die Konsole warf die Kassette aus. Andrew hielt sie zwischen zwei Fingern hoch. »Ich bin eine merkwürdige Art Zeitreisender, Pete, wenn ich meine elektronische Biographie betrachte. Wie ein gehetztes Tier am Ufer eines Flusses, der die Zeit ist: ein Abdruck hier, ein halber dort, ein umgewendeter Stein, ein abgerissenes Blatt. Weiter! Mal da, mal dort. Dahin!«

»Brauchen Sie mich noch, Mr. Baldenham?« fragte Rachel.

»Nein, heute nicht mehr.«

Einen Moment lang spielte ich mit dem Gedanken, Alice auf den Schirm zu holen und mir trotz des ausdrücklichen Verbots ein Direktgespräch mit meinem anderen Ich machen zu lassen, aber die Vorstellung, mich ihm gegenüberzusehen, bereitete mir derart Unbehagen, daß ich es sein ließ.

»Brauchst du das Band noch?« fragte ich.

»Nein.«

Ich steckte es in das Diktiergerät und schaltete es ein. »Dann sollten wir auch diesen möglicherweise letzten Abend nicht der Vergessenheit anheimfallen lassen.«

»Für wen?«

»Für mein Alter ego.«

»Was immer wir reden, Pete, McEnroe wird es zensieren und nicht passieren lassen.«

»Und deine Botschaft?«

»Ich habe das mit ihm abgesprochen, im Einverständnis mit Buchan.«

»Dann werde ich das Band verstecken.«

»Woher soll dein anderes Ich wissen, daß du eine Aufnahme gemacht und wo du sie versteckt hast?«

»Ich werde es ihm ausrichten lassen.«

»Von wem?«

»Von McEnroe persönlich.«

»Du weißt genau, daß er es dir ausdrücklich untersagt hat, irgendwelchen Kontakt aufzunehmen. Also wird er den Teufel tun.«

»Wetten?«

Ich suchte in der Suite umher, aber meine Reisetasche war nicht mehr da. Mein Blick fiel auf Fullers Aktentasche. Ich öffnete sie und kramte in seinen Habseligkeiten. Zwischen Kreuzworträtseln und Pornoheften fand ich sein Diktiergerät. Ich kontrollierte, ob es aufnahmebereit war, legte es neben das von Andrew und schaltete es ein.

»Aha«, sagte Andrew und hob den Finger. »Ich verstehe: Redundanz.«

Ich nickte. »Genau.«

»Reich mir eine Orange«, bat Andrew.

Ich holte eine aus der Früchteschale, die auf dem Tisch stand, und reichte sie ihm. Mir selbst nahm ich eine Weintraube. Die fast pflaumengroßen dunkelblauen Beeren schmeckten eigenartig, irgendwie seifig und bitter.

»Mit meinen Geschmacksnerven stimmt etwas nicht.« Ich spuckte die Frucht angeekelt in den Aschenbecher.

»Möglicherweise ein Webfehler im Gehirn. Dort liegen die kompliziertesten Texturen; die Wahrscheinlichkeit von Abweichungen ist entsprechend größer, und ihre Folgen sind gravierender, weniger in der Großhirnrinde als im Zwischenhirn und vor allem im Hirnstamm.«

»Diese Fehler wird man nie ganz vermeiden können.«

»Darum geht es im Grunde nicht. Strenggenommen kommt es bei allen lebenden Organismen zu Mutationen, zu ›Lesefehlern‹ bei der Vererbung. Die Fehlerquote muß nur niedrig genug sein, daß lediglich ein verschwindend geringer Teil der Population lebensunfähig ist. Das gilt für Datenmutanten ebenso.«

»Ich dachte, es gibt den Beweis, daß ...«

»Es gibt eine Hypothese von ein paar Randomisten in der Chaosforschung, Horace Simonson und Aron Rosenblueth, beides Schüler von Alan Garfinkel von der UCLA*. Sie behaupten, es gäbe analog zur Heisenbergschen Unschärferelation im subatomaren Bereich etwas ähnliches im molekularen bei der Umsetzung von Materie in Information und wieder zurück. Ich glaube weder an das eine noch an das andere. Ich bin überzeugter Determinist, genau wie Roughtrade. Ich glaube nicht an prinzipielle Erkenntnisgrenzen. Wir werden zwar nie alles erkennen, weil die Anzahl der zu erkennenden Tatsachen unendlich ist, denn auch Aussagen über Tatsachen sind Tatsachen, das bedeutet aber nicht, daß es Bereiche von Tatsachen gäbe, die der Erkenntnis prinzipiell verschlossen sind.

Weißt du, Pete, das Gehirn ist ein fabelhaftes Organ, das sich im Verlauf von Jahrmilliarden zu einem optimalen Instru-

* University of California, Los Angeles

ment entwickelt hat — aber nicht zu einem, um die Welt zu erkennen, sondern um in ihr zu überleben. Das heißt, es werden ganze Gruppen von Umweltdaten rausgefiltert, die nicht unbedingt biologisch relevant sind, damit sich der Organismus um so mehr mit den biologisch relevanten auseinandersetzen kann. Das, was sich wirklich jenseits unserer Haut befindet, ist eine rätselhafte, unvorstellbare und verdammt gleichgültige Welt.

Ist es da ein Wunder, wenn wir mit unserem unzureichenden Erkenntnisapparat immer wieder an Grenzen stoßen, die uns unüberwindlich scheinen? Ich halte es für übereilt, gleich von prinzipiellen Grenzen zu faseln. Es sind nur immer wieder unzureichende Modellvorstellungen, untaugliche Meßmethoden und unzulängliche Meßinstrumente.

Ich glaube, daß dieses Universum dort draußen von den Gesetzen von Ursache und Wirkung beherrscht wird, sonst würde es nicht existieren. Roughtrade hatte recht, als er seine Gegner als Mystiker bezeichnete. Ich glaube an die Unteilbarkeit und Unverbrüchlichkeit des Determinismus.«

»Und an die Auferstehung des Fleisches«, warf ich ein.

»Und an die Auferstehung des Fleisches. — Was glaubst du, was es bei den Budgetverhandlungen und den Expertenanhörungen für Wortgefechte gegeben hat! Man maß den Argumenten der Randomisten nur deshalb mehr Gewicht zu, weil wir keine Fortschritte vorzuweisen hatten. Dabei war alles so gut gelaufen, aber wir hatten die Schwierigkeiten beim Schritt von der anorganischen zur organischen Materie überschätzt. Und ohne diesen Schritt war die ganze MIDAS-Technik nichts wert. Was nützt es, selbst komplizierte mechanische oder elektronische Produkte zu reproduzieren, wenn die Kopien das Mehrfache kosten? Erst bei organischen Substanzen wird das Verfahren interessant: Nahrungsmittel aus dem Datenspeicher?«

»Multimanna?«

»Multimanna. Aber da fingen die Schwierigkeiten an. Immer wieder traten Lesefehler auf, die sich als Giftstoffe manifestierten. Es war zum Verzweifeln. Und gerade auf Multimanna hatten wir so viele Hoffnungen gesetzt, um dem Hunger in der Welt zu Leibe zu rücken.«

»Tischlein deck dich.«

»Kennst du das Märchen?«

»Inzwischen kenne ich es. Eslein streck dich ist mir inzwischen klar, aber es lohnt sich nicht wegen der Kosten. Aber was ist mit dem ›Knüppel aus dem Sack‹ gemeint?«

»Dafür interessieren sich die Militärs am meisten. Ein paar ausgesuchte, geschulte Spezialisten auf Band, die man im Krisenfall in beliebiger Anzahl reproduzieren und ins Feuer schicken kann. Man hat auf diesem Gebiet insgeheim weitergeforscht, das ist mir inzwischen klar. Und für Soldaten reicht die Qualität der Kopien allemal. Sie brauchen ja nur so lange zu leben, bis sie ihre ›Pflicht‹ erfüllt haben. Es ist nicht nötig, daß sie von ihrem Einsatz zurückkehren.«

»Vielleicht fehlt ihnen die notwendige Motivation.«

»Die läßt sich chemisch induzieren. Du brauchst nur den richtigen Auslöser im Zwischenhirn zu betätigen, dann kannst du eine von Haß getriebene Kampfmaschine auf den Weg bringen, die nicht von ihrem Kurs abweichen wird. Und wird sie in Fetzen geschossen, feuerst du die nächste Kopie auf dein Ziel ab. Schafft sie es nicht, dann vielleicht die nächste oder die übernächste. Das ideale Spielzeug für Generäle, Admiräle und ähnliche ... ah ... Schlachtenlenker.« Er lachte sarkastisch.

Wir schwiegen lange.

»Gehen wir schlafen«, sagte Andrew.

Ich schaltete die beiden Geräte aus. Das eine steckte ich in Fullers Aktentasche zurück, das andere reichte ich Andrew, nachdem ich das Band entnommen hatte. Ich schaute mich prüfend im Raum um: Schrank, Nachttische, Betten, Schreibtisch, Lampen, Klimaanlage, Papierkorb, Diwan, Chaiselongue, Sessel? Unter den Teppich? In der Toilette? — alles ziemlich einfallslos, so leicht wollte ich es ihnen nicht machen. Ich untersuchte eine der Topfpflanzen. Sie wurzelte in einem faßähnlichen Behälter, dessen Daubenrand tiefer lag als der Boden. Ich schob die Kassette in den Zwischenraum und rückte die Pflanze wieder zurecht.

Ich half Andrew im Bad, dann hob ich ihn vom Rollstuhl ins Bett. Er war abgemagert und leicht wie eine Katze.

Später, als ich im Bett lag, sprang mich die Angst an. Ich krümmte mich zusammen, und mein Herz schlug wie rasend. Ich hielt die Luft an, um ein Stöhnen zu unterdrücken. Der Anfall ging vorüber.

»Sind wir eigentlich noch wirklich?«

»Eine überaus philosophische Frage«, sagte Andrew. »Ich werde sie überschlafen müssen.«

»Weil es mir gerade einfällt: Wußtest du, daß es hier eine Legende gibt, die besagt, daß nach der Zerstörung der Welt Allah zuerst wieder in der Omajjaden-Moschee angebetet werden wird?«

»Wenn es die Omajjaden-Moschee dann noch gibt, und eine Menschenseele, die ihn anbeten kann.«

Wir schwiegen lange.

»Haben wir eine Seele, Andrew?« fragte ich.

Er antwortete nicht, und ich dachte schon, er sei eingeschlafen, doch dann hörte ich, wie er sich im Bett zu mir umdrehte.

»Ein interessanter Aspekt«, sagte er. »Ist die Seele unteilbar?« Er lachte leise; es klang wie ein Schluchzen. »Vielleicht ist das unser Problem, Pete: Wir haben keine Seele!«

Bald darauf hörte ich, daß er eingeschlafen war. Ich lag noch lange wach und haderte mit meinem Geschick. Warum ich? Warum nicht der Andere? Was mochte er jetzt wohl tun?

War er bei Rut im Cham Palace Hotel? Schlief er? Schlief er mit ihr? Jetzt in diesem Moment? Verschwendete er einen Gedanken an mich, seinen Ghoul, seinen zum Tode verurteilten Doppelgänger? Ich erinnerte mich an das, was Andrew über Interferenzerscheinungen zwischen Kopie und Original gesagt hatte. Wir hatten uns in den fast hundert Stunden seit dem Kopiervorgang ›auseinandergelebt‹. Er war längst ein ›anderer‹ geworden, hatte anderes erlebt, gehört, gesehen.

Hallo, du dort draußen, kannst du mich hören? Ich bin es, dein anderes Ich, das mit jeder Sekunde weiter von dir wegstürzt. Hörst du mich? Hörst du mich?

Ich lauschte hinaus in die Finsternis des Universums jenseits meiner Haut. Ich bekam keine Antwort.

Ich erwachte von einem seltsamen Heulen, Stöhnen und Knurren, das ich mir nicht erklären konnte. Der Morgen dämmerte. Ich stand auf und öffnete das Fenster. Es war der Morgenruf der Muezzins. Aus Hunderten von hoffnungslos übersteuerten Lautsprechern plärrten, dröhnten und klirrten mit voller Lautstärke der Name Gottes und die Ermahnung zum Gebet. Aber es hörte sich eher an wie das Geheul einer Heerschar von Teufeln, die hungrig nach einer armen Seele schnappen.

Es wurde an die Tür geklopft. Ich hörte McEnroes Stimme. Das Frühstück wurde hereingefahren. Es war opulent wie am Morgen meiner Ankunft in Damaskus, aber ich brachte keinen Bissen hinunter. Ich trank nur eine Tasse schwarzen Kaffee. Dann fuhren wir hinunter.

Als wir den Aufzug verließen, überkam mich eine unerklärliche Nervosität. Ich spürte, als ich mir Stirn und Mund wischte, daß meine Hand schweißnaß war. Mir war, als nähme meine Angst plötzlich in irgendeiner grauenhaften Form Gestalt an und träte mir gegenüber. Mir drohten die Knie nachzugeben. Bevor die Schwäche mich ganz übermannen konnte, faßte ich die Eingangstür ins Auge und schob den Rollstuhl darauf zu, ohne auch nur einmal den Blick zu wenden. Links und rechts vom Eingang lungerte ein halbes Dutzend Ausländer herum, alle sportlich trainiert, alle betont desinteressiert, und doch von katzenhafter Wachsamkeit bei jeder Bewegung an der Glastür, alle einen Trenchcoat überm rechten Arm, als stünde trotz des wolkenlosen Himmels eine Regenzeit bevor. Waren es Kopien? McEnroe blickte nervös auf seinen Computer am Handgelenk. Er sprach ab und zu mit leiser Stimme hinein, dirigierte seine Einsatztruppe; wahrscheinlich hatte er seine Leute auch draußen und möglicherweise auch auf dem Dach postiert, damit sie Bewegungen in der Umgebung überwachten.

Ich blieb stehen, fühlte, daß ich meine Schwäche überwunden und mich wieder unter Kontrolle hatte.

Man hatte als Treffpunkt das Sheraton gewählt wegen des flachen bunkerartigen Vorbaus vor dem Eingang, der einigermaßen Sicherheit bot gegen Einflußnahme von außen. Der Vorbau ist wie ein Autotunnel angelegt, etwa acht bis zehn Meter breit, und seitlich galerieartig durchbrochen von halbhohen Bögen und Schlitzen. Durch diese Schlitze führen Fußwege, etwa anderthalb Meter breit und mit weißen Platten belegt, flankiert von Blumenrabatten, Agaven, immergrünen Rankengewächsen und struppigen Zwergpalmen, zu einem geräumigen Parkplatz. Dahinter steigt das Gelände, von dichtem Buschwerk und schütteren Eukalyptusbäumen bewachsen, an zu einer Mauer, in die in regelmäßigen Abständen Zäune aus Eisenstangen eingelassen sind. Jenseits der Faez Mansur-Straße stehen mehrere Hochhäuser aus den achtziger und neunziger Jahren, und südwestlich der Mauer führt auf einem hohen Damm die Bahnlinie nach Beirut vorüber.

Wir warteten. Ich sah, daß Andrews Darmblutungen wieder eingesetzt hatten, unter denen er zunehmend litt. Ein dünnes Rinnsal perlte über die Kante der Sitzfläche und rann das verchromte Stahlrohr des Rollstuhls hinunter. »Ein Webfehler«, hatte Andrew geringschätzig erklärt.

Plötzlich entstand Unruhe. An der Auffahrt zwei große staubbedeckte Mercedes Benz. Zwei drahtige junge Männer in langen weißen Gewändern und schwarzkarierten Kopftüchern sprangen heraus und blickten sich wachsam um. Sichtlich nicht nur Fahrer, sondern auch Leibwächter. Ein großer breitschultriger Araber in einem weiten schwarzen Mantel und einem Aghal auf dem weißen Kopftuch stieg aus, gefolgt von einer älteren und einer jüngeren Frau, Kindern, zwei Jungen, drei Mädchen, im Alter von fünf bis fünfzehn Jahren. Sie blickten uns an, in ihren dunklen Augen war noch Schlaf.

McEnroe versuchte mit barscher Stimme den Breitschultrigen zu veranlassen, sofort die Wagen vom Eingang wegzufahren. Ein junger Mann von der Rezeption übersetzte händeringend und mit weinerlicher Stimme, doch das schien den Araber nicht im geringsten zu beeindrucken; er wandte sich ab. Als McEnroe ihm nacheilen wollte, standen die beiden Leibwächter blitzschnell vor ihm, die Hand am silbernen Griff des breiten Krummdolchs, den sie in der Schärpe vor dem Körper trugen. Doch sie blickten plötzlich in die Mündung von mehreren Maschinenpistolen, die unter Trenchcoats zum Vorschein gekommen waren.

Der Mann im schwarzen Mantel hob abwehrend beide Hände und erkundigte sich mit ruhiger Stimme. Der Mann von der Rezeption antwortete ihm unterwürfig. McEnroe scheuchte seine Leute zurück. Die Maschinenpistolen verschwanden, und die beiden Leibwächter machten sich ans Entladen des Gepäcks: Körbe und Lederkoffer, so groß wie Kleiderschränke. An McEnroes Handgelenk blinkte es. Fast gleichzeitig erschien links am Eingang zur Auffahrt ein dritter Wagen. Der Fahrer hielt, als er die beiden Autos vor dem Eingang stehen sah, und fuhr dann weiter auf den Parkplatz außerhalb des Vorbaus.

»Das ist er!« rief Andrew.

McEnroe sah sich verzweifelt um. »Los!« schrie er wütend. Er wußte, daß er einen schweren Fehler gemacht hatte, als er versäumte, die Zufahrt für andere Fahrzeuge zu sperren, aber er hatte zu so früher Stunde keine erwartet. Ich schob den Rollstuhl zum Eingang hinaus und zwischen den beiden Mercedes hindurch zu dem Fußweg, der zum Parkplatz führte. Ein großer, schlanker, grauhaariger Mann in einem eleganten dunkelblauen Anzug war aus dem Wagen gestiegen, war nach hinten gegangen und hatte den Kofferraum geöffnet. Er hob einen großen Aluminiumkoffer heraus und drückte den Dekkel des Kofferraums zu.

»Cecil!« rief Andrew.

Er freut sich, ihn wiederzusehen, sagte ich mir. Dieses Monster, das ihn ein dutzendmal in die Hölle geschickt hat, um Geld damit zu verdienen.

Der Mann hob grüßend die Hand, und plötzlich geschahen mehrere Dinge gleichzeitig: Roughtrade riß mit einer heftigen Bewegung den Aluminiumkoffer hoch und schleuderte ihn von sich, dabei drückte er die Wirbelsäule durch, als würde er nach vorn gerissen, und seine Knie gaben nach. Aus seiner Brust begann an mehreren Stellen helles Blut zu sprudeln. Der Koffer machte zwei, drei Sprünge und begann weißen Rauch zu verströmen. Ich hörte Schüsse, sah aus dem Augenwinkel an zwei Stellen über der Mauer Mündungsfeuer aufblitzen. McEnroe brüllte: »Deckung!«, doch bevor ich überhaupt reagieren konnte, schien Andrews Kopf direkt vor mir zu explodieren und schwappte mir gegen Brust und Kinn. Ich spürte einen Schlag gegen den Leib und befand mich plötzlich auf einer kleinen Rasenfläche zwischen Blumen und Gebüsch auf dem Rücken liegend. Der Rollstuhl stand vier, fünf Meter von mir entfernt. Andrew hing seitlich heraus; der obere Teil seines Kopfes war verschwunden. Ich hörte jetzt auch hinter mir und vom Dach Gewehrschüsse und Feuerstöße von Maschinenpistolen. Ich versuchte mich hochzurappeln, war aber zu schwach, um auf die Beine zu kommen. Ich betrachtete verwundert meine Arme, die über und über voller Blut waren. Da spürte ich einen Schlag zwischen den Schulterblättern, der mich hochriß. Plötzlich war ich wieder auf den Beinen, rannte durch Büsche und Blumen, nein, ich schwebte, denn Arme und Beine waren seltsam gefühllos geworden, während in meiner Brust ein rasendes Feuer um sich griff, das die Luft in meinen Lungen verzehrte und meine Augen mit schwarzem Rauch füllte, so daß ich nicht sah ...

Ich sah, wie er in die Blumenrabatten geschleudert wurde und hinter dem Pfeiler der Galerie aus meinem Blickfeld verschwand, sah, wie er wieder auftauchte und durch die Büsche taumelte, bis er hinstürzte und liegenblieb, das Gesicht in orangefarbenen Blumen begraben. Ich taumelte gegen eine Säule des Foyers und wäre hingesunken, wenn ich mich nicht festgehalten hätte. Ich sah meine Arme und meine Brust an, weil mir einen Moment lang so gewesen war, als wären sie blutbesudelt.

»Sind Sie verletzt?« fragte einer der Leute McEnroes irritiert.

»Nein«, keuchte ich, fühlte aber einen Schmerz in der Brust, als wäre ich getroffen worden und nicht der andere, den sie hinausgeschickt hatten.

Vom Bahndamm hinter der südwestlichen Mauer war ein langer qualvoller Schrei zu hören, dann verstummte das Schießen. Um so lauter war nun das Weinen der verschreckten Kinder zu hören, die im Foyer mit ihren Müttern hinter Gepäckstücken Schutz gesucht hatten.

Ich hörte McEnroe, der mit einem seiner Männer und den beiden Leibwächtern hinter den beiden Wagen am Eingang in Deckung gegangen war, draußen rufen: »Die Luft ist rein! Es müssen mindestens zwei gewesen sein.«

Er kam mit zornrotem Gesicht ins Foyer hereingestapft, einen zerschossenen Aluminiumkoffer in der Hand. An den Einschußlöchern hatten sich dicke Eiskrusten gebildet.

»Verdammt!« knurrte er. »Müssen uns diese Kameltreiber in die Quere kommen!« Mit einer wütenden Bewegung schmiß er den Koffer neben einen Sessel. »Sie geh'n besser nicht raus, Kirk, bevor die Schweinerei nicht aufgeräumt ist. Geh'n Sie besser nach oben, so wie Sie aussehen!«

»Ich habe heute nacht sehr schlecht geschlafen«, sagte ich.

»Machen Sie mir nichts vor! Ich habe Sie gewarnt, aber Sie wollten ja partout dabei sein. Da sind manchen Männern schon die merkwürdigsten Dinge passiert, wenn ihre Kopie starb, das kann ich Ihnen sagen!«

Es war weit schlimmer gewesen, als ich es für möglich gehalten hätte. Ich *spürte* ihn, bevor ich ihn sah, fühlte seine Aufregung und Angst. Dann kam er aus dem Aufzug, schob Andrew im Rollstuhl vor sich her. Ich dankte Gott, daß er nicht in meine Richtung sah; ich hätte seinem Blick nicht standhalten können. Ich spürte, wie meine Erregung sich auf ihn übertrug; wahrscheinlich wurde ihm das nicht bewußt, weil er ein Ziel vor Augen hatte; ich sah, wie seine Bewegungen fahriger wurden — oh, ich kenne sie, diese typischen Gesten, *meine* Gesten, der Griff an die Schläfe, das Wischen über den Mund, das trockene Schlucken, das ruckende Drehen des Kopfes, ertappte mich dabei, daß ich im Begriff war, sie nachzuäffen wie ein Spiegelbild, spürte, wie die wachsende Nervosität zu mir zurückflutete, wie ein neuraler Rückkoppelungsprozeß in Gang kam, der sich gefährlich aufzuschaukeln drohte.

Ich erzählte McEnroe auch nichts von dem schrecklichen Traum, der mich letzte Nacht heimgesucht hatte:

Ich war durch den Souk geirrt, hatte in die mit Waren vollgestopften Speicher und Lagerhäuser geblickt, in die Büros und Kontore, in die Teestuben und Werkstätten, in die unterirdischen Schmieden und Bäckereien, nirgends fand ich einen Menschen, alles war kalt und von Staub und Asche bedeckt. In den düsteren Gewölben der Händler wimmelten Insekten, bargen die nutzlos gewordenen Waren für die Zukunft ihrer Welt. Immer wieder rief ich hinein in die Stille, doch niemand antwortete mir. Bis ich zur Omajjaden-Moschee kam. Da lagen sie alle, füllten den großen mit Teppichen ausgelegten Raum rings um das Grab von Johannes dem Täufer, füllten den Hof zwischen den Arkaden, lagen dicht an dicht, die Schmiede, die Gewürzhändler, die Lastenträger neben den feingekleideten Herren von der Party des Zuckerbäckers, alle lagen sie da, nach Süden ausgerichtet, gen Mekka, wie stets, Leib an Leib, und alle waren sie tot, und ihre verwesten Stirnen berührten den Boden.

Dann hörte ich den anderen, wie er mit meiner Stimme sagte: »Hallo, du dort draußen, kannst du mich hören? Ich bin es, dein anderes Ich, das mit jeder Sekunde weiter von dir wegstürzt. Hörst du mich? Hörst du mich?« Und es war, als spräche er aus der Tiefe der Erde und versänke mit jedem Wort tiefer in ihr.

Ich wachte auf und hatte Angst.

Ich fuhr in den sechsten Stock hinauf. Die Tür der Suite, in der der andere und Andrew letzte Nacht geschlafen hatten, war nur angelehnt. Als ich sie öffnen wollte, kam ein junger Mann mit einer Videokamera heraus.

»Sie können hier nicht rein!« sagte er.

Ich packte ihn an den Rockaufschlägen und sagte: »Sie Hampelmann! Ich wohne hier. Was machen Sie in meinem Zimmer?«

Er starrte mich verdattert an und hob beschwichtigend die Hände. »Okay, okay, Mr. Kirk!« Aber er gab mir den Weg nicht frei. »Spurensicherung abgeschlossen«, sagte er in seinen Computer am Handgelenk. »Mr. Kirk ist hier. Darf er ...? — Okay.« Er gab mir endlich den Weg frei.

»Bürokratenarschloch!« sagte ich und knallte ihm die Tür vor der Nase zu, sah noch, wie er schützend die Kamera an die Brust drückte.

Was hatten die hier für ›Spuren‹ gesichert? Ich blickte mich prüfend im Raum um. Hatte mein Alter ego mir eine Nachricht hinterlassen? Was kam als Versteck in Frage? Schrank, Nachttische, Betten, Schreibtisch, Lampen, Klimaanlage, Papierkorb, Diwan, Chaiselongue, Sessel? Unter dem Teppich? Auf der Toilette? — So einfallslos wäre er nicht gewesen. Ich untersuchte eine der Topfpflanzen.

»Ganz heiß, Kirk!« McEnroe stand hinter mir in der Tür und hielt triumphierend die Kassette eines Diktiergeräts in die Höhe. »Wo hätten Sie sie versteckt?«

Ich zuckte die Achseln. Die Topfpflanze steckte in einem faßähnlichen Behälter, dessen Daubenränder üblicherweise über den Boden hinausragten. »Vielleicht da drunter.«

»Ihr elektronischen Zwillinge seid noch genauer aufeinander abgestimmt als Quarzuhren«, sagte er begeistert. »Ganz schön, aber von einem Telemetrieingenieur hätte ich eigentlich ein bißchen mehr erwartet.«

Ich hob die Schultern. Dabei fiel mein Blick auf Fullers Aktentasche, die neben einem Sessel stand. Plötzlich kam mir das Wort ›Redundanz‹ in den Sinn. Ich ließ meinen Blick achtlos weiterwandern und öffnete die Tür.

»Ich muß mir diesen letzten Gruß erst anhören, Kirk. Tut mir leid, aber ich hatte jeden Kontakt untersagt.«

Wir gingen in die andere Suite. Mitten im Raum standen drei gleiche Aluminiumcontainer ähnlich dem zerschossenen, den McEnroe unten im Foyer aufgestellt hatte.

»Was ist das?« fragte ich ihn.

»Das sind ULT-Container, wie sie für den Transport von Speicherkristallen mit Aufzeichnungen verwendet werden.

Sie wurden heute morgen angeliefert. Was drin ist, weiß ich nicht. Wenn in dem zerstörten irgendeine wichtige Aufzeichnung war, steh ich verdammt blöd da.«

Während McEnroe nach unten fuhr, machte ich mir ein Bier auf, dann schlenderte ich zurück in die andere Suite, setzte mich in den Sessel, nahm Fullers Aktentasche auf den Schoß und öffnete sie. Zwischen Kreuzworträtselmagazinen und Pornoheften fand ich Fullers Diktiergerät. Ich spulte es zurück und schaltete es ein.

»Aha«, sagte Andrew, »ich verstehe: Redundanz.«

»Genau«, sagte mein anderes Ich.

Ich zog die Kassette heraus und steckte sie in die Tasche, das Gerät ließ ich in die Aktentasche zurückfallen. Ich schloß sie und stellte sie wieder neben den Sessel. Dann trank ich in aller Ruhe mein Bier aus, bevor ich wieder ins Foyer hinunterfuhr.

Man war gerade dabei, die Toten abzutransportieren. Auf einen der fünf schwarzen flachen Plastiksärge, die nebeneinander auf dem Parkplatz standen, hatte jemand mit Kreide ›Kirk‹ geschrieben, und darunter ein C, was höchstwahrscheinlich ›Copy‹ bedeuten sollte. Auf zweien war nur ein Fragezeichen gemalt. Sie wurden in eine Ambulanz des amerikanischen Militärhospitals geschoben. Ein weiterer Wagen war mit zwei Verletzten vorausgefahren. Ein paar einheimische Polizei- und Militärfahrzeuge standen auf dem Parkplatz. Bewaffnete Männer in khakifarbenen Uniformen hatten an der Einfahrt und an der Ausfahrt Posten bezogen.

Die Stimmung unserer Leute war nervös und gedrückt. Ein dritter Attentäter hatte offenbar entkommen können; man hatte eine dritte Tatwaffe an der südwestlichen Mauer gefunden. Wahrscheinlich war der Mann mit Hilfe eines Komplizen über die Faez Mansur in Richtung Quneitra entkommen.

Zwei von McEnroes Männern hatten Schußverletzungen

davongetragen. Einer war in sehr kritischem Zustand, und es handelte sich nicht um eine Kopie.

An der Durchfahrt zum Parkplatz waren zwei Hotelangestellte damit beschäftigt, mit Besen und Wasserschlauch die Blutspuren von den weißen Platten des Gehwegs und den Büschen zu entfernen. Beide kicherten über etwas, verstummten aber jäh, als ich näher kam.

»Do you want a taxi, Sir?« fragte einer.

Ich starrte die schwärzlichbraunen Flecken an, die der Besen über den Boden schmierte, und schüttelte den Kopf.

In der Auffahrt stand achtlos abgestellt Andrews blutbesudelter Rollstuhl. Niemand hatte sich bislang darum gekümmert, ihn wegzubringen.

Im Foyer rechts vom Eingang stand McEnroe mit drei von seinen Leuten. Sie trugen immer noch die Trenchcoats überm Arm. Ich gesellte mich zu ihnen.

»Was waren das für Aufzeichnungen?« fragte ich und deutete auf den zerschossenen Aluminium-Container.

»Woher soll ich das wissen?« sagte er und wischte sich mit einem Taschentuch das schweißnasse Gesicht. »Hoffentlich nicht seine Forschungsunterlagen, die er mitbringen wollte. Dann wäre nämlich alles umsonst gewesen. Wenn diese Kristalle sich bloß um ein paar Grad erwärmen, sind die gespeicherten Informationen futsch. Und die da drin sind garantiert hinüber.«

»Wollte er nicht Andrews Aufzeichnung mitbringen?«

»Woher wollen Sie das wissen?« fragte er mißtrauisch.

Ich dachte einen Moment lang nach. Es war mir entfallen. »Haben nicht Sie es mir gesagt?«

»Ich habe Ihnen nichts dergleichen gesagt.« Er musterte mich aufmerksam.

»Ich habe wirklich keine Ahnung«, sagte ich achselzukkend. »Mir war's so, als hätten Sie's mir selber gesagt.«

Er nickte. »Interessant. Entweder Sie sind cleverer, als ich

Sie eingeschätzt habe, und haben sich jetzt verraten. Oder es ist eins dieser Phänomene, die ich schon öfter bei Zwillingen wie euch beobachtet habe.«

»Und was ist in den Containern, die oben stehen?«

»Wenn es stimmt, was er gesagt hat, sind dies eine Aufnahme von Roughtrade und eine von Baldenham.«

»Dann starb draußen tatsächlich Roughtrade in voller Lebensgröße?«

»Der Arzt sagt, ja, aber ein endgültiges Urteil wird erst die Obduktion erbringen.«

Ich konnte mir ein befriedigtes Nicken nicht verkneifen.

»Und in dem dritten?«

»Ich bete zu Gott«, sagte er und legte tatsächlich seine fleischige Rechte auf die verschwitzte Hemdbrust, »daß das die Forschungsunterlagen sind, von denen er gesprochen hat.«

Plötzlich traute ich meinen Augen nicht: Ich sah Rut am Eingang stehen und suchend umherblicken. Sie sah mich und kam auf mich zugeeilt. McEnroe, der meinem Blick gefolgt war, hob die Hand und brüllte: »Nicht schießen!«

Rut hielt erschrocken inne, als sie die dunklen Läufe von Maschinenpistolen auf sich gerichtet sah.

»Kommen Sie her, Mrs. Kirk!« sagte McEnroe. »Es geschieht Ihnen nichts.«

»Was hat das zu bedeuten?« fragte sie.

»Es hat hier heute morgen ein Attentat gegeben«, sagte er. »Alle sind noch ein bißchen nervös.« Er hob entschuldigend die Hände.

»Du bist hier, Rut?« fragte ich verblüfft.

Sie blickte mich stirnrunzelnd und sichtlich irritiert an. »Ich habe ein Zimmer im Cham Palace genommen, wie du es mir empfohlen hattest. Ich hab' gestern den ganzen Tag auf dich oder wenigstens einen Anruf von dir gewartet. Die im Militärhospital sagten mir, du seist unterwegs und nicht zu erreichen. Aber von Infopool erhielt ich die Auskunft, du seist im

Sheraton, aber es waren ständig andere Leute am Apparat, die mir sagten, du seist im Moment nicht da. Ich wußte nicht, was ich davon halten sollte, also habe ich ein Taxi genommen und bin hergefahren.«

Ihre Augen blitzten kampflustig. Ich kannte diesen Blick.

»Es ist wunderbar, daß Sie da sind, Mrs. Kirk«, meinte McEnroe, merkte aber, daß er mit seiner Gönnerhaftigkeit bei ihr nicht so richtig ankam. »Darf ich Ihnen einen Drink bringen lassen?«

»Danke, Mister. Ich will keinen Drink.« Sie setzte sich und zündete sich eine Zigarette an, wobei sie das brennende Feuerzeug, das ihr McEnroe hinhielt, geflissentlich übersah. »Aber ich will wissen, was hier gespielt wird.«

Ich konnte mir denken, was gespielt worden war.

»Rut, ich ...«

»Entschuldige, Pete, ich hätte gern eine Antwort von Mr. McEnroe. Er hat mich schließlich eingeladen, nach Damaskus zu kommen.«

»Mrs. Kirk«, sagte McEnroe, »es gibt Dinge, die aus triftigen Gründen der Geheimhaltung unterliegen. Aber ich versichere Ihnen, sie geschehen im Interesse unserer Regierung und zum Wohl des amerikanischen Volkes.«

Ich befürchtete eine etwas weniger patriotische Bemerkung von Rut, deshalb sagte ich schnell: »Werde ich noch gebraucht hier?«

»Von mir aus können Sie in die Staaten zurückfliegen.«

»Rut, entschuldige bitte, ich hole nur mein Gepäck runter.«

»Aber nehmen Sie bloß dieses Weibsstück mit«, fuhr er mit unterdrückter Stimme fort, während wir zu den Aufzügen gingen.

»Sie sprechen von meiner Frau.«

»Ahaaa«, sagte er gedehnt, und er grinste, indem er das Maul aufriß und seine Zungenspitze über die Unterlippe herabhängen ließ, was seiner Belustigung etwas ekelhaft Obszönes verlieh.

Wir betraten den Aufzug.

»Warum haben Sie sie überhaupt nach Damaskus kommen lassen?« fragte ich mühsam beherrscht.

Er tat erstaunt. »Als Bonbon natürlich, für Ihren selbstlosen Einsatz. Ich habe Ihr Double auch noch mal dran lutschen lassen.« Er lachte gackernd. »Dagegen werden Sie doch nichts haben bei Ihrer gewohnten Großzügigkeit!«

Wutentbrannt versuchte ich ihn an den Schultern zu pakken und gegen die Wand zu drängen, doch er befreite sich mit einer mühelosen Bewegung. »Werden Sie nicht komisch«, sagte er. »Fahren Sie mit ihr ins Cham Palace! Ich reserviere euch noch Plätze nach Portland und schick' euch die Tickets.«

»Sie sind die Güte selbst, McEnroe«, sagte ich.

Er zuckte die Achseln. »Verbringen Sie ein paar schöne Stunden und machen Sie mal wieder im Heimathafen fest für heute nacht.«

» … und ein Schwein dazu.«

Er tätschelte mir gönnerhaft die Schulter. »So gefallen Sie mir schon besser.«

Die beiden Hotelangestellten hatten ihre Arbeit beendet, Andrews Rollstuhl war verschwunden, Ruts Absätze klapperten laut auf dem Pflaster.

Ich hatte es plötzlich eilig, von dem Ort wegzukommen, blickte mich nicht um. Ich hatte den Arm um ihre Schultern gelegt. Der Wind von den kahlen Bergen im Westen hatte schon die Hitze des Mittags. Er blies Rut die Locken halb übers Gesicht, als sie zu mir aufblickte, sie wischte sie von der Wange und lächelte.

»Als ich dich vorgestern sah«, sagte sie, »kamst du mir so unwirklich vor, als wärst gar nicht du es, den ich berührte. Heute bist du wirklich.«

Ihre Hand, die in mein offenes Hemd fuhr und sich auf meine Brust legte, war kühl und zärtlich.

Als wir bei der kleinen Moschee am Nordwestausgang des Hotels zur Choukry Kouwatly angelangt waren, holte uns ein großer weißer Mercedes Benz ein, der vom Parkplatz des Sheraton kam. Er fuhr langsam neben uns her, die getönte Scheibe des Rückfensters wurde heruntergelassen. Ich blieb erschrocken stehen. Der Wagen hielt. Ich blickte in das Gesicht, das mich seit dem Flug auf der *Sultan Ahmet* im Wachen wie im Traum verfolgte. Die Narben knautschten sich zu einem aberwitzigen Lächeln, Gold blitzte.

»Es freut mich, Sie wohlauf zu sehen, Mr. Kirk«, sagte es. »Grüßen Sie Mr. Baldenham, wenn Sie ihn gelegentlich wiedersehen.«

»Von wem soll ich ihn grüßen?«

»Namen sind Schall und Rauch. Ich bin für ihn auch nur der, den er auf der *Sultan Ahmet* gesehen hat, obwohl wir uns in seinen anderen Leben gelegentlich begegnet sind.«

Er nickte Rut zu und hob grüßend die Hand. Die getönte Scheibe fuhr nach oben, und der Wagen bog nach Süden auf die Avenue Choukry Kouwatly ein.

»Wer war das denn, um Himmels willen?« Sie schauderte.

Ich hob die Schultern. »Vielleicht ein echter Sklavenhändler.«

»So was gibt's doch heute nicht mehr.«

»Da wäre ich mir nicht so sicher.«

Die Geborgenheit des Serail im Cham Palace ließ uns den Hader vergessen. Mitten in der Nacht erwachte ich. Ruts Arm lag über meiner Brust. Ich lauschte hinaus in die Dunkelheit. Ich hörte nur das leise Wispern der Klimaanlage. Die Rufe des anderen, der von mir weggestürzt war, waren verstummt.

Zwei Wochen, nachdem wir wieder zu Hause in Portland waren, rief mich McEnroe an, um mir mitzuteilen, daß er mir die Kassette, die er mir ›abgenommen‹ habe, nicht aushändigen könne, weil sie Informationen enthalte, die der höchsten militärischen Geheimhaltung unterlägen.

»Sie meinen ›Knüppel aus dem Sack‹?«

Er blickte mich resigniert an. »Sie haben mich also doch reingelegt, wie?«

»Ein Basisbegriff der Informationstheorie. Er heißt: ›Redundanz‹. Das Wie verrate ich Ihnen nicht.«

Er nickte. »Wir werden wohl nie mehr miteinander zu tun haben.«

»Ach, wie bedauerlich«, sagte ich, aber er faßte es überhaupt nicht ironisch auf.

»Man hat mich gefeuert«, erklärte er grämlich. »Abgeschoben hinter einen Schreibtisch.«

»War der dritte Container leer?«

»Nein, aber der kaputte enthielt alle Forschungsunterlagen, auf die unsere Leute im Pentagon so heiß waren.«

Der Bildschirm flickerte bei dem Wort.

»Auch ein Schreibtischjob hat seine schönen Seiten«, tröstete ich ihn. »Widmen Sie sich der vergleichenden Forschung von elektronisch hergestellten Zwillingen.«

»Als ob auf dem Gebiet noch viel liefe!«

»Wieso? Sie haben doch Roughtrade.« Wieder ein Flickern.

»Haben Sie eine Ahnung!«

Er unterbrach die Verbindung.

Kurze Zeit später erhielt ich einen Anruf von Andrew. Man hatte ihn wiederholt operiert, er wirkte sehr schwach und erschöpft, aber es war offenbar gelungen, die Kopie medizinisch zu stabilisieren. Er war zuversichtlich und recht guter Dinge. Ich versprach ihm, ihn so bald wie möglich in der Klinik bei Pasadena zu besuchen.

Als die NASA mich Anfang Mai nach Houston beorderte, machte ich einen Umweg über Los Angeles und besuchte ihn.

Es war eine jener Kliniken, von denen McEnroe gesprochen hatte, in denen elektronische Klone an den rätselhaftesten körperlichen und geistigen Gebrechen dahinsiechten, denen das ungeteilte Interesse der Wissenschaft sicher war. Sie lag weit abseits in einem großzügigen Park mit alten Bäumen, ein Palais aus den sechziger Jahren des vorigen Jahrhunderts, das ein Hollywood-Millionär nach einem Vorbild eines französischen aus dem siebzehnten hatte errichten lassen, umgeben von den nüchternen weißen Flachbauten medizinischtechnischer Labors, niedergeduckt zwischen hohen Büschen und beschattet von alten Platanen und Kiefern.

Als ich auf den Parkplatz am Eingang fuhr, trat ein vierschrötiger weißhaariger Mann aus dem Pförtnerhäuschen. Er hinkte und stützte sich beim Gehen auf einen derben Bergstock mit einem silbernen Totenschädel als Knauf.

»Fahren Sie hierher in den Schatten, Mister!« rief er und wies mit dem Totenschädel auf eine mächtige Kiefer, die hinter dem Pförtnerhäuschen aufragte. Als der Mann den Kopf wandte, sah ich, daß er an der rechten Schläfe eine schwere Brandverletzung davongetragen hatte. Das Ohr war ein kleiner weißlicher, verschrumpelter Knorpel; Braue und Haaransatz waren weggebrannt; die Haut schimmerte glatt und rosig und wirkte wie straff über den Schläfenknochen gespannt. Ich sah, daß sein rechtes Bein stark verkürzt war und irgendwie nach außen verdreht, aber er bewegte sich geschickt und mit kraftvollen, fließenden Bewegungen.

Ich parkte den Wagen, stieg aus und schloß ihn ab, wandte mich um — und blieb verblüfft stehen.

»McEnroe?« fragte ich unsicher.

Er musterte mich prüfend. Sein rechtes Auge, beeinträchtigt durch die schreckliche Brandnarbe an der Schläfe, war tiefer eingesunken als das linke.

»Kennen wir uns?« fragte er.

Ich hob die Schultern. »Ich ... ich glaube nicht.«

Er grinste plötzlich. »Sie haben mein Original kennengelernt«, sagte er. »Grüßen Sie diesen alten Bastard von mir, und sagen Sie ihm, daß ich wider Erwarten immer noch lebe.« Er klemmte seinen Stock unter den Arm, nahm einen zerknautschten Zigarrenstummel vom Fensterbrett der Pförtnerloge, ließ ein Army-Feuerzeug aufschnappen und setzte ihn in Brand. »Wissen Sie«, sagte er paffend, »der Kerl hat es bis heute nicht für nötig gehalten, mal hier vorbeizukommen. Nicht mal 'ne Flasche Whisky oder ein paar Zigarren hat er mir geschickt. Dabei habe ich für ihn die Kastanien aus dem Feuer geholt.« Er stieß eine gewaltige Wolke Tabakrauch aus. »Und das war ein verflucht heißes Feuer, das kann ich Ihnen sagen. Napalm.« Er deutete mit dem Daumen auf seine Schläfe und betrachtete die Glut an seiner Zigarre. »Geben Sie mir hundert Dollar, Mister?«

»Bißchen viel Geld für 'nen Parkplatz.«

Er lachte. »Meine Nummer eins soll's Ihnen zurückgeben. Das ist mir der alte Schuft schuldig.« Er schlug mit dem Stock gegen den Schuh seines verkürzten Fußes, der eine Handbreit über dem Boden schwebte.

Ich zog die Brieftasche heraus und reichte ihm eine Hundertdollarnote. Er grunzte befriedigt und steckte sie ein. Dann neigte er den Kopf und blickte mich forschend an. »Irgendwoher kenne ich Sie«, sagte er und spitzte nachdenklich die Lippen. »Das ist noch gar nicht lange her.« Er betastete vorsichtig mit den Fingerspitzen das zarte Narbengewebe an der Schläfe. »Richtig«, sagte er und schlug mir mit dem Handrücken leicht gegen den Oberarm. »Es war ein Traum. Ein Überfall oder so was, auf 'ner Brücke. Jedenfalls kann ich mich an ein Geländer erinnern. Und ein Sanitätsauto war daran beteiligt. Jemand hielt eine Maschinenpistole auf mich gerichtet. Und Sie rannten herum und brüllten immer wieder:

›Warum habt ihr ihn erschossen?‹« Er nickte. Das eingesunkene Auge glitzerte wäßrig blau.

»Das war in Damaskus.«

»Seltsam, nicht? Ich bin nie in der Gegend gewesen.«

»Aber Ihre Nummer eins, wie Sie ihn nannten.«

Er zuckte die Achseln und betrachtete gedankenversunken den silbernen Totenschädel an seinem Stock, dann löste er den zerweichten Zigarrenstummel von den Lippen und warf ihn weg.

Er ließ sich auf seinen verkürzten Fuß herab, als hätte er eine Stufe zu überwinden, und stieg dann mit einer fließenden Bewegung wieder hinauf auf den anderen, wobei er mit einem geschickten Kreisen der Hüfte die seitliche Abdrift korrigierte, die durch sein verkrümmtes Bein zustande kam. Er bewegte sich wie ein exakt gesteuerter Mechanismus, wie ein Montageroboter, und hatte in seiner organischen Versehrtheit zugleich etwas tief anrührend Menschliches.

»Haben Sie öfter mit ihm zu tun?« fragte er.

»Ich hoffe, nein. Wissen Sie, daß er seinen Job verloren hat?«

»Das gibt's doch nicht!«

»Es ist ihm in Damaskus eine schreckliche Panne passiert. Er hat damit eine für das Pentagon äußerst wichtige Sache vermasselt.«

Er schlug heftig mit seinem Stock gegen den Schuh und lachte schallend. »Dabei sagt man immer, die Kopien seien blöder als die Originale, weil man hier oben«, — er deutete auf seine verwüstete Stirn —, »nicht alle Schrauben so ganz wieder hinkriegt. Aber in unserem Fall scheint es umgekehrt zu sein.« Er schüttelte lachend den Kopf. »Wie ich das dem alten Bastard gönne!« Er schwang sich herum und hinkte auf das Pförtnerhäuschen zu. An der Tür machte er noch mal kehrt und hob den Stock. »Und vielen Dank für die hundert Dollar, Mister.«

Ich ging durch den Park auf das Haupthaus zu. Ich sah viele Rollstühle, wenig Pflegepersonal und allenthalben hinfällige Menschen, die mehr oder weniger apathisch ihrem Tod ins Auge sahen. Neben ihnen wirkte Andrew geradezu vital.

Ich schob ihn in seinem Rollstuhl vor mir her über die asphaltierten Wege durch den Park.

»Weißt du, Roughtrade war kein mad scientist, für den ihn manche hielten. Er war nur ... er war unheimlich konsequent. Aber ...« — Andrew blickte über die Schulter zu mir auf — »das erwartet man doch von einem Genie. Oder?«

Ich gab keine Antwort. Wir schwiegen beide eine Zeitlang; nur das Scheuern und Knirschen der Räder auf dem Weg war zu hören.

»Sie werden versuchen, mir nächsten Monat ein Paar Füße zu transplantieren. Ich habe zur Bedingung gemacht, daß sie ein Paar längere Unterschenkel aussuchen. Ich wollte schon immer ein bißchen größer sein«, versuchte er zu scherzen, aber es gelang ihm nicht so recht. »Es war ein Schock für mich, als ich hier erwachte, und die Füße waren weg. Gott sei Dank war ich von dem Whisky noch etwas benommen, den wir am Abend miteinander getrunken hatten. Gestern noch am Strand in Batticaloa, und es ist Dezember, und heute hier, und es ist Mitte April. Erinnerst du dich an den Fischer und an die Feuersäule am Himmel?«

»Freilich erinnere ich mich noch.«

»Für dich ist es ein halbes Jahr her; für mich sind es erst vier Wochen.«

»Erinnerst du dich an einen Mann mit goldenen Zähnen und einem Gesicht, das aussah wie mit einem Hackmesser bearbeitet? Wir sind ihm auf der *Sultan Ahmet* begegnet.«

»Ich erinnere mich genau.«

»Ich soll dich von ihm grüßen. Ich bin ihm kurz vor meiner Abreise in Damaskus begegnet. Er sagte, ihr wärt euch schon öfter über den Weg gelaufen.«

»Ich kenne ihn nicht, aber das kann nur Naim Sanduk gewesen sein, Roughtrades ›Seelenverkäufer‹. Inzwischen habe ich meine elektronische Biographie nämlich genau studiert.« Er wandte den Kopf und blickte lächelnd zu mir auf. »Übrigens, vielen Dank für deine Hilfe, Pete. — Ich weiß, was los ist. Mein Typ scheint begehrt gewesen zu sein: ungefähr ein Dutzend Kopien in vier Monaten. Gelegentlich muß ich gleich mehrfach zur selben Zeit existiert haben.«

»Was ist eigentlich aus den Aufzeichnungen der anderen Wissenschaftler geworden, von Torre, Pazzi, Wordsworth, Nealon, Donsdorf, Rødestrom?« — Und der von Nancy Tanner? fügte ich im stillen hinzu.

»Ashkenside von der CIA meint, daß Roughtrade vereinbarungsgemäß alle Aufzeichnungen zerstört hat bis auf meine.«

»Und seine.«

»Und seine, selbstverständlich.«

»Was ist aus der geworden?«

»Man hat eine Kopie hergestellt. Sie ist erstaunlich gut. Weiß der Himmel, wie er das Kunststück fertiggebracht hat, die Aufzeichnung immer weiter zu verbessern.«

»Wird man ihn vor Gericht stellen?«

»Das wird nicht möglich sein, Pete. Die Aufzeichnung ist fast fünfzehn Jahre alt. Sie wurde noch im Institut gemacht.«

»Ein raffinierter Schachzug. Er weiß von nichts. Nichts von Kidnapping, nichts von Menschenhandel. Gar nichts.«

»Er weiß wirklich von nichts.«

»Und den Kaufpreis für seine Rückkehr in die Wohlanständigkeit hat die CIA selber verspielt: die Forschungsunterlagen. Sehr geschickt eingefädelt. Das sieht ganz nach einem abgekarteten Spiel aus.«

»Das war sicher ein abgekartetes Spiel. Das ist typisch Roughtrade. Er sah keinen anderen Ausweg aus dem Teufelskreis von Geld, Macht und Gewalt, in den er geraten war.«

»Um den Preis seines Lebens.«

»Darunter ging's nicht.«

»Dann starb Roughtrade also tatsächlich in Damaskus.«

»Daran ist kein Zweifel. Die Obduktion hat es einwandfrei ergeben.«

»Ich erinnere mich, daß es, abgesehen von dem, den er im Wagen hatte, drei Container waren, die er am frühen Morgen vor seiner Ankunft ins Sheraton hatte bringen lassen. In dem einen war eine Aufzeichnung von dir, im anderen eine von ihm. Wer oder was war in dem dritten?«

»Davon hat mir jemand erzählt, der in Damaskus dabei war, Jerry Shirley, einer von Ashkensides Leuten. Alle waren ganz heiß darauf, weil sie dachten, er enthielte die wissenschaftlichen Forschungsergebnisse. Weißt du, was sie fanden? Du wirst es nicht glauben, denn es ist der blanke Irrsinn! Die Aufzeichnung von hundertsechzig Tonnen Gold in Barren. Das Vermögen, das Roughtrade in einem Jahrzehnt zusammengerafft hat.«

»Damit kann er zehn Institute einrichten, um seine Forschungen weiterzuführen.«

»Da müßte es aber schon wirklich wie im Märchen zugeh'n.«

»Wie bei Rumpelstilzchen.«

»Genau! Nur genügte bei dem Stroh, um es zu Gold zu machen. Um hundertsechzig Tonnen Barrengold im MIDAS-Kopierverfahren herzustellen, brauchst du jedoch genau hundertsechzig Tonnen atomar zerstäubtes Gold, um die Wirbelkammer zu beschicken.«

»Und wo ist dieses Vermögen geblieben?«

»Sollte dir irgendwann wieder Naim Sanduk begegnen, dann frag ihn danach!«

»Ich hoffe, ihm nicht einmal mehr in meinen Träumen zu begegnen.«

Ich blickte auf Andrews Schädel hinab. Die Haut auf seiner sommersprossigen Glatze war sonnenverbrannt und schuppte sich. Seine langen schmalen Hände lagen leicht auf den Doppelfelgen, die unter seinen Fingern hindurchglitten. Plötzlich hatte ich das überwältigende Gefühl eines Déjà-vu. Ich hielt den Atem an und schloß die Augen, aber es half nichts. Ich sah, wie Andrews Schädel in einer blutigen Eruption zerbarst und mir gegen Brust und Kinn schwappte. Ich blickte entsetzt an mir hinab. Überall war Blut, das mir an Brust und Armen hinablief.

»Was ist?« fragte Andrew. Er hatte den Rollstuhl angehalten und blickte zu mir auf. Ich bemerkte, daß meine Hände, die auf der Stange des Rollstuhls lagen, heftig zitterten.

›Nichts‹, wollte ich sagen, brachte aber zunächst nur ein Krächzen zustande. »Nichts.«

Er biß sich auf die Unterlippe und nickte, dann setzte er mit einem energischen Stoß seinen Rollstuhl wieder in Bewegung.

»Schlimm ist es nachts«, sagte er. »Dann überkommen mich oft Träume von Folter, von Siechtum und Tod. Ich werde an schrecklichen Orten gefangengehalten, die ich nie gesehen habe, werde von Menschen geschlagen und mißhandelt, denen ich nie begegnet bin.«

Ich sah, daß sich auf seiner Kopfhaut Schweißperlen gebildet hatten, trotz der angenehmen Kühle unter den Bäumen.

»Und manchmal«, sagte er, »träume ich von jenem Doppelgänger, damals, im Institut, aber ich bin es, der sein Leid und seine Verzweiflung hinausschreit, und es sind nur erschrockene und verständnislose Gesichter ringsum. Das ist am schlimmsten.«

Wir kamen an einer Bank vorbei, auf der ein großer schlanker Mann von etwa vierzig Jahren saß. Er trug einen hellgrauen Anzug mit Weste und einen teuren Panamahut. Andrew legte die Hände auf die Felgen und brachte seinen Rollstuhl zum Stehen.

»Cecil«, sagte er.

Der Mann wandte den Kopf und schien zu lauschen. »Ja.«

»Ich bin's, Andrew. Andrew Baldenham.«

»Ja, ja.« Er lächelte. »Es ist ein Jammer.«

»Kannst du dich an Peter Kirk erinnern? Ich hab' dir von ihm erzählt.«

»Es ist ein Jammer.«

»Peter Kirk ist bei mir.«

»Ja, ja.« Er nahm den Hut vom Kopf, legte ihn in den Schoß und nickte mir freundlich lächelnd zu. »Es ist ein Jammer.«

Als wir am Tor waren, reichte ich Andrew die Kassette.

»Was ist das?«

»Eine Aufnahme von unserem letzten Abend in Damaskus.«

»Oh, wie schön. Die Unterhaltung zweier Morituri, für die Nachwelt erhalten.«

»Ein Bekenntnis deinerseits zur Unteilbarkeit und Unverbrüchlichkeit des Determinismus.«

Er lachte.

»Du solltest die gütige Vorsehung und die ausgleichende Gerechtigkeit mit in dein Glaubensbekenntnis aufnehmen«, schlug ich vor.

»Sie sind mir im Leben nie untergekommen, Pete.«

»Ich bin ihnen heute begegnet. Es muß die Hölle sein, so zu leben.«

»Sei dir da nicht so sicher!«

»Dann ist es das Nichts, in dem er nun lebt.«

Andrew hob die schmalen Schultern. »Es ist die Auferstehung des Fleisches.«

»Ja, des Fleisches«, sagte ich schaudernd.

Er hielt meine Hand, wollte sie nicht loslassen.

»Ich besuche euch mal, wenn ich wieder auf den Beinen bin«, sagte er. »Buchstäblich, meine ich.«

»Du bist immer willkommen, Andrew. Das weißt du.«

»Grüß Rut von mir!«

»Das tue ich gern. Du weißt, daß sie dich mag.«

Er lächelte.

»Gehst du wieder in den Orbit?«

»Ich bin auf dem Weg nach Houston, zur Einsatzbesprechung. Wir werden sehen.«

»Dann — viel Glück!«

»Dir auch!«

McEnroe kam aus dem Pförtnerhäuschen und hob grüßend den Stock mit dem blitzenden Knauf. »Nochmals vielen Dank, Mister!« rief er.

Sie winkten mir lange nach; die kleine Gestalt im Rollstuhl und der vierschrötige Krüppel mit der verbrannten Schläfe. Als die Straße eine Biegung machte, stürzten sie aus dem Rückspiegel. Ich trat aufs Gaspedal und floh diesen Ort. Doch der Blick von Roughtrades Augen, mit denen er mich lächelnd angesehen hatte, verfolgte mich.

Sie waren völlig leer gewesen, wie die Augen eines Toten.